KB063390

로크미디어가
유혹하는
재미있는 세상

엑스트라 책사의 로열로드 5

2022년 11월 17일 초판 1쇄 인쇄
2022년 11월 22일 초판 1쇄 발행

지은이 mensol
발행인 김정수 강준규

기획 이기헌 왕소현 박경무 강민구 조익현
책임편집 이정규
마케팅지원 이원선

발행처 (주)로크미디어
출판등록 2003년 3월 24일
주소 서울시 마포구 마포대로 45 일진빌딩 6층
Tel (02)3273-5135 Fax (02)3273-5134
홈페이지 rokmedia.com E-mail rokmedia@empas.com

ⓒ mensol, 2022

값 9,000원

ISBN 979-11-354-8167-3 (5권)
ISBN 979-11-354-8160-4 04810 (세트)

이 책의 모든 내용에 대한 편집권은 저자와의 계약에 의해
(주)로크미디어에 있으므로 무단 복제, 수정, 배포 행위를 금합니다.

작가와의 협의에 의해 인지는 생략합니다.
잘못된 책은 구입처에서 바꾸어 드립니다.

엑스트라 책사의 로열로드

mensol 퓨전 판타지 장편소설

Contents

1장

애쉬의 기마대가 크로싱의 본진을 타격하고 있을 때.

알스가 위치한 곳은 본진이 아닌 최전방이었다.

그곳에서 2만의 병력을 이끌고 전진하고 있었다.

이는 쥬라스가 한 행동과 비슷하면서도 달랐다.

쥬라스가 압도적인 파괴력으로 억지로 비집고 들어간 거라면, 알스는 적의 빈틈을 찌르고 들어가며 길을 만들고 있었다.

이 행동은 적의 기마대가 본진을 칠 것을 예측하고 한 것도 있지만 무엇보다 적의 본진을 궁지로 몰기 위함이었다.

'쥬라스 녀석이 노리는 건 틀림없는 적의 본진. 그렇다면 적 본진이 도망갈 틈을 줘선 안 되겠지.'

알스는 쥬라스가 밀고 올라가는 반대편 날개에서 군을 밀어 올렸다.

이렇게 되자 한네만의 위치가 애매하게 되었다.

본래 한네만은 쥬라스가 밀고 올라오는 반대편으로 이동하려 했지만 알스가 그 방향에서 밀고 올라온 탓에 그러질 못한 것이다.

망설이는 한네만의 본진.

이 짧은 틈을 쥬라스는 놓치지 않았다.

"훗, 내가 어떤 식으로 움직이는지를 벌써 파악해 내다니. 과연 웨이드로군요."

쥬라스는 씨익 웃고는 나직이 말한다.

"웨이드 덕에 적장에게 향하는 길이 열렸습니다. 전부 내 뒤를 따르십시오."

한네만이 있는 곳으로 일점돌파를 강행하는 쥬라스의 부대. 알스는 한네만이 도망가지 못하도록 반대 방향으로 빠르게 군을 밀어 올렸다.

한네만은 경악할 수밖에 없었다.

"대체 어떻게……."

"한네만 님! 적들이 이곳으로 몰려옵니다! 어서 지시를!"

"놈들의 진군 경로 반대편으로 물러나라!"

"하지만 그 방향으로 새로운 적병이 오고 있습니다. 장교들에 의하면 선두에 서 있는 건 잿빛 투구의 무장! 웨이드입니다!"

"큭! 웨이드……!"

툰카이를 이용한 움직임을 역이용해 치고 들어오는 알스에 한네만은 강한 압박을 느꼈다.

다만 쥬라스에게 느끼는 압박감이 훨씬 컸다.

"저놈은 대체 어떻게 벌써 움직인단 말이냐! 오룡은! 오룡은 뭘 하고 있는 것이냐!"

"그, 그것이! 전부 전사했다는 듯합니다. 백룡, 적룡, 흑룡, 청룡 모두……."

"그걸 말이라고 하는 것이냐!"

그들 모두 피셔와 동급의 강자들이었다. 그들이 잡병 처리되듯 전사했다니 쉽게 믿을 수가 없었다.

"분명 거짓 정보다! 그들 모두 살아 있을 게야!"

그러나 한네만은 자신에게 다가오는 쥬라스를 보곤 그것이 거짓이 아니었음을 깨닫게 된다.

"으하하하핫!"

휘릭! 콰드득!

광기에 차 웃으며 병사들을 도륙하는 쥬라스. 그의 검이 휘둘러질 때마다 서방의 병사들은 영문도 모른 채 목을 잃었다.

그런 쥬라스의 바로 뒤를 적기사 안톤과 2장군 놀락, 3장군 패티 허트가 따르고 있었다.

안톤은 말할 것도 없는 최상급의 무인이었고, 놀락은 피셔 파르틴보다 강했으며 패티 허트도 피셔와 동급의 맹자다.

5장군 키슬러 폰테가 오룡의 수위인 백룡에게 당해 전사하고 말았지만 그 대가로 오룡은 전멸을 하고 말았다.

"괴, 괴물 같은 놈들……!"

한네만은 그제야 제무토가 왜 그런 말을 했는지 이해했다.

인외의 존재. 규격 외의 괴물. 그것이 바로 저놈을 가리키는 거라고.

콰드득! 근위병까지 찢어 버리고 앞에 당도한 쥬라스에게 위압당한 한네만은 도망갈 생각조차 하지 못하고 엉덩방아를 찧고 만다.

"네, 네 이놈이……!"

"……."

그런 한네만을 바라보는 쥬라스의 시선은 냉혹했다.

"――하군."

"뭐, 뭐라고?"

"시시하단 말이다. 고작 3시간도 버티지 못하다니. 이런 싸움으론 전혀 불이 붙지 않아. 네놈들, 고작 이 정도였냐? 100년간 갈아 왔다던 복수의 칼날이란 게 이것밖에 안 됐냐는 말이다. 네놈들 따위를 경계하고 있던 내게 당장 사죄해라."

"무슨 헛소리를……!"

"사죄하라고 했다, 송사리."

마치 벌레를 보는 듯한 시선이었다.

한네만은 포식자를 눈앞에 둔 것처럼 아무런 움직임도 취할 수 없었다.

그사이 알스가 도착한다.

"뭘 하고 있는 겁니까?"

알스를 본 한네만의 눈이 또 한 번 커졌다.

"웨이드……!"

"오호, 이거야. 서방에도 내 이름이 전해진 모양이네요. 그런 당신이 한네만 노이어스입니까? 에레보니아 왕국의 후손이라던."

"큭!"

한네만은 마음속 깊이 굴욕을 느꼈다. 자신은 인제나 남을 부리는 입장에 있었다. 떠받들어졌다. 대부분의 사람이 자신을 우러러봤다.

그런데 눈앞의 둘은 당연하다는 듯이 자신을 내려다보고 있다.

더 굴욕적이었던 건 한네만 본인이 이걸 납득하고 있었다는 점이다. 이 둘은 그러기에 충분한 자들이라고.

알스의 말을 들은 쥬라스는 피식 웃는다.

"제법 공부를 했군요. 첩보를 열람한 기록은 없었는데, 정보상이라도 찾아갔습니까?"

"심심풀이로요."

"우리 첩보부에 물어보면 곧바로 알 수 있는 것을 굳이 왜 정보상에게 갔는지는 뻔하군요. 일리야 안페이 때문입니까. 그렇담 구데리안 체스터가 삼건장이라는 사실도 들었겠군요."

"그러니까 그렇게 전부 다 안다는 것처럼 말하는 점이 마음에 안 드는 거라고요."

"훗, 뭐하면 일리야 안페이의 과거에 대해서도 제가 말해 줄 수 있습니다만?"

"아, 제발 좀 다물어요!"

주저앉은 적의 총대장을 두고 느긋하게 만담을 나누는 둘.

한네만은 둘에게 미지의 공포를 느꼈다.

'이놈들은 괴물이다! 이곳에 와선 안 됐어!'

질질, 한네만은 손바닥으로 땅을 짚으며 물러났다. 알스는 그 모습을 보곤 어떻게 할 거냐며 쥬라스에게 눈짓한다.

쥬라스는 전혀 관심이 없다는 듯 한네만에게 말했다.

"네놈에겐 이제 흥미 없다. 꺼져라, 조무래기."

"……!"

한네만은 부들거리는 몸으로 일어나 비틀비틀 도망갔다.

곧 그의 부관이 그를 부축해 떠나간다.

그와 함께 서방과 툰카이의 병력도 후퇴를 시작했다.

알스가 말한다.

"의외네요. 보내 준 척하면서 등 뒤에서 칼을 꽂을 줄 알았는데."

"나를 뭘로 보는 겁니까?"

"제정신이 아닌 건 확실하죠."

"나 참. 뭐, 그것도 재밌긴 했겠지만 지금은 멀리 봐야 할 때이니까요. 저자는 살려 두는 편이 좋습니다. 웨이드, 서방의 세력이 세 개로 나뉘었다는 건 알고 있겠죠."

"얼핏요."

"지금 저자가 죽으면 저자의 세력은 고스란히 다른 우두머리에게 흡수될 겁니다. 그렇게 두느니 살려서 보내는 게 나아요."

"하긴, 저 모양새면 대륙 진출은 더 이상 꿈도 꾸지 않을 테니 주전론을 펼치고 있는 다른 우두머리들과 충돌을 하겠군요."

"그렇게 되겠죠."

알스는 질렸다는 듯 쥬라스를 바라본다.

'목적은 처음부터 이거였군.'

베카비아로 상대를 유인한 뒤 그 세력을 철저하게 박살 냄으로써 협력 관계에 있는 서방 세력들에 균열을 만드는 것이다.

'그런 측면에선 내 계책이 마음에 들지 않는 건 당연했겠네. 내 계책은 결과적으로 대부분 살아서 돌아갔을 테

니⋯⋯.'

알스는 이번만큼은 쥬라스가 한 수 위였다는 걸 쿨하게 인정했다.

"그럼 뒤처리를 시작할까요."

후퇴하고 있는 적의 병력을 쫓아 피해를 입히는 작업도 필요했고, 무엇보다 끊어져 있는 보급을 복구하는 게 중요했다.

"웨이드, 당신에겐 보급로 복구를 부탁합니다. 그 부분은 베카비아 쪽과 협의를 해야 하니 당신이 하는 게 빠를 겁니다. 보아하니 천재공주와 제법 친해진 모양이더군요?"

"그런 거 아닙니다. 어쨌든 알겠어요."

서방과 툰카이의 연합군 13만. 크로싱과 베카비아 연합군 13만이 맞붙은 이번 전투.

서방 연합군은 이 13만 중 6만에 달하는 병력이 죽거나 포로로 잡히며 지리멸렬하게 패퇴. 그 반면 크로싱 연합군은 고작 2만의 피해만을 입으며 대승을 거두게 된다.

전쟁의 뒤처리를 시작한 나는 우선 소피아에게 보급로를 복구할 것을 요청했다.

소피아는 알고 있다며 고개를 끄덕인다.

"베라토리움 보급고가 무너진 이상 수도 폴트비아에서 식량을 조달하는 게 빠를 거예요. 그 부분은 제가 빠르게 처리를 해 놓죠."

"아주 급한 건 아니에요. 추격 과정에서 적의 보급 마차 몇 개를 빼앗았거든요. 하루 정도는 여유가 있어요."

"……."

소피아는 잠시 침묵하더니 말한다.

"미안했어요."

"뭐가요?"

"그때 당시 당신의 계책을 반대한 것 말이에요."

"그건 피차 없었던 일로 하죠. 지금 이 전괴를 보면 쥬라스 녀석이 옳았다는 건 확실하니까."

"그렇다고 해도요. 미안합니다, 웨이드. ……하지만 한 가지는 말해 두고 싶어요. 만약 다음에 똑같은 상황이 와도 저는 또다시 그런 선택을 할 거라는 걸."

"말하는 게 모순되는데요? 미안하다면서 다음에도 똑같은 선택을 할 거라니."

"나란 사람은 그런 사람이라는 거겠죠. 국가의 존속을 최우선시해야 하는 공주이면서도 냉혹하게 군을 지휘해야 하는 책사……. 그런 모순된 입장인 거예요."

"뭐, 앞으로 같이 일할 것 같지는 않으니. 별말은 안 하겠습니다."

"글쎄요. 그건 어떻게 될지 모르죠."

"……?"

"그럼 다음에 만날 날을 기대할게요."

의미심장한 말을 남기고 떠나가는 소피아.

나는 그러려니 하며 올라프가 있는 곳으로 향했다.

그러던 와중이었다.

"웨이드 님!"

허겁지겁 달려오는 크로싱의 중급 장교.

"가능하다면 잠시 도움을 주실 수 있겠습니까?"

"무슨 일이지?"

"그게 포로로 잡은 것들 중에 취급이 까다로운 녀석이 있어서 말입니다."

"흠? 그런 거라면 다른 상급 장교들에게 맡기면 되는 것 아닌가."

굳이 객장인 나에게 부탁을 하다니.

이에 장교가 난감하다며 어깨를 긁적인다.

"총대장님을 비롯한 상급 장교분들은 전방에서 일을 처리하고 계셔 여기까지 와 달라고 하기가 힘들어서 말입니다. 본래는 키슬러 장군님께서 이런 일들을 도맡아 주셨는데 애석하게도 지난 전투에서 전사하셔서……."

"그렇담 어쩔 수 없지."

적 병력을 추격하러 갔던 쥬라스 무리는 포로 관리에 신경을 쏟을 새가 없었다.

"앞장서도록."

"옛!"

포로라고 하니 지난번 키메라 전쟁 때가 떠올랐다.

괜찮은 인물이 보이면 영입을 할 생각으로 에오와 함께 포로 관리소로 향하기로 했다.

이번 전투에서 크로싱이 사로잡은 적 병사의 숫자는 자그마치 2만 3천이었다. 쥬라스와 알스가 적의 본진을 빠르게 무너뜨렸기 때문이었다.

후방에 있던 본진이 일찌감치 후퇴해 버리자 선진에 남아 있던 병사들은 속절없이 항복을 해야 했다.

그 비율로 보자면 서방의 병력이 1만 7천. 그리고 툰카이의 병력이 6천 정도였다.

문제가 되는 포로는 툰카이 쪽에 있었다.

"……."

죽일 듯한 눈으로 간수병들을 노려보는 여성.

그 풍모나 날카로운 기운을 보면 범상치 않은 인물임이 분명했으나 그 정체에 대해서 털어놓을 생각을 하지 않았다.

"나 참. 째려보지만 말고 신분을 밝히라고 하잖냐!"

"어서 말해라!"

크로싱은 포로들을 모조리 노예로 잡는 것으로 유명했으

나 몸값 지불이 가능한 자에 대해선 예외적으로 포로 교환을 하곤 한다.

이 여성은 대놓고 고위 포로임이 보이는 만큼 간수들이 그 신분을 취조하고 있었는데, 여성은 아무런 말도 하지 않았다.

간수들이 화를 내기 시작하자 도리어 독설을 내뱉는다.

"더러운 작자들. 툰카이의 분노가 언젠가 당신들을 잡아 먹을 겁니다."

"하! 잘도 그런 일이 벌어지겠군. 스벤너라면 둘째 치고 툰카이 따위가 우리 크로싱을? 지나가던 개가 웃겠다!"

"당신의 그 억양……. 알바드의 억양이군요."

"그래서 뭐 어쩌라고?"

"흥, 변절자가 우리 크로싱이라고 하는 말을 듣고 우스워졌을 뿐입니다. 신념도 자긍심도 없는 당신의 말은 제게 닿지 않아요."

"이년이……!"

간수의 눈빛이 돌변했다.

"한번 뜨거운 맛을 보여 줘야 정신을 차리겠군. 네년이 신분을 밝히지 않겠다면 좋아. 일반 포로들과 똑같이 대우해 주마. 그럼 나도 즐길 수 있게 되거든."

허리의 벨트를 풀기 시작하는 간수. 여성은 그럼에도 당황하기는커녕 비웃음을 흘렸다.

그녀의 눈은 어느새 그 뒤를 바라보고 있었다.

간수로 위장하여 잠입한 애쉬였다.

'리시테아…….'

애쉬는 여성, 리시테아를 구할 틈을 보고 있었다. 지금이야말로 기회였다.

쥬라스 파밀리온을 비롯한 상급 장교들이 전방에 있는 지금이야말로.

'저놈들이 리시테아에게 신경을 쏟는 순간 재빠르게 처리를 해야겠군.'

포로 관리에 바쁜 상황이었기에 간수들도 정신이 없었다. 앞의 둘을 처리한 뒤 혼란을 틈타 빠져나온다면 충분히 도망칠 수 있을 테다.

애쉬는 품에 숨기고 있던 단도를 꾹 쥐었다. 리시테아를 범하려고 하는 저들에 대해선 자비가 필요 없었다.

그러나 그때였다.

"거기까지만 해라."

리시테아를 범하려는 간수들을 저지하며 알스가 나타난 것이다.

알스의 등장에 나서려던 애쉬는 급히 물러나야 했다.

'설마 웨이드가 이곳에 등장할 줄이야. 계산 착오다……!'

그 웨이드의 곁에는 범상치 않은 기운을 뿜어내고 있는 여성이 있었다. 투구로 얼굴을 가리고 있었지만 그 정체는 쉽게 파악할 수 있었다.

'에오니아 미라벨!'

애쉬는 서로 간의 기량을 가늠했다.

'일대일이라면 리시테아가 달아날 시간을 벌 수 있을 것 같지만…….'

이곳은 적진 한복판이다. 그랬다간 둘 다 잡히고 만다.

애쉬는 일단 지켜보기로 한다.

알스는 리시테아를 범하려던 간수를 세워 놓고 있었다.

간수는 식은땀을 흘리고 있었다. 고위 포로일지도 모르는 자를 함부로 하려 했으니 벌을 받을 거라 생각했던 것이다.

그러나 알스가 한 행동은 반대였다.

"일단 벨트를 다시 해라. 바지가 흘러내리려 하고 있다."

"예, 옛!"

간수가 벨트를 다시 착용하자 알스가 말한다.

"가족은 있나?"

"이, 있습니다. 홀어머니와 남동생이 둘…….."

"그 억양……. 알바드의 것이군. 언제 크로싱으로 넘어왔지?"

"5년 전입니다. 전투에서 포로로 잡혔을 때 크로싱에 귀순했습니다. 상사님의 도움을 받아 알바드에서 지내고 있던 가족들도 크로싱으로 데려왔습니다."

"그렇담 노예는 아니겠군."

크로싱의 전략 중 하나였다. 포로로 잡은 자가 가족들을 크로싱으로 데려올 경우 노예로 잡지 않고 곧장 시민으로 대우해 주며 정착지를 주는 것이다.

"알바드가 그립지는 않나?"

"그렇지 않습니다. 저희 가족에게 너무나 좋은 대우를 해 주는지라……. 저의 조국은 이미 크로싱입니다!"

"뭐, 좋다."

알스는 그의 어깨를 두드려 주었다.

"네가 왜 분노를 드러냈는지는 알겠지만 상대를 섣불리 미워하려 들지 마라. 이 포로들도 너와 마찬가지로 크로싱의 사람이 될 수도 있는 기니까. 알겠나?"

"옛!"

"너에겐 귀가증을 써 주겠다. 어서 가족들의 품에 돌아가 쉬도록."

"괘, 괜찮습니다! 전 포상을 받을 만한 일은……."

"누가 포상이라고 했나. 지금의 넌 포로 관리에 도움이 안 된다. 그렇다고 다른 일을 맡기기에도 여의치 않으니 그냥 보내는 거야. 알아들었나?"

"……옛. 다음번엔 이런 추태를 보이지 않겠습니다. 감사합니다, 웨이드 님."

착잡하지만 한편으론 기쁜 표정으로 떠나가는 간수.

애쉬는 이런 웨이드의 처분에 내심 감탄했다.

그는 알스가 간수를 처형하거나 벌을 줬다면 오히려 안 좋게 봤을 터였다. 아무리 고위 포로가 귀중하다고 해도 병사를 함부로 대하는 장군은 신뢰할 수 없으니까.

　알스는 간수의 잘못을 지적하면서도 부드럽게 타일렀다. 아마 저 간수는 다음부터 더 착실하게 일을 하겠지.

　"흠."

　알스는 리시테아의 모습을 보곤 작게 신음했다.

　"왜 취급하기 어렵다는지 알겠군. 대놓고 귀족 영애라는 느낌을 풀풀 풍기니……. 아니, 신분을 말하지 않는 걸 보면 공주라도 되는 건가?"

　"용병 웨이드……!"

　리시테아는 이를 꽉 물었다.

　"박쥐 같은 자. 캘리퍼에 꼬리를 치더니 이번엔 다시 크로싱입니까!"

　"아니, 말은 똑바로 하지. 캘리퍼와 크로싱이 내게 꼬리를 치는 거다."

　"무슨……!?"

　궤변으로 논파한 알스는 리시테아의 턱을 치켜들었다.

　"신분을 말할 거라면 지금 하는 게 좋아. 쥬라스 녀석이 취조를 하게 되면 훨씬 더 험한 꼴을 보게 될걸?"

　진심으로 하는 말이었다.

　쥬라스가 리시테아의 신분을 파헤치지 못할 리가 없었다.

그렇게 리시테아의 신분을 알아낸 쥬라스가 어떤 음모를 꾸밀지 알스는 짐작조차 힘들었다.

"그 작자가 돌아오기 전에 어서 말하는 게 좋을 거야."

"흥!"

퉷! 리시테아가 뱉은 침이 알스의 투구에 묻었다.

그 순간 무시무시한 살기가 주변을 잠식했다.

"네년이 감히……!!"

에오니아가 머리끝까지 분노해 창을 치켜든 것이다.

이 찌르는 듯한 살기에 반응한 애쉬는 본능적으로 단도를 뽑아 들었다.

"그만해 에오. 이런 건 닦으면 그만인 거야."

"하지만……!"

"대신 화내 준 건 고마워. 그러니까 진정해."

"예……."

이 관대함에는 리시테아도 동요했다.

무심코 자기 신분을 알스에게 밝혀도 좋지 않을까 생각했을 정도로.

그러나 그런 생각이 싹 달아날 상황이 곧장 벌어졌다.

알스가 고개를 돌려 애쉬가 있는 곳을 본 것이다. 애쉬가 에오니아의 살기에 반응한 부분을 감지한 것.

애쉬는 움찔했으나 곧 태연한 표정으로 다른 곳을 바라보았다.

알스는 웃는다.

"흐음, 오호, 하하……."

들켰을 리 없다. 그렇게 생각하는 애쉬에게 알스가 사형선고를 내려 버렸다.

"쥐새끼가 숨어들어 와 있었네?"

"……!"

이에는 리시테아도 입을 떡 벌렸다.

그녀는 반사적으로 소리쳤다.

"도망쳐요!"

"큭……!"

그러나 애쉬는 움직이지 못했다. 낌새를 눈치챈 에오니아가 퇴로를 틀어막은 것이다. 그와 함께 상황을 파악한 간수들도 포위 진형을 갖췄다.

알스가 말한다.

"한 가지 묻지. 잠입하는 과정에서 우리 병사를 죽였나? 만약 그랬다면 용서하지 않겠다."

"……죽이지 않았다. 기절시키고 잠깐 군복을 빌려 입었을 뿐이야."

"사실이었으면 좋겠군. 그보다 어쩔 거지? 어차피 도망갈 길은 없는데. 다치기 싫으면 얌전히 항복을 하도록."

"아무래도 그래야 할 것 같군."

저항해 봤자 가망이 없었던 만큼, 애쉬는 순순히 무장해제를 받아들였다.

알스는 그를 리시테아가 있는 감옥에 가두었다.

그때 함께하고 있던 중급 장교가 속삭인다.

"어떻게 할까요. 감히 포로 구출을 기도한 자이니 포로로 잡지 아니하고 군법에 따라 당장 처형을 할 수도 있습니다만."

이를 들은 리시테아가 소리친다.

"저를 어떻게 대해도 좋아요! 그러니 이 사람만큼은······. 이 사람만큼은 죽이지 말아 줘요!"

"장군님께 침을 뱉을 때는 언제고 이제 와서 그런 소리를 하다니!"

"사, 사과하라면 사과할게요. 그러니 제발······!"

"그렇담 어서 신분이나 밝혀라! 네놈들 다!"

"그건······."

고개를 푹 숙이는 리시테아. 애쉬는 결심을 굳힌 듯 입을 열려 했으나 알스가 제지했다.

"말하기 싫다면 하지 않아도 좋다. 대신 그에 따른 대가를 치르게 해 주면 그만이니까."

그러면서 알스는 포로를 총괄하는 장교에게 말한다.

"이 포로들은 내가 받아 가겠다. 총대장에게는 잘 말해 놓을 테니 걱정 말고."

"아, 옛! 그렇게 알고 있겠습니다!"

알스는 만족스럽게 웃고 있었다.

'전리품이 넝쿨째로 들어왔는걸.'

잘만 하면 애쉬를 영입할 수도 있는 상황이었다.

알스는 처분에 대해 고심하며 애쉬와 리시테아를 데리고 포로 수용소를 떠나갔다.

애쉬와 리시테아는 올라프에게 맡겨 나중에 배송을 받기로 했다.

올라프는 레인폴 병사들의 회군 작업도 있기에 당분간 전장에 남아야 했다.

나는 에오, 유미르, 안톤과 함께 먼저 레인폴로 돌아갈 채비에 들어갔다.

사실 안톤도 뒤처리를 위해 크로싱군에 남아야 하는 입장이었지만 스승의 출산이 머지않은 만큼 쥬라스가 배려를 해 줘 먼저 귀가를 하게 되었다.

그놈의 일이니 배려를 해 준 건지, 안톤에게 빚을 지워 놓으려는 속셈인지 꿍꿍이를 알 수 없었으나 어쨌든.

"하여간. 혼자서 올 생각이었는데 결국엔 다 같이 집에 가게 됐네."

홀로서기란 말이 무색할 지경이다.

"그렇다 해도 성과가 없지는 않았던 것 같군요."

안톤의 말이었다.

"지난번보다 기운이 더 날카로워지셨습니다."

"그런가요? 확실히, 생사의 고비를 넘겨 보니 뭔가 깨닫는 게 생기더라고요."

수치로 말하자면 무력이 2에서 3 정도 오른 것 같다.

게다가 자질구레한 경험도 쌓을 수 있었다. 가신들이 있을 땐 느낄 수 없었던 것들을 이번에 확실히 경험했다.

홀로서기의 효과가 있었던 것이다.

"그렇다 해도 두 번은 경험하고 싶지 않네요. 차라리 무예 단련을 더 열심히 하고 말지."

"이제는 그것으로도 충분할 겁니다. 한 번 깨달은 것은 쉬이 사라지지 않으니까요. 알스 님께선 이번 일을 통해 앞을 가로막고 있던 벽을 허물어 버린 겁니다. 이제는 다음 벽이 나타날 때까지 정진하시면 됩니다."

"당신이 그렇게 말해 주니 안심이 되네요. 자, 어서 레인 폴로 돌아가죠."

지금은 집에 돌아가서 푹 쉬고 싶은 생각뿐이었다.

그렇게 마차에 올라타려 했으나 에오가 눈을 휘둥그렇게 뜬다.

"하지만 알스 님. 논공행상이 아직입니다만……. 마차에서 하실 생각인가요?"

"논공행상? 그걸 하자고?"

무심코 '논공을 할 게 있었어?'라고 말할 뻔했으나 에오의 눈을 보니 진심이었다.

그 진지함에 나는 살짝 압도가 됐다.

"그, 그래. 그럼 해 볼까?"

"옛!"

공치사를 위해 아란달에서 선물을 사긴 했지만 이건 다음에 사용할 생각으로 산 것이었다. 이번엔 논공이라고 할 것도 없는 상황이었으니까.

굳이 있다고 하면 에오니아 정도였다.

'그걸 알고서 공치사를 하자고 한 건가.'

에오도 은근히 약삭빠른 구석이 있다.

"전공은 1, 2, 3위만 발표할게. 일단 3위는……. 올라프로 할게."

올라프는 맡겨 뒀던 내정을 내팽개치긴 했으나 그 영악한 행동이 결과적으로 내 목숨을 살렸다. 더불어 마지막 전투에선 소피아 베론과 합을 맞춰 능숙하게 병사를 지휘했다.

"그래서 3위. 3위이지만 내정을 내팽개쳤으니 전공은 플러스마이너스 제로라는 느낌일까. 그러니 포상도 없음. 다음 2위."

에오가 침을 꼴깍 삼켰다. 안톤을 한 번 흘겨본 걸 보면 안톤과 1, 2위를 다투는 거라 생각한 모양이다.

"에오, 너야."

"……!?"

"중요할 때 내 목숨을 구해 줬고, 마지막 전투에서도 도움이 됐으니까. 아, 그런 표정 짓지 마. 1위는 안톤이 아니니까."

"예?"

"안톤은 크로싱에서 전공을 올렸잖아. 그러면 크로싱 쪽에서 공치사를 받아야지."

"그렇담 1위는……."

"나야."

이번만큼은 나 스스로를 칭찬해 주고 싶었다.

"정말 힘들었지……."

케스퍼 녀석들이 돌발 행동을 하질 않나, 그 바통을 이어받아 소피아 베론이 트롤 짓을 하고. 그렇게 억지로 한 델스톤 산지 전투에선 피셔 파르틴이란 괴물과 목숨을 건 사투를 펼쳐야 했다. 마지막 전투에서도 쥬라스의 뒷바라지를 해 줘야 했고.

"조금 추가하자면 나랑 애거트, 그리고 딜라스가 전공 1위겠네."

평소의 에오라면 1위를 한 사람을 노려보며 원한을 쏟아냈겠지만 아무리 그래도 나에겐 그러지 않았다.

오히려 상쾌한 표정으로 박수를 쳐 준다. 나를 논외로 치고 자기가 사실상 1등이라 생각하는 모양이다.

"애거트와 딜라스라면 그때 알스 님과 함께 탈출했던 녀석을 말씀하시는 건가요?"

"맞아."

나는 이참에 짐에 있던 검을 꺼냈다.

"안톤, 이걸 애거트란 녀석에게 전해 줘요. 그게 누군지는 올라프의 부하인 딜라스에게 물으면 될 겁니다."

"애거트라면 알고 있습니다."

"알고 있다고요?"

어떻게 알고 있다는 건가.

"예, 지난 키메라 전쟁에서 은혜를 베풀어 줬던 꼬맹이를 말하는 것 아니십니까? 레인폴에서 노예 생활을 하도록 제가 조치를 취해 놨었던 녀석입니다. 훗날 알스 님에게 보답을 할 수 있게끔 말이죠."

"내가 은혜를 베풀어 줬다니……."

"이럴 수가! 기억하지 못하시는군요."

"까먹었나 보네요."

그때 당시엔 충격적인 일이 워낙 많아서 사소한 것들은 대개 잊어버리고 말았다.

안톤은 너털웃음을 터뜨렸다.

"이것도 다 알스 님의 인덕이라는 거겠죠. 그 검은 제가 직접 전달하도록 하겠습니다."

"그리고 딜라스라는 사람에게도 넉넉하게 포상금을 쥐여 주세요."

"옛."

검집째로 보자기에 싸 조심스럽게 챙기는 안톤.

에오는 부럽다는 듯 검을 바라보고 있었다. 그러고는 나를 물끄러미 바라본다.

"아, 포상 말이지."

딱히 줄 것을 생각하지 않고 있었기에 짐에 있었던 것 중에 적당한 것을 건네주었다.

아란달의 공방에서 구매한 사파이어였다. 세공되지 않은 물건이라 비싼 건 아니었으나 에오는 눈을 부릅떴다.

"이, 이, 이, 이, 이건……!"

"조금 그런가? 하긴, 별 쓸모는 없긴 하지. 다른 거로 줄 게."

"아닙니다! 펴, 평생 소중히 하겠습니다!"

에오는 절대로 돌려주지 않겠다는 듯 소중하게 보석을 끌어안았다.

보석을 받는 것에 뭔가 다른 의미가 있는 걸까 했으나 논 공행상까지 끝나자 급격히 피곤해졌기에 신경을 끄고 마차에 탑승하기로 했다.

2장

레인폴에 돌아온 나는 귀환 보고를 위해 유미르를 대동한 채 가문의 저택에 먼저 방문했다.

"우리 막둥이 돌아왔구나!"

와락 안겨 드는 율리아 누나. 뒤에선 어머니가 안도의 한숨을 쉬고 있다. 이제 활발하게 뛰어다니기 시작하게 된 쌍둥이 엘시와 첼시는 손가락을 빨며 나를 물끄러미 바라보고 있다.

"누님, 마음은 알겠지만 슬슬 떨어져 주세요."

"응. 자! 유미르도!"

누나는 유미르도 와락 껴안았다. 유미르는 쓰게 웃으며 포옹을 받아들였다.

"어머니, 맥스 형은 있나요?"

"있단다. 맥스도 네 귀환을 기다린 모양이야. 그런데 왜 이렇게 늦은 거니? 배닝스한테 듣자니 사관생들은 먼저 귀환을 하게끔 조치를 취해 줬다고 하던데……."

"그냥요. 이왕 간 거 잠깐 근처를 둘러봤어요. 이건 선물이에요."

아란달에서 산 브로치를 어머니에게 건네주었다. 덤으로 쌍둥이 애들을 위한 장난감도 있었다.

내가 장난감을 흔들어 주자 애들은 꺄르르 웃으며 난리를 친다.

그러던 와중, 기척을 들은 맥스 형이 나타났다.

"알스! 돌아왔구나."

맥스 형의 표정은 뭐라고 할까. 기뻐 보였지만 한편으론 무언가를 두려워하는 것 같았다.

"하고 싶은 얘기는 많지만 일단 쉬어야겠지? 휴식을 취한 다음엔 내 방에 와 줘. 긴히 하고 싶은 얘기가 있거든."

"그런 거라면 바로 해요. 마차로 오는 길에 충분히 쉬었거든요."

"그래? 그럼……. 집무실로 와 줘."

집무실에는 서류들이 난잡하게 흐트러져 있었다. 맥스 형은 어색하게 웃으며 대충 정리를 한다.

난 주변을 둘러보며 물었다.

"아버지는요?"

"아버지는 밀러, 퍼지와 함께 리벨에 가 계셔. 복구 작업을 지도하고 계시지."

리벨은 아직 우리 소유였다. 최근에는 복구 작업도 원만히 진행돼, 고향을 그리워하고 있는 몇몇 이곳의 영지민들이 리벨로 되돌아갔다.

리벨은 장차 둘째인 밀러 형이 분가하여 경영을 하기로 돼 있었다. 즉, 일라인 남작령이 되어 분가의 지배를 받는 것이다.

"거주민들은 구할 수 있을 것 같아요?"

"아마도. 서부는 아직 마돈과의 전쟁에 대한 상처가 치유되지 못했거든. 빈민들이나 유랑민들의 숫자가 제법 되는 모양이야. 복구가 어느 정도 진행되면 그러한 사람들에게 정착을 권유할 거라고 해."

"그렇군요. 복구가 된다면 저도 한번 보러 가고 싶네요."

일단은 고향이긴 하니까.

"그보다도 알스."

맥스 형은 본론을 꺼내려는지 조심스럽게 말을 골랐다.

"이번 전쟁에서 대체 얼마만큼의 전공을 올린 거니?"

"예?"

"아니, 웨이드로서 활약한 건 나도 들어서 알아. 하지만……."

맥스 형은 머리를 긁적이며 무언가를 펼쳐 보였다.

어딘가에서 온 서신처럼 보였다. 하나를 대충 살펴보니 혼담에 관한 이야기였다.

그런 서신이 열 개가 넘게 도착해 있던 것이다.

"대체 어떤 활약을 펼쳤기에 웨이드가 아닌 알스 너에게 혼담이 쏟아지는가 싶어서."

"아……."

짚이는 바는 있었다.

이번 전쟁은 사관생들을 시험하고 평가하는 자리이기도 했기에 전후 보고서가 주요하게 다뤄질 거란 이야기가 있었다.

소문으로는 국왕이 직접 전후 보고서를 보고 공치사를 할 거라나.

그리고 그 전후 보고서를 작성한 건 상급 장교들이었다.

내 정체를 알고 있는 아이언하트 장군은 둘째 치고, 아마 살아남은 델바도바의 측근이 고평가를 해 준 것 같다.

"조금요. 나서야 하는 상황이 와서요."

"역시."

맥스 형은 이마를 감싸 쥐었다.

"이건 당연히 받아들일 생각 없지?"

"예, 정략결혼은 할 생각 없어요. 미안해요."

왜 미안하냐 함은, 받아들이지 않는 건 나지만 거절하는 건 가문이기 때문이다.

"후우! 혼담을 넣은 가문이 하나같이 우리보다 격이 높은 곳이라 거절하면 어떤 반응을 할지 상상조차 하기 싫을 정도야."

"그 부분은 제가 어느 정도는 조치를 해 둘게요."

헬리안 공작에게 압박을 넣어 두면 적어도 헬리안 계파의 귀족가는 내게 제의를 하지 않을 테다.

문제는 살레온 계파였다.

'이 부분도 해결할 방법이 있긴 하지만……."

에리나와의 혼담을 진행하면 된다.

살레온 공작가와 혼담을 진행한다는 게 공론화되면 살레온 계파 소속 귀족들은 알아서 혼담을 철회할 테니까.

'그랬다간 상황이 많이 귀찮아질 거 같긴 한데.'

어머니가 말한 정혼자 문제도 있고, 에스텔도 난리를 피울 거 같다는 느낌이 든다.

그때 맥스 형이 회피책으로 분가를 얘기했다.

"이참에 알스, 넌 분가를 하는 게 어떨까 싶어."

분가를 한다면 가문에 부담이 가는 건 적어진다. 거절을 하는 주체가 내가 되기 때문이다.

다만 분가를 하려면 경영해야 하는 땅이 필요해진다.

"그러니 너는 분가를 해서 리벨에서 지내는 게 어떨까 싶어."

"아뇨. 그러면 밀러 형에게 너무 미안해요."

"밀러라면 기꺼이 승낙할 거야."

"그럴 것 같긴 하지만 괜찮아요. 분가를 하는 거라면 다른 방법도 있으니까요."

마침 그걸 위한 판이 깔려 있었다.

맥스 형과의 상담을 끝낸 나는 본격적으로 귀환 신고를 다니기로 했다.

먼저 스승의 저택이었다.

"알스!"

스승은 격앙되어 나를 끌어안았다.

이거 참. 만나는 사람들마다 끌어안으니 나도 슬슬 낯부끄럽다.

"하하……. 돌아왔습니다."

"그래, 잘 돌아왔다. 성과는…… 충분했던 모양이구나."

내게서 흐르는 기운이 더 정련됐다며, 스승은 밝게 웃었다.

나는 이참에 스승의 출신지에 관한 걸 묻고 싶었지만 부풀어 오른 배를 보고는 단념했다.

출산을 앞둔 시점에 괜한 이야기를 꺼내고 싶진 않았다. 그 일은 출산 이후에 안정기가 오면 꺼내기로 했다. 급한 건 아니었으니까.

그렇게 안부 인사를 나눈 뒤에는 안톤과 오붓한 시간을 보내게끔 자리를 피해 가스파르가 있는 곳으로 향했다.

도시의 치안을 담당하고 있던 가스파르는 마침 신입 경비대를 훈련하고 있었다.

거기까진 이상할 게 없었지만.

"……응?"

그 신입 경비대원 중 하나가 눈에 익었다.

"으라차찻!"

대련 중인지 다른 경비대원을 때려눕히는 소년. 애거트였다.

"헤헷! 아저씨들 약골이네! 죄다 한 판에 끝났다구!"

서커스단에 용병에 이번엔 경비대인가. 돈 되는 건 전부 하는 건 여전한 모양이다. 애거트는 문득 내 얼굴을 발견하더니 눈을 크게 떴다.

"엇! 곱상한 대장님! 여긴 어쩐 일이야?"

이에 가스파르도 나를 발견한 모양이다.

나는 가스파르에게 적당히 말을 맞추라며 눈치를 준 다음 애거트를 상대했다.

애거트는 내가 레인폴 영주의 동생이라는 사실을 알고 입을 둥그렇게 모은다.

"그러고 보니 딜라스 아저씨가 그렇게 말한 것 같기도 하고."

"그런데 넌 뭘 하고 있는 거야?"

"앙? 그야 당연히 돈벌이지! 노예 신세에서 벗어나려면 아직 100만 실란을 더 갚아야 하거든. 여기서 일하면 하루에 1만 실란씩 차감해 준다고 해서. 숙식도 제공해 주니 여기만 한 곳이 없더라고."

"그러냐……. 조심해. 여기 담당자가 성질이 더럽다고 들었거든."

"가스파르 스승님 말이야?"

"뭐, 뭐? 스승?"

이에 가스파르가 비릿한 웃음을 지으며 끼어들어 왔다.

"이 송사리가 제멋대로 그렇게 부르는 거야. 건방지길래 조금 어루만져 줬더니 고분고분해져선 말이야. 뭐, 싹수가 보여서 틈틈이 검술을 가르쳐 주고 있어."

"헤헤헤."

애거트는 바보처럼 웃더니.

"근데 곱상한 대장님은 어떻게 가스파르 스승님과 아는 거야?"

"그냥. 같은 도시에 사니까 마주칠 일도 있는 거지 뭐."

"그것도 그러네! 그보다 곱상한 대장님! 나랑 대련 한번 해 줘! 나도 그 체스터류인지 뭔지를 상대해 보고 싶거든!"

"미안하지만 지금은 시간이 없거든. 다음에 하자. 가스파르, 당신은 잠깐 어울려 주겠습니까?"

나는 가스파르를 이끌고 목적지 없이 걷기 시작했다.

그사이 가스파르는 경박하게 떠들었으나 어느 순간 자연스럽게 침묵이 흘렀다.

이 의미심장한 침묵에 내가 가벼운 용건으로 부른 게 아니란 걸 깨달았는지 가스파르도 입을 다물었다.

나는 나직이 물었다.

"……당신. 일리야 스승이 서방 출신이라는 걸 알고 있었습니까?"

가스파르는 눈매를 좁혔다. 그러더니 고개를 흔든다.

"아니, 거기까진 몰랐다. 구데리안 녀석이 거둔 제자 중에 여자가 있다는 것 정도밖에 몰랐거든."

"구데리안 체스터가 서방 출신이라는 건?"

"그건 알고 있었어."

"……그가 삼건장이라는 건요?"

삼건장이라는 말에 가스파르는 눈살을 찌푸린다.

"삼건장? 구데리안 그놈이?"

"몰랐군요."

"그래. 최소한 녀석과 마지막으로 만났을 때 그런 얘기는 듣지 못했어."

"그게 구체적으로 언제입니까."

"3년 정도 됐을 거다. 뭐, 설령 그 당시 녀석이 삼건장이었다고 해도 내게 굳이 그런 얘기를 꺼내진 않았을 거야."

그렇다는 건 훨씬 전부터 삼건장이었을 가능성이 있다는 뜻이다.

"하지만 그런가……. 구데리안이……."

가스파르는 씁쓸하다는 듯, 무언가를 납득했다.

나는 그 이유를 묻기 전에 한 가지를 더 추궁했다.

"가스파르. 설마 당신도 서방 출신입니까?"

"그 말을 묻는다는 건 알아냈다는 거군. 서방에 있는 수인들의 부락. 디엘럼의 존재를."

"역시 당신도……."

"공교롭게도 아니야."

"아니라고요?"

"디엘럼에 가 본 적은 있지만 적어도 거기서 태어났다거나 자라진 않았어. 서방에 간 것도 몇 번뿐이고. 혹시 내가 서방의 첩자라고 생각한 거라면 미안하게도 아니야."

"왜죠?"

"왜라니?"

"당신 같은 순혈 수인이라면 디엘럼과의 연관성이 짙어도 이상하지 않으니까요."

"어떤 편견을 가지고 있는지는 알겠는데……. 아니 뭐. 정답이기도 해. 대부분의 순혈 수인들은 지금 디엘럼에 있으니까. 나도 디엘럼에게서 제안을 받기도 했고. 하지만 그놈들을 따를 생각은 들지 않았어."

"……?"

"그야 나를 속박하고 강제로 사상을 주입하려 했으니까. 잊었어? 내 좌우명은 자유롭게 사는 것이라고."

"예, 뭐. 금방 무너진 좌우명이었지만요."

"크하핫! 그렇게 말하니 할 말이 없네. 만약 유미르가 디엘럼에 있었다면 지금의 나도 디엘럼에 있었을지도 모르지.

하지만 말이야. 그런 이유가 없다면 죽는 한이 있더라도 디엘럼을 따르지 않았을 거다."

가스파르는 경멸하는 듯 말한다.

"거긴 변질됐어. 처음엔 그저 핍박받는 수인들의 도피처 같은 곳이었지. 모두가 생존을 위해 필사적이었어. 그랬던 게 세력이 커지니 도리어 인간들을 차별하고 배척하기 시작한 거야. 동맹 관계에 있는 서방의 인간들도 심심하면 반죽음을 시켜 놓을 정도이니, 혹시나 대륙의 인간들이 흘러들어오면 아무렇지도 않게 고문하고 살해하지. 왜 죽이는가 이유 따윈 필요 없어. 그들에겐 이미 명분이 있으니까."

"대륙의 인간들이 자신들을 핍박했다는 명분입니까."

"자연스러운 거야. 알스, 이 대륙에서 수인들은 기를 펴고 살 수가 없잖아? 고개를 숙이고 살아가야 하지. 그런 반대급부로 디엘럼이란 존재가 만들어진 거야. 대륙에서 수인들이 느끼는 고난만큼이나 그 분노는 거대해."

"결국 펜실론 제국의 업보라는 겁니까……."

수인에 대한 차별은 펜실론 제국 시절부터 본격화됐으니 분명했다.

"뭐, 네가 펜실론의 핏줄이라고는 해도 그 업보를 책임질 필요는 없어. 결국엔 자연스럽게 제자리를 찾아가게 될 거라고. 디엘럼이 멸망하든, 우리들이 멸망하든. 가능한 한 디엘럼이 멸망하는 게 좋겠지만."

"구데리안 체스터는 강경파입니까?"

"아니, 내가 알기로는 디엘럼 내에서도 괴짜라 불릴 정도의 온건파였다. 인간인 일리야를 제자로 둔 것만 봐도 알 수 있지."

"……."

"하지만 결국 대륙 정벌의 앞잡이 역할인 삼건장이 됐다는 건 녀석도 결국 디엘럼의 뜻에 동참했다는 거다. 만약 다음에 녀석과 만날 일이 생긴다면 절대 혼자서 만나지는 마라. 못해도 안톤 녀석은 함께 있어야 해. 그 녀석 정도만이 구데리안을 감당할 수 있을 테니까."

가스파르에게 얻을 수 있는 정보는 이 정도였다. 나머지는 스승에게 물어보면 되겠지.

나는 가스파르와 저녁을 함께 먹은 뒤 홀로 루트거의 저택으로 향했다.

루트거의 저택에 방문할 즈음에는 해가 완전히 저물어 있었다.

문을 두드리자 사용인으로 보이는 중년 여성이 모습을 드러냈다.

예전의 그 사용인은 그만뒀는지 처음 보는 얼굴이었다.

"무슨 용무이십니까."

"아, 그게. 에스텔 양과 잠시 이야기를 나누고 싶어서 왔습니다."

그러자 여성은 왜인지 깊은 한숨을 내쉰다.

"응접실에서 기다리세요. 아가씨는 곧 돌아올 테니까."

"……?"

또 에스텔의 친구가 찾아와 있는가 했으나 그런 건 아닌 모양이었다.

응접실에는 네 명의 젊은 남자가 초췌한 얼굴로 앉아 있었다. 그들은 내가 등장하자 진득한 경계의 빛을 내비쳤다.

'루트거의 손님인가?'

나는 그러려니 하며 신경을 껐다. 루트거가 30분 안에 돌아오지 않는다면 그냥 돌아갈 심산이었으나 딱 30분이 되려는 시점에 루트거가 돌아왔다.

저택의 로비에 기척이 들리고. 사용인이 응접실에 나타나 말한다.

"안주인님께서 돌아오셨습니다."

그러자 남자들이 부리나케 밖으로 나갔다.

잠시 후 들려온 것은 불호령이었다.

"썩 사라져라!"

무슨 일인가 싶어 나는 천천히 로비로 향했다.

그곳에는 간절하게 애원하는 남자들과 분노하는 루트거. 그리고 경멸하는 에스텔이 있었다.

"제, 제발! 따님과 만날 기회를……!"

"사라지라고 했다! 네 이놈들, 다음에도 뻔뻔하게 얼굴을

2장 45

내민다면 내게도 생각이 있다!"

"크윽!"

루트거가 위압을 했음에도 남자들의 의지는 꺾이지 않았다. 장군의 위압을 버티다니. 어느 의미로 감탄이 나올 정도다.

보다 못한 에스텔이 눈살을 찌푸리며 끼어든다.

"전 당신들에게 먼지만큼도 관심이 없습니다. 당신들과 만날 생각도, 이야기를 나눌 생각도 없어요."

"그, 그걸 어떻게든……. 저에 대해서 알게 된다면 분명 생각을 바꿀 겁니다! 에스텔 양!"

"바꾸지 않습니다. 게다가 제겐 이미 연인이 있어요. 당신들은 발밑에도 미치지 않을 멋진 연인이. 그러니 다시는 제 앞에 나타나지 말아 주세요."

"대체 그놈이 누구입니까!"

"그걸 알아서 뭘 어떻게 할 건가요."

"그, 그야……."

대충 상황을 파악한 나는 다시 응접실에 돌아가려 했으나 에스텔의 레이더 성능이 생각보다 뛰어났던 모양이다.

"아앗! 알스……읍!?"

내 이름을 부르려고 하던 그녀의 입을 막은 건 루트거였다.

루트거도 내 모습을 확인했는지 슬쩍 곁눈질을 하고는 남자들에게 말한다.

"다음부터는 저택에 얼씬거리지도 마라! 경비대를 부르기 전에 어서 꺼져라!"

남자들은 어깨를 축 늘어뜨린 채 저택을 떠났으나 그 집념
은 여전히 꺾이지 않은 것처럼 보였다.

그들이 사라지고 나서야 루트거는 막고 있던 에스텔의 입
을 풀어 준다.

"알스 님!"

품위라곤 보이지 않는 종종걸음으로 다가온 에스텔은 내
게 안겨들려 했으나 나는 슬쩍 피했다.

에스텔은 엉거주춤. 뻘쭘하게 멈칫하더니 낮은 목소리로
말한다.

"······이건 무슨 의미인가요."

"별 의미는 없어요. 오늘은 이런 일이 너무 많아서요. 슬
슬 낯간지러워졌거든요."

"이런 일이 많았다고요? 수많은 사람과 포옹을 나눴다 이
건가요? 남자들과 포옹을 나눴을 리는 없고······ 누구죠?"

"어머니와 율리아 누나요."

"······아하, 그랬군요!"

경직된 표정이 순식간에 풀어진다.

응접실로 자리를 옮기자 에스텔은 쉴 새 없이 재잘대며 이
야기를 주도해 나갔다.

주요 화두는 에리나였다.

"그러고 보니 들었어요. 파티장의 정원에서 에리나와 춤

을 쳤다고요?"

"그건 어떻게 알았어요?"

"에리나가 자랑하듯이 말했으니까요."

화를 낼 줄 알았으나 별로 그런 기색은 없었다.

"최근에 그녀와 만났어요?"

"알스 님의 안위를 듣기 위해서요. 알펜서드에 있는 살레온 저택에서 이틀 정도 머물고 왔답니다."

"당신이 그런 식으로 웃으며 말할 정도면 제법 친해진 모양이네요."

"그, 그야……. 에리나는……. 저에게 무척……상냥하게 대해…… 주니까."

부끄러운 걸 감추려는지 웅얼거리는 에스텔.

에리나의 인싸 스킬에 근본적으로 아싸인 에스텔은 당해 내지 못한 것 같다. 에리나를 향한 적대감은 더 이상 보이지 않았다.

"그런데 그녀에게 혼나지는 않았어요?"

지난번 책 사건으로 제법 화가 난 듯했는데 말이다.

"혼나다뇨? 그런 건 없었는데요?"

"아……. 그렇군요."

아무래도 묵히고 묵힌 큰 거 한 방을 노리고 있는 것 같다.

이후로도 에리나와 관련된 화제로 이야기를 하던 에스텔은 씁쓸한 표정으로 돌연 입을 다물었다.

그러고는 말한다.

"캐묻지 않으시는군요. 그 남자들에 대해서……."

"어떤 사정인지 눈에 선했거든요. 제가 사정을 알면서도 물어봐 주길 바랐어요?"

"그건 아니지만……. 가능하면 알스 님이 나서 줬으면 했어요."

"백마 탄 왕자님처럼? 그런 거라면 미안해요. 그런 잰 척은 잘 못하거든요. 게다가 그렇게 나설 때야 당장은 좋겠지만 나중엔 귀찮은 일만 남으니까."

"무슨 말을 하는지는 알아요……. 그렇지만 예전엔 그렇게 해 주셨잖아요."

"예전이요?"

"제게 쓰레기를 던지던 녀석을 흠씬 두들겨 패 줬을 때요."

"아……."

그거야 실상 유미르에게 쓰레기를 던진 것 때문에 화를 낸 거였지만 사실대로 말할 수는 없었다.

"그때 그놈들이 하던 건 명백히 나쁜 짓이었지만 지금은 그런 게 아니니까요. 게다가 그때도 그 일로 인해 귀찮은 일이 발생했잖아요?"

"흥."

뾰로통한 표정을 지은 에스텔은 벌떡 일어나더니 양팔을 내게 내밀었다.

무슨 시그널이냐 표정으로 묻자 입을 삐죽 내민 채 말한다.

"저도 춤추고 싶어요. 에리나에게만 해 주는 건 치사해요."

"다, 단도직입적이네요. 근데 보는 눈이 있는데요?"

내가 루트거 쪽을 바라보자 에스텔은 눈치껏 빠져 달라며 흘겨본다.

루트거는 크게 한숨 쉬었다.

"일라인. 떠나기 전에 잠시 내 서재로 와 주게. 긴히 하고 싶은 얘기가 있으니까."

"하고 싶은 얘기요?"

"……중요한 얘기니 꼭 와 주게."

그 표정은 제법 심각했다.

이에 에스텔은 설렌다는 표정으로 속삭인다.

"아마도인데, 웨이드가 알스 님을 영입하려는 걸지도 몰라요!"

"……예?"

"이건 둘만의 비밀인데. 아버님은 웨이드와 연줄이 있으시거든요. 그러니 알스 님에게 제안을 하려는 걸지도 모른다고요!"

"아무리 그래도 그건 아닐걸요?"

설마 그런 용무일 리가. 에스텔은 기묘한 착각을 하고 있는 것 같았다.

에스텔과의 댄스 타임이 끝나자 시계는 오후 9시를 가리키고 있었다. 이 시간이 되자 걱정이 됐는지 유미르가 마중을 나와 있었다.

다만 에스텔의 앞에선 모르는 사이를 연기하고 있었기에 직접적으로 마중을 왔다는 식으로 말하진 못했다.

"르미유 씨! 오랜만이에요!"

에스텔은 반색하며 유미르의 손을 맞잡았다.

"오늘은 어쩐 일로 오셨어요?"

"그게……."

내 쪽을 슬쩍 바라본 유미르는 애써 둘러댄다.

"로젠버그 님에게 용건을 전하러 왔습니다."

"그렇군요! 그럼 조금 기다리셔야 할 거예요. 아버님께선 알스 님과의 선약이 있거든요. 그때까지 저와 다과라도 함께해요."

유미르를 이끌고 응접실로 향하는 에스텔.

난 루트거의 서재로 향했다.

"왔군. 어서 앉게."

루트거는 먼저 전쟁에 대한 이야기를 꺼내 서방과의 일을 묻더니 곧장 본론으로 들어갔다.

"다름이 아니라 에스텔 때문일세."

"맥락으로 미뤄 보면 그 남자들 때문입니까?"

"그래. 그 정도라면 그래도 대처가 가능한 수준이야. 문제는 악의를 가지고 에스텔을 노리는 녀석들이 있다는 거지."

"흠?"

"나도 종일 함께 있을 수는 없으니까. 아카데미에도 가야 하고. 걱정이 이만저만이 아니네."

내가 느끼기엔 과민 반응을 하는 것처럼 보였으나 딸을 둔 아빠라는 게 보통 이런 거라 생각하기로 했다.

"그래서요?"

"그러니 경호원을 구할 생각이었는데 믿을 만한 사람이 보이질 않더군."

루트거가 내민 조건이 굉장히 까다로웠기 때문이다.

무엇보다 여성이어야 한다는 점이 문제였다.

"그런 인물은 눈 씻고 찾아봐도 없더라고. 그러니 자네에게 부탁을 하고 싶네. 우연찮게도 자네 곁엔 그런 인물이 몇이나 있으니까."

"그렇긴 하죠."

에오니아와 유미르. 일리야 스승도 그렇다.

"개인적으론 일리야 안페이가 적격이라 생각하지만 그녀도 이제 육아를 해야 하니 힘들다 봤을 땐……. 유미르 양을 보내 줬으면 하네."

"에오니아는요?"

"미라벨은 자네 곁을 떠나려 하지 않겠지. 억지로 내 딸의 경호를 시켰다간 반감이나 살 게 뻔해."

"그건 그렇죠. 하지만 그런 이유라면 유미르도 안 됩니다."

"뭐?"

"이번에 일이 조금 있었거든요. 제가 죽을 뻔한 걸 보곤 꽤나 충격을 받은 모양이에요. 가능하면 떨어지려고 하질 않아서……. 당분간은 힘들 것 같아요."

"후우……! 그렇담 과거의 부하들을 부르는 수밖에 없겠군."

"과거의 부하라면 칼론 산지에 함께 있었던 그 남자들 말입니까?"

이젠 이름도 잊어버렸다.

"그래. 잉스와 조지 말이네."

"그 둘이라면 부르지 않는 게 좋을 겁니다."

그 둘이 과거 에스텔에게 했던 말들과 태도를 전하자 루트거가 살기를 흘렸다.

"그놈들……! 내가 없을 때 그런 짓을!"

"자연스러운 거죠. 전성기를 보내야 하는 시점에 병간호나 한다고 생각했을 테니."

"허!"

루트거는 곧 풀썩 의자에 앉으며 눈을 질끈 감았다.

"그렇담 대체 어떻게 해야 할지……."

"에스텔에 대해서라면 제가 조치를 취하겠습니다. 올라프가 돌아오면 일손에도 여유가 생길 테니 당분간은 쉬면서 당신이 곁에 있어 줘요."

"그건 고맙네만. 생각해 둔 방법은 있나?"

"막 떠오른 방법이 있습니다."

그 방법을 전해 들은 루트거는 눈을 크게 뜨더니, 곧 무거운 표정으로 고개를 끄덕였다.

이번 전쟁은 여러모로 상처가 깊었다.

크로싱을 제외한 참전국 모두 회복하기 힘든 피해를 입고 말았다.

툰카이와 서방은 물론이고 베카비아와 캘리퍼도 마찬가지다.

베카비아는 가뜩이나 부족했던 정규병 8만 중 3만이 죽거나 다치면서 군대의 규모가 또 한번 축소되어 버렸다.

이걸 보완하려면 국민들을 입대시켜야 했는데, 그러기에는 인력도, 재원도 부족했다.

크로싱 측에서 원조를 해 주긴 했지만 그 크로싱이 영토의 1/3을 받아 간 걸 생각하면 병 주고 약 주고일 뿐이다.

게다가 앞으로의 전망도 어둡다.

이번 일을 통해 크로싱과 베카비아는 전략적인 동맹을 맺게 됐지만 영토의 형태를 보면 베카비아는 그저 크로싱의 방파제에 지나지 않았다.

스벤나나 툰카이, 서방의 침략을 일선에서 받아 주는 방패 역할이 된 것이다.

그래도 크로싱과의 동맹이라는 전략적 무기가 있는 만큼 당분간은 평화를 유지할 수는 있는 상황이다.

캘리퍼에 대해서 말하자면 병력적인 측면이나 자원에 있어서 큰 피해를 본 건 아니지만 또다시 인재를 잃고 말았다.

2장군 델바도바의 전사.

이에 국왕 가레스는 크게 슬퍼하며 왕가 주도의 장례를 치러 주었다.

그 후에는 후사에 대해 논의하기 시작했는데, 주요 화두는 역시 군부의 빈자리를 어떻게 채워 넣느냐였다.

이에 대해 길버트 살레온이 국왕에게 진언한다.

"이번 전쟁에서 전공을 올린 사관생 중 하나에게 기회를 주는 건 어떠십니까. 곧 펜실론 아카데미로의 진학도 있으니 대외적인 본보기도 될 겁니다."

이에 국왕은 기다렸다는 듯 대답한다.

"나도 그렇게 생각하고 있었지. 그렇담 역시 케스퍼 밀리아스를 장군으로 승격시키는 게 맞겠지? 그는 그 웨이드니까 말이야."

마치 조롱을 하는 것 같은 말투였다. 길버트와 헬리안은 나란히 입맛을 다셨다.

'역시 폐하께서도 눈치를 채셨던 건가.'

'골치 아프게 됐군.'

갑자기 왕가 직속 장군인 델바도바를 교사 역으로 임명하겠다는 얘기가 나왔을 때부터 어렴풋이 짐작은 했다.

일선에서 물러나 있던 국왕도 키메라 전쟁 이후에는 군부에 신경을 쏟았다는 뜻이다.

그 과정에서 케스퍼가 웨이드가 아니란 사실쯤은 간단히 알아냈겠지.

"왜 그러나 둘 다. 케스퍼가 전공을 올린 것은 사실 아닌가?"

능글맞게 웃는 가레스 국왕.

길버트가 신중하게 말을 고른다.

"그게…… 그렇긴 하옵니다만."

케스퍼는 이번 전쟁에서 전공을 올린 것으로 되어 있었다.

마지막 델스톤 산지 전투에서 북서쪽 산지를 공격한다는 메인 작전을 제안한 것이 케스퍼였기 때문에 승전에 대한 공로를 가져간 것이다.

길버트는 이 상황이 달갑지 않았다.

케스퍼가 너무 높은 자리에 올라갔다간 사칭으로 인한 리스크도 커지기 때문이다. 사칭 이슈가 없는 상태에서 장군의 직위에 오른다면 좋은 카드가 될 테지만 아직 그런 상황이 아니다.

하여 다른 이름을 꺼냈다.

"실상을 보면 가장 큰 전공을 쌓은 건 일라인 가문의 사남이라고 합니다."

"일라인 가문? 아아, 리벨을 다스리고 있는 베리알 남작 말인가."

"베리알은 은퇴를 하여 그의 맞아들인 맥스 일라인이 작위를 이어받았습니다. 현재는 전쟁으로 인해 폐허가 된 리벨 대신 레인폴을 다스리고 있지요."

"그랬었지. 이거야, 늙게 되니 기억력도 나빠지는군. 그래서? 말하는 걸 보면 그 일라인 가문의 사남이 이번 전쟁에서 좋은 모습을 보여 줬나 보군?"

"예, 살아 돌아온 델바도바의 부관들이 말하는 걸 보면 훌륭한 군재를 가지고 있는 모양입니다. 델바도바도 전사하기 전 그 아이를 가장 높게 평가했다고도 하지요."

"호오, 그건 흥미롭군. 정신적으로 델바도바의 후계자 격이 되는 건가. 그렇다면 꼭 그 아이를 장군으로 삼고 싶군."

"폐하의 뜻대로 될 수 있을 겁니다."

길버트는 입꼬리를 올렸다. 이제 에리나와 알스를 맺어 주면 만사가 풀린다.

그러나 그때.

"저는 반대입니다."

헬리안 공작이었다. 그는 길버트를 노려보고는 말을 이어 갔다.

"폐하, 큰 책임에는 큰 힘이 따라오기 마련입니다. 일라인 가문의 사남을 돌연 장군직에 올려 버리면 여러 권력에 눈이 먼 자들이 그에게, 그 가문에 접근할 것입니다. 그건 그의 성장에 전혀 도움이 되지 않을 겁니다. 그러니 지금은 그런 특진보단 힘을 감당할 만한 성장 토대를 주는 게 어떨까 싶습니다."

"성장의 토대?"

"가문의 사남 정도가 되면 목표는 분가가 아니겠습니까? 하니 영지를 내려 주시어 분가를 하게끔 만드는 게 좋다고 생각합니다. 직급은 훗날 전공을 올리면 그때 주면 되는 것입니다."

"음. 일리가 있군."

"장군의 자리는 케스퍼 밀리아스에게 주는 편이 좋다고 생각합니다만, 정규 장군으로 임명하기보단 특무장군의 위치를 주는 게 좋다고 봅니다."

사실 헬리안도 마음 같아선 알스에게 장군직을 주고 싶었지만 알스 본인이 거부했다.

그 부탁을 들어주지 않았다가 수틀려서 알스가 살레온 계파에 붙어 버리기라도 하면 죽도 밥도 안 되는 상황이었기에 알스의 뜻대로 조치를 취해 주고 있었던 것이다.

게다가 케스퍼를 높은 자리에 올리면 사칭으로 인한 리스크도 커지기 때문에 살레온 계파에 대한 압박도 된다.

"흠. 케스퍼를 특무장군으로 말인가……."

국왕은 이 제안이 무척 마음에 들었다. 무엇보다 살레온 계파의 케스퍼가 장군으로 가는 걸 헬리안이 승낙한 부분이다.

케스퍼가 웨이드를 사칭하고 있다곤 해도 국왕은 크게 개의치 않았다. 오히려 그런 야심을 높게 평가하고 있었다.

때때로 위치가 능력을 만들어 주기도 하는 법. 케스퍼는 웨이드와는 별개로 유망한 인재로 평가받았기에 높은 자리를 주어 성장에 가속도를 붙일 생각이었다.

게다가 케스퍼는 살레온 계파 소속이니 양 계파의 균형을 맞추는 데에도 효과가 있다.

군부를 헬리안 계파가 너무 꽉 잡고 있는 것도 국왕의 입장에선 바람직하지 못했다.

"그 일라인 가문은 둘 중 어디를 따르고 있나."

어디 계파냐는 물음. 이에 길버트는 입술을 꽉 깨물었다.

'이럴 줄 알았으면 일찌감치 혼담을 진행해 놓는 건데!'

헬리안은 그런 길버트를 싸늘하게 노려보고는 답한다.

"제 가문과 연이 있사옵니다."

"그렇군. 그렇담 이렇게 하지. 그 일라인 가문의 사남에겐 전공에 따른 영지를 하사하고, 케스퍼 밀리아스를 특무장군 겸, 제5장군으로 임명하도록 하겠다."

"하지만 공석은 두 개이옵니다. 남은 한 자리는 어떻게 하실 생각인지요."

"음, 그 부분은 생각해 두었네. 레그나트 자네에게 미리 말하지 못한 건 미안하네만. 알티오르 살레온을 제1장군으로 복귀시키기로 했네."

"무슨……!?"

이건 길버트도 처음 듣는 이야기인지 눈을 부릅떴다.

"아, 아버님이 복귀를……?"

"서방이 참여한 것을 보니 피가 들끓었던 모양이야. 길버트 자네는 알겠지. 알티오르가 펜실론 제국 시절 서방의 야만인들과 전투를 치르던 중 치욕을 당했었다는 걸."

"얼핏 들었사옵니다."

"노장의 마음에 새로운 불씨가 피어오른 게야. 알티오르도 그런 미련이 남아 있었기에 자네에게 공작위를 물려주지 않고 있었던 거겠지."

"허……."

알티오르 살레온의 복귀. 이는 헬리안이 식은땀을 흘릴 정도로 커다란 사건이었다.

"자네들도 알다시피 조만간 승전 파티가 열릴 걸세. 그 자리에서 알티오르와 케스퍼의 임명식도 함께할 터이니 그렇게 알도록 하게."

승전 파티.

이에 둘은 긴장 섞인 한숨을 내쉬었다. 이 파티가 앞으로의 귀족계에 큰 영향을 끼칠 게 분명했기 때문이다.

3장

전쟁을 끝내고 돌아온 아카데미는 생각 이상으로 떠들썩했다.

키메라 전쟁 때는 우울함을 감추지 못했던 사관생들도 경험이 쌓이니 대범하게 받아들이기 시작한 것이다.

그들의 관심사는 새로운 권력 개편이었다.

핵심이었던 케스퍼, 조슈아, 데니안, 루안이 갈라서면서 균열이 생긴 파벌.

'군웅할거가 열려 버렸네.'

삼국지로 비교하자면 케스퍼는 조조. 조슈아와 데니안은 원소. 루안은 손권쯤 된다.

그리고 도로시로 말하자면 한중의 장로. 나는 재야의 인재다.

배닝스는 흥미진진하다며 말했다.

"조슈아와 데니안이 이를 갈았나 봐. 케스퍼와 대립각을 세웠어."

"관도대전이라도 펼쳐지려나."

"관도대전? 그게 뭐야?"

"그런 게 있어."

정말 비슷한 양상이었다. 전체적인 형세는 원소 측이 유리했으나 조조의 인재풀이 너무 넓었다.

사관생들 대부분이 아직 케스퍼를 지지하고 있었던 것이다.

이에 조슈아와 데니안은 극약처방을 내린다.

"저 녀석은 웨이드가 아니야. 흉내를 내고 있을 뿐인 멍청이라고."

"그, 그게 사실이야?"

"그렇다니까."

이에 케스퍼는 붉으락푸르락한 표정으로 고래고래 소리를 친다.

"헛소리 마라, 조슈아! 누가 웨이드가 아니라고!?"

"핫! 그럼 맞다고 할 생각인가? 이제 와서? 그때 네가 추태를 부린 건 나와 데니안뿐만 아니라 그 자리에 있던 병사와 장교들도 지켜봤다고. 그들을 데려와 볼까?"

나는 그 자리에 없었기에 잘은 모르지만 뭔가 일이 있었긴
했나 보다. 케스퍼는 땀을 삐질 흘리며 척 보기에도 당황한
기색이 역력했다.

"그, 그때 그건 불리한 전황을 뒤집기 위한 묘책이었다!"

"개소리!"

뭔가 점점 더 흥미진진해졌다.

나는 참지 못하고 에오 도시락(육포)을 꺼내어 질겅질겅 씹
으며 지켜보았다.

"그렇다면 증명해 봐라! 에오니아 미라벨이라도 데려와
봐! 그럼 믿어 줄 테니까!"

케스퍼에겐 외통수나 다름없는 말.

그러나 녀석은 기다렸다는 듯이 소리친다.

"좋다! 곧바로 데려와 주지!"

"뭐!?"

웅성이는 교실.

케스퍼 녀석도 추궁을 당할 걸 알고 있었는지 미리 준비를
한 것 같다. 얼마 지나지 않아 회색 갑주를 차려입은 여성이
나타났다.

갑주에는 밀리아스 후작가의 문양이 새겨져 있었다.

"에, 에오니아 미라벨이다!"

"정말로 데려왔어!"

얼굴을 가린 여성 무장. 나름대로 실력도 있는지 살벌한

분위기가 풍겼다.

'이러면 오히려 에오가 아니잖아.'

에오는 평상시에 이런 살벌한 느낌이 아니다.

나와 있을 때는 귀여운 허술함이 있었고, 외부인을 상대할 때도 경계는 할지언정 투기는 잘 정련하여 속으로 예리하게 가다듬는 스타일이다.

반면 지금 저 여성은 대놓고 투기를 흘리고 있었다. 일부러 하는 것도 있지만 기본적으로 투기를 가다듬는 스타일이 아니라는 거다.

'투기를 마음껏 흩뿌리고 다니는 유형……. 그렇다는 건 용병이라는 얘긴데.'

그래도 여성 용병 중에 이 정도의 실력자가 있을 줄이야.

'스승에게 물어보면 정체를 알 수 있겠는데.'

스승은 여성 용병 중에선 업계 최고봉에 있다. 다른 여성 용병에 대한 정보 정도는 알고 있을 테다.

"자, 이제 증명됐나?"

"저, 정말로 에오니아 미라벨이라고……?"

"그래!"

조슈아와 데니안은 꿀 먹은 벙어리가 된다.

"지난 전쟁에선 굳이 필요하지 않을 거라 생각해 데려가지 않았지만 만약 데려갔다면 그 피셔 파르틴이란 녀석도 단창에 죽일 수 있었을 거다!"

케스퍼가 피셔를 언급하자 잠자코 있던 루안이 노골적으로 불편한 기색을 내비쳤다.

"듣자 듣자 하니……. 연극은 거기까지 해라 케스퍼!"

"루안……!"

"네가 데려온 게 어디서 굴러먹다 온 누구인지는 모르겠으나 그 괴물 같은 놈의 상대가 될 거라고 진심으로 말하는 거냐?"

"그래!"

"흥! 그렇담 좋아. 내가 시험을 해 주지! 당장 연무장으로 나와!"

"뭐라고!?"

"내가 그 기량을 시험해 주겠다고! 정말로 에오니아 미라벨인지, 그 피셔 파르틴을 단창에 죽일 수 있는 실력인지 말이야!"

케스퍼가 또다시 비 오듯 땀을 흘렸다.

가까이선 비극, 멀리선 희극이라는 말이 딱 정확했다. 케스퍼는 죽을 맛이겠지만 내 입장에선 너무 재미졌다.

어느새 두 번째 육포를 꺼내 먹고 있었다.

연무장으로 자리를 옮긴 루안은 검을 치켜들고 가짜 에오를 가리켰다.

"덤벼라, 가짜."

"……."

이에 가짜 에오도 은근히 화가 치밀어 올랐는지 진심으로 공격하기 시작했다.

'생각보다 더 강하잖아.'

나와 동등하거나 살짝 더 강한 것처럼 보였다.

맞지도 않는 창을 억지로 사용하고 있어 움직임이 어색했으나 주 무기를 사용한다면 나라도 승부를 장담하기 어려운 강자였다.

그리고 그건 다시 말해 피셔 파르틴에게는 미치지 못한다는 뜻이기도 했다.

수십 합을 겨룬 루안은 기가 찬다며 말한다.

"고작 이걸로 그 괴물 놈을 단창에 죽일 수 있다고? 헛소리 마라!"

루안의 증명에 케스퍼는 재빨리 둘러댄다.

"아직 모르겠냐? 에오니아는 지금 손대중을 하고 있는 거다. 네놈에게 진심을 냈다간 금방이라도 죽어 버릴 테니까."

"그러니까 죽여 보라고!"

"그런 도발엔 넘어가지 않아, 루안. 자, 이걸로 증명이 됐겠지?"

사관생들은 고개를 끄덕였다. 어찌 됐든 에오니아라고 데려오긴 했고, 충분할 정도로 강했으니까.

애초에 대부분 케스퍼를 지지하는 쪽이었기에 그렇게 믿기로 했다.

관도대전이 조조(케스퍼)의 승리로 돌아간 순간이었다.

패전을 한 원소(데니안, 조슈아)는 분열되어 흩어졌고, 결과를 받아들이지 못한 손권(루안)은 홀로 떨어져 나가 자신만의 세력을 구축했다.

이대로라면 조조의 통일이 머지않은 상황이었다.

그 상황에서 유비가 나타나게 되니…….

"혹시 나랑 함께할 사람 없어?"

유벨이라는 이름의 평민 사관생이었다.

키메라 전쟁 때도 참전을 해 쏠쏠한 활약을 펼쳤던 녀석으로, 이번 전쟁에서도 적 장교를 처치하는 전공을 기록하며 승진을 앞두고 있었다.

녀석은 파벌에 속하지 못했던 사관생들. 그리고 파벌에 속해 있는 평민 사관생들을 규합해 독자적인 세력을 구축했다.

"난 꼭 장군이 될 거야. 그때가 되면 모두 빛을 볼 수 있어. 그러니 부디 나를 믿어 줬으면 해."

녀석은 내친김에 도로시까지 포섭하려 했으나 도로시는 외딴섬을 고수했다.

도로시 영입이 실패하자 나에게까지 제의를 하려는 듯했으나 곧 고개를 흔들었다.

녀석도 알고 있던 것이다. 내가 파벌에 들어가면 리더는 자기가 아니라 내가 된다는 걸.

그렇게 구축된 유비, 조조, 손권의 삼세력.

파벌 전쟁은 이제부터였다.

"크! 드라마 한 편 다 봤네."

나는 기지개를 켜며 귀가 준비를 했다.

말은 거창하게 했지만 오늘 있었던 일은 아무래도 좋은 일이었다.

애들이 벌이는 삼류 정치극에 불과할 뿐.

교편에서 상황을 지켜보고 있던 장교도 심드렁한 얼굴이다.

"다 끝났나? 그럼 전달 사항을 전하도록 하겠다."

장교는 곧 있을 승전 파티에 관한 것을 얘기하기 시작했다.

"승전 파티이니 사교적인 측면에서 까다롭진 않겠지만 너희들은 사실상 파티의 주역이니 웬만하면 파트너를 대동하는 게 좋을 거야. 뭐, 없는 것도 나쁘진 않아. 너희들을 노리는 영애들이 있을 테니까. 그 부분은 알아서 처신해라."

승전 파티라는 말에 애들은 제각각의 각오를 다졌다.

이번 파티는 그만큼 중요한 파티였다.

파티 경험은 더러 있었지만 나는 이번 승전 파티가 가장 까다로울 거라 확신하고 있었다.

왜냐하면 내가 준주역이 되어 버렸기 때문이다.

지금까지 했던 것처럼 구석에 짱 박혀서 멍하니 시간을 보내는 게 불가능하다.

'무엇보다 파트너가 문제인데.'

파트너를 데려가자니 마땅한 사람이 없고. 안 데려가자니 장교가 말한 대로 춤 신청이 쇄도할 것 같고.

나는 적당히 베릴에게 부탁할 생각이었으나 놀랍게도 베릴은 루안에게 파트너 제안을 받았다고 한다.

평소 좋아하던 루안이 파트너 신청을 했는데 내 제안을 받아들일 리 만무했다.

'남은 후보군은 에리나밖에 없는 건가…….'

그러나 에리나와 입장을 했다간 어떤 소란이 벌어질지 뻔했다.

에스텔은 크로싱의 사람이니 데려갈 수 없고.

그 이상 생각하기 귀찮아졌던 나는 적당한 파트너를 구해 달라 헬리안 공작에게 헬프를 요청했다. 그러자 헬리안은 맡겨 두라며 호언장담.

하여 파트너에 대한 문제는 그에게 맡겨 두고 당면한 다른 문제를 처리하기로 했다.

마침 군의 철수를 맡았던 올라프가 애쉬와 정체불명의 여성을 데리고 복귀를 한 것이다.

'애쉬 드란발트…….'

게임 속 알스의 친구 중 하나이자 바람둥이 캐릭터.

캐릭터 등급은 SSR로 최고 등급은 아니었으나 기병의 희귀 특기 중 하나인 '전선교란'을 가지고 있어 종종 채용되는 캐릭터였다.

지금 내 휘하에 기병을 효과적으로 지휘할 수 있는 무장이라곤 에오니아가 유일했다.

그 에오조차 돌격 이외의 전술은 소화하지 못해 마음 놓고 맡길 수 없었던 만큼, 애쉬의 영입은 큰 도움이 될 터였다.

다만 이 녀석을 얼마나 믿을 수 있을지 아직 알 수가 없었다. 게임에선 펜실론 아카데미에서 첫 만남을 가지게 되지만 지금은 포로 관계로 만나게 됐다.

'어떻게 처분한담?'

훗날 애쉬를 영입해 본다는 관점에선 둘 다 조건 없이 석방하는 편이 깔끔하긴 했다.

문제는 너무 깔끔하다는 것. 애써 잡았는데 뭔가 다른 걸 얻고 싶어지는 욕심은 어쩔 수 없었다.

내가 생각하고 있는 건 대가 지불이었다.

애쉬는 풀어 주고 여자 쪽은 볼모로 잡는 느낌. 애쉬와는 아카데미에서 알스의 입장으로 친교를 쌓는 편이 좋으니 이렇게 하는 게 낫다.

이 부분을 어떻게 성사시키느냐가 포인트였다.

나는 가신들을 전부 모아 압박 심문을 진행하려 했지만 때

마침 스승이 진통을 느끼기 시작했기에 그걸 돌보기 위해 안톤과 유미르, 가스파르는 참석하지 못했다.

루트거와 에오, 올라프만 참관한 심문에서 나는 생각하던 부분을 말하려고 했지만 상대 쪽에서 선수를 쳤다.

여성이 소리친다.

"저를 죽이건 노예로 부리건 상관없어요. 부디 이 남자만은 풀어 주십시오!"

바라 마지않던 역제안에 나는 터져 나오려는 웃음을 어떻게든 참았다.

"오호, 갸륵한 태도인걸? 마치 주군을 탈출시키려는 신하의 마음가짐이 보여."

"……."

정곡이었는지 입을 다무는 여성.

'애쉬가 주군이라니. 이쪽도 뭔가 숨겨진 사정이 있나 본데?'

애쉬는 그저 툰카이 출신의 바람둥이 캐릭터로만 알고 있지 숨겨진 신분이 있다고는 처음 들었다.

'이 여자는 기병 별동대를 이끌고 내 본진을 습격했었다고 했지. 애쉬도 그중 하나였다고 하면 이상하지도 않지.'

평범한 장교가 그런 중임을 맡을 리 없다. 이미 군에서 충분한 지위를 가지고 있다는 뜻.

"새삼 너희들의 정체가 궁금해지는군. 그건 말해 줄 생각이 없는 건가?"

여성 쪽은 입을 굳게 다문다.

나는 조소하며 말했다.

"나를 얕보지 말도록. 뭐, 결국 크로싱 첩보부의 정보력이
긴 하지만……. 그쪽의 남자. 애쉬, 맞지?"

그러자 둘은 눈을 크게 뜬다.

"뭘, 이런 걸 가지고. 그때 사로잡은 툰카이의 장교와 병
사들이 몇 명인지 모르는 건 아닐 텐데."

그렇게 말하고 안색을 살피니 여성 쪽에서 '있을 수 없다.'
라는 표정을 지었다. 보아하니 어지간한 상급 장교가 아닌
이상 둘의 정체를 모르는 모양이다.

"뭐, 알아낸 정보는 이것 하나뿐이니 제법 애를 먹고 있는
건 사실이다. 이봐 여자. 네가 내민 조건을 받아들이기 위해
선 적어도 너희 둘의 정체는 알고 있어야 한다. 난 별로 너희
들에게 해코지를 할 생각은 없어. 끝까지 입을 다물겠다면
크로싱의 군부에 다시 넘길 뿐이다. 다만 크로싱 군부는 집
요해서 말이지. 너희들의 정체를 알아내기 위해서라면 어떤
짓이라도 할 거다. 그 쥬라스 파밀리온에게 심문을 당하는
가. 나에게 털어놓든가. 어느 쪽이 더 현명한 선택일지는 알
아서 결정하도록. 아, 참고로 나는 독립 세력이라는 걸 명심
해라."

둘은 눈빛을 주고받았다.

곧 애쉬가 말한다.

"애쉬 페이튼. 툰카이의 5왕자다."

역시 드란발트라는 이름은 가명이었던 건가.

여자가 이어서 말했다.

"리시테아 데어윈드. 플로란드 부족의 전사장이에요."

연이어 터져 나오는 흥미로운 정보.

나는 예상 이상의 대어가 낚였음을 확신했다.

왕자를 자칭한 애쉬.

나는 곰곰이 정보를 떠올렸다.

'툰카이의 왕자로 공식적으로 알려진 건 세 명인데.'

의문이 표정에 드러났는지 애쉬가 씨익 웃으며 말한다.

"말하자면 드러낼 수 없는 자식 같은 거지. 드문 일도 아니잖아?"

"애쉬! 그만 얘기해요!"

"뭘, 이미 다 알고 있다는 것 같은데."

정체를 밝히자 후련해졌는지 애쉬는 심적인 여유를 찾았다. 오히려 나를 보는 시선에 시험하는 듯한 빛이 감돈다.

그게 조금 가소롭기도 해서 여유를 없애 버리기로 했다.

"흠."

나는 적당히 가설을 세워 말해 봤다.

"이번 전쟁에 참전을 한 걸 보면 뭔가 전공이라도 세우려했나 보지? 그걸 통해 영향력을 키우려고."

"......."

"플로란드 부족이 어디인지는 모르겠지만 너를 지지하는 세력임이 뻔하겠군. 기어코 정체를 밝히지 않으려 했던 걸 보면 너희들이 참전했다는 걸 군부나 왕가에서도 거의 알지 못했다는 거겠고."

"......!"

"그런 주제에 마지막 전투에서 그런 중임을 맡았다는 건 당시 군의 지휘관이 너희들의 편이었다는 거겠지. 분명 4장군 랜던 크로우였나?"

여유를 찾았던 애쉬의 표정이 순식간에 굳어졌다.

"이거야, 너희들의 사정을 알아낼 수 있는 사람이 또 하나 생겼군. 더 이상 너희들에게 볼일이 없어졌는걸? 너희들의 몸값은 그 랜던 크로우인가 하는 녀석에게 요구하면 그만이니까."

"자, 잠깐! 랜던은 관계없잖아!"

"이제야 가면이 깨지는군."

"큭!"

애쉬는 이를 악물었다. 여유 따윈 순식간에 사라져 버렸다.

리시테아가 대신 소리친다.

"약속을 지키세요! 정체를 밝힌다면 선처를 베푼다고 했잖습니까!"

"그런 말을 한 적은 없는데? 그저 크로싱에 넘기지 않겠다고 했을 뿐이지. 착각은 자유이지만 맘대로 그 착각을 강요하지는 말도록."

"그런!"

어이쿠, 나도 모르게 기세를 탔다. 이들에게 악감정을 심어 놓는 건 좋지 않으니 여기까지만 하기로 했다.

"뭐, 솔직히 말해 너희들이 누구인지, 그 정체가 뭔지, 무얼 노리고 있는지도 큰 관심이 없다. 굳이 파고들 생각은 없어. 그러니 해방 조건에 대해서나 얘기하도록 하지."

리시테아는 안도의 한숨을 쉰다.

"아까 말했었지. 여자, 너는 어떻게 해도 좋으니 남자를 풀어 달라고."

"맞아요."

이에 애쉬는 죽일 듯한 눈으로 나를 노려본다.

"그렇게 보지 마라. 나도 최대한 자비를 베풀 생각이니까. 일단 너희 둘. 몸값을 지불할 여력은 있나?"

"얼마입니까."

"두 명 합쳐서 2억 실란이다."

"2억이라고요!?"

"이것도 가볍게 책정한 거야. 고위 포로의 몸값은 제법 비싸니까 말이야. 그게 일국의 왕자 정도가 되면 수억으로도 택도 없지. 그걸 그냥 개인당 1억 실란으로 책정해 준 거다.

지불한다면 보내 주지. 지불할 수 있나?"

"그, 그렇게 큰 금액을 갑자기……."

망설이는 리시테아. 걸려들었다.

아마 저들은 금액을 지불할 수 있을 테다. 애쉬가 플로란 드 부족이란 곳의 지지를 받고 있다고 하니 모르긴 몰라도 2억 정도는 모을 수 있다.

하지만 부담이 되는 것도 사실. 그러니 리시테아가 망설인 순간 이 말을 꺼내는 것이다.

"그게 부담된다면 스스로 일해서 갚아라. 여자, 너는 1년에 1억 실란씩 차감해 2년을 내 밑에서 일하도록. 그 대신 남자는 풀어 주지. 어떤가?"

큰 금액에 망설이고 있던 리시테아는 자기만 희생하면 그 금액을 지불할 수 있다는 생각에 덥썩 물게 된다.

"하겠어요!"

"리시테아! 그럴 필요 없어!"

애쉬는 납득하지 못하는지 말렸으나 여자 쪽은 단호했다.

"당신이 이렇게 잡힌 것도 모두 내 탓이에요. 그러니 내가 전부 책임지겠어요."

"빌어먹을……!"

뭔가 내가 악역이 된 느낌이다.

악역 맞나?

"사별이라도 하는 것처럼 말하지 마라. 말했다시피 나는 자비심이 깊다. 여자가 걱정되면 크로싱을 경유해서 내게 연락을 해라. 언제든지 만나게 해 줄 테니까."

"……."

내 말의 진위를 확인하듯 눈매를 좁히는 애쉬.

"거짓말은 아니겠지."

"그 정도로 쪼잔하진 않다."

"내가 추후 2억 실란을 가져오면 리시테아를 풀어 줄 건가?"

"그건 안 되겠는데? 그 2억 실란은 이 여자가 일해서 갚는 것으로 한다. 그게 싫다면 당장 툰카이 왕가나 플로란드 부족인지 뭔지에 연락해서 2억 실란을 준비해."

후자는 난항이 있는지 애쉬는 침묵한다.

"억지를 부리는 이유는 뭐지? 왜 그렇게까지 리시테아를 원하는 거냐."

이 부분은 솔직하게 말하는 편이 좋을 것 같았다.

"여자 쪽이 아니야. 널 원하기 때문이다. 애쉬."

"……뭐라고?"

"난 인재를 모으고 있거든. 네가 마음에 들었다. 하지만 그렇다고 지금 내 휘하에 들어오라고 해 봐야 들어먹지 않겠지?"

"당연하다."

"그러니 시간을 들여 끌어들이겠다는 거야. 이 여자는 그

미끼 정도라고 해 두지."

"영문 모를 소리를……. 그렇다고 내가 네게 충성을 바칠
것 같나?"

"그건 2년 뒤를 기대해 보자고."

"……."

애쉬는 나를 지그시 노려보더니 이윽고는 체념하듯 고개
를 끄덕였다.

협상이 끝나고.

애쉬는 올라프에게 맡겨 돌려보냈다. 혹여 내게 앙심을 품
는다 해도 리시테아가 이쪽에 있으니 함부로 행동하진 못할
테지.

"기다리게."

나를 따라 나온 루트거가 얼떨떨한 얼굴로 묻는다.

"에스텔의 경호원을 준비할 방법이 있다더니 설마 저 여자
를 에스텔의 경호로 붙이겠다는 건가?"

"마음에 안 듭니까? 실력은 괜찮다고요."

정확한 실력은 모르겠으나 적어도 나보단 강한 듯했다.

"무예 능력은 둘째 치고, 완전히 신뢰할 수가 없잖나."

"여자 쪽도 경거망동하진 않을 거예요. 괜한 행동을 하

면 애쉬 녀석에게 보복이 갈 거라고 생각할 테니까. 신뢰
관계는 차차 쌓아 나가도록 하죠. 게다가 당분간은 그녀를
감시하기 위해 유미르와 에오를 교대하여 붙여 둘 테니 안
심해요."

"으, 으음. 그렇다면야."

쇠뿔도 단김에 빼라고. 이참에 에스텔에게도 소개시켜 두
기로 했다.

"지금 에스텔을 데리고 와 주겠습니까?"

"알겠네."

탕비실에서 목을 축이고 온 나는 다시 방으로 돌아왔다.

방에선 왜인지 에오와 리시테아가 기 싸움을 벌이고 있었
다.

"플로란드 부족⋯⋯. 성상께서 말씀하신 적이 있다. 북서
부 엘리치 산맥에서 괴신을 숭배하는 이교도들이 있다
고⋯⋯!"

"저도 쿠라벨의 발키리에 대해선 할머님께 얘기를 들었습니
다. 사교신을 숭배하는 집단. 그 안에 말만 근위대장일 뿐,
공주처럼 취급받는 철부지가 있다고요."

"뭐라고!?"

"뭐요! 해보겠습니까!"

"좋다! 당장 무기를 들고 나와라!"

"바라던 바예요!"

애들은 왜 싸우고 있는 걸까.

'쿠라벨 성국과 플로란드 부족……. 위치상으론 정반대에 있는 두 곳에 어떤 접점이 있었던 거지?'

이 부분은 에오에게 물어도 별 소용이 없을 것 같았기에 나중에 비스케타에게라도 묻기로 했다.

그런 생각을 하며 싸움을 말리고 있던 차.

에스텔이 도착했다.

나는 의자에 앉아 그녀를 맞이했다.

"오랜만이군. 1년 만인가?"

웨이드의 입장에서 에스텔을 만나는 건 정말 오랜만이었다.

에스텔도 그걸 아는지 꽤 긴장한 모양이었지만.

"……?"

갑자기 멈칫하며 눈매를 좁힌다.

아마 리시테아를 처음 봤기에 그런 거겠지.

"오호, 병은 다 나은 모양이군. 몰라볼 만한 변화야. 과연, 루트거가 호들갑을 떨 만해."

"예에……."

1년 전엔 내 앞에 주눅 들어 벌벌 떨었던 에스텔이었지만 이제는 그런 기색이 없었다.

"오늘은 왜 저를……?"

"루트거가 간곡히 부탁하더군. 네게 경호원을 하나 붙여 달라고 말이야. 하여간, 딸 바보도 못 말리겠군."

"……흐음?"

"여기 이자가 앞으로 네 경호를 맡아 줄 사람이다. 인사를
해 둬라."

"인사…… 말이죠."

저벅. 에스텔이 한 발자국 다가왔다. 인사를 하기 위해서
인가 했으나 저벅. 한 발자국 더 다가온다.

"왜 그러지?"

"……후훗."

저벅. 또 한 발자국.

뭔가 압박감이 느껴졌다. 앉아 있던 것이 아니라면 뒷걸음
질을 쳤을지도 모른다.

"용건이 있다면 말을 해라."

"그런 거였군요……."

"그런 거라니 뭐가……."

저벅. 어느새 2m 거리까지 다가온 에스텔은 나직이 중얼
거린다. 바라보고 있는 건 리시테아가 아니라 나였다.

"역시……."

"역시?"

그러더니 덥석! 내 손을 잡아채 오른 손등을 바라보았다.

"그 숨길 수 없는 말버릇과 행동거지. 무엇보다 이 손등의
점의 개수와 위치…… 확실해요. 역시 알스 님이군요!"

"뭣!?"

나조차 손등의 점 개수를 생각하고 살아 본 적이 없는데…….

그러더니 에스텔은 휙! 기습적으로 내 투구를 벗겨 버렸다. 실내라 그런지 투구의 조임쇠를 잠가 두지 않은 게 실책이었다.

무엇보다 당황하여 제대로 반응하지를 못했다.

투구를 벗긴 에스텔은 내 얼굴을 보며 만족스럽게 웃었다.

"에리나와 공유하고 있다던 비밀이 이거였군요."

"아니, 그게…….'"

"이럴 줄 알았으면 더 일찍 웨이드와 만나 볼 걸 그랬네요. 그랬다면 더 일찍 비밀을 알 수 있었을 텐데, 무섭다고 괜히 망설였네요."

난 적잖이 당황했다.

에스텔만 내 정체를 안 거라면 그러려니 하고 넘겼겠지만 이곳엔 내 정체를 모르는 다른 인물이 있었으니까.

"웨이드의 정체가 소년이었다고……!?"

경악하는 리시테아. 에오니아도 난리 났다며 어쩔 줄 몰라 하고 있다.

그런 상황도 모르고 에스텔은 싱글벙글하고 있었다.

에스텔은 두려워하고 있었다.

갑자기 아버지가 웨이드에게 가자고 하니 무슨 안 좋은 일이라도 벌어졌나 싶었다.

그러나 1년 만에 마주한 웨이드에게선 공포가 느껴지지 않았다. 오히려 왜인지 모를 친숙함이 느껴졌다.

그리고.

"오랜만이군. 1년 만인가?"

웨이드가 그 말을 한 순간 에스텔은 피식 웃을 수밖에 없었다.

'왜 그땐 알아채지 못한 거지?'

목소리를 변조하고 있다고 해도 알스라는 걸 훤히 알 수 있었다.

예전엔 웨이드에 대한 커다란 공포감도 있었고, 알스와 알고 지낸 지도 얼마 되지 않았기에 눈치채지 못했지만 이제는 다르다.

웨이드에 대한 공포감은 씻은 듯이 사라졌다.

한 가지 야속했던 건 자신에게 접근한 이유를 깨달았던 것 정도.

'아버지를 휘하에 두기 위해서였구나⋯⋯.'

그 부분은 조금 마음 아팠지만 알스가 그것 외에도 자신을 진심으로 대해 준다는 걸 알고 있었기에 크게 개의치 않았다.

오히려 은혜를 갚아야 하는 웨이드가 알스와 동일 인물이라는 점을 안 게 더 기뻤다.

"저를 속일 수 있다고 생각해요? 전 알스 님의 습관, 체취, 신체적 특징, 말버릇, 행동까지. 전부 알고 있어요. 전부, 전부, 전부, 전부, 전부……."

"헉……."

알스는 진심으로 질렸다는 표정을 짓는다. 에스텔은 그 반응에 너무 흥분했나 하며 헛기침을 했다.

"……응?"

그녀는 그제야 주변을 둘러보았다.

하나는 알고 있었다. 에오니아 미라벨이다.

에스텔은 경계심이 깃든 눈으로 에오니아를 응시했다. 알스와 같은 잿빛 투구를 쓰고 있어 얼굴을 확인할 수는 없어도 어떤 용모인지는 쉽게 상상이 갔다.

소설 속의 인물과 매치됐기 때문이다.

'그랬던 거구나. 알스 님의 책에 등장했던 여기사. 엘니아 펜타벨의 모티브는 이 사람이었던 거야.'

소설이라곤 해도 알스가 메인 히로인으로 설정한 사람이라고 하니 속에서 검은 질투심이 솟구쳤으나 어렵지 않게 다스릴 수 있었다.

에리나의 조언 덕분이었다.

에리나는 에스텔에게 말했다. 알스가 무분별하게 추파를 던지고 다니는 것이 아니라면 이성 관계에 과도하게 간섭하지 말 것을.

—그 사람은 아무 여성에게나 마음을 여는 사람이 아니야. 그런 그 사람이 마음을 열고 받아들인 사람이라면 우리도 받아들일 수 있어야 해.

독점욕이 강한 에스텔은 쉽게 이해하지 못했지만 에리나의 설득에 결국 납득을 했다.

다만 한 가지 선제 조건을 달고서.

—만약 알스 님이 무분별하게 여우들을 꼬시고 다닌다면?
—그땐…… 화를 내야겠지?
—그렇구나…….
—에스텔……? 표정이 무서워.

에스텔은 에오니아를 받아들이기로 했다.

'넓게 잡아 르미유 씨도……. 하지만 그 이상은 안 돼.'

그녀의 성격을 감안하면 세 명을 받아들인 것도 기적 같은 일이긴 했다.

에스텔은 에오니아 말고 다른 하나. 리시테아를 노려봤다.

"웃……!?"

리시테아는 소름 돋는 압박감에 눈을 크게 떴다.

알스는 한숨 쉬며 말한다.

"이 사람이 이제부터 당신의 경호를 맡아 줄 사람이에요. 리시테아 데어윈드라고 하는데. 적당히 별칭으로 불러요."

"그저 그뿐인 거겠죠? 혹시 이 여자에게 마음이 있다거나…….."

"오늘 두 번째로 만난 사람이에요. 그리고 따로 짝이 있는 사람이고."

"그렇담 걱정 없겠네요. 에스텔 디안테라고 해요. 잘 부탁합니다. 리시테아 님."

리시테아는 자신이 처한 기구한 상황에 크게 한숨을 쉬더니 고개를 끄덕인다.

"앞으론 리아라고 불러 주세요. 2년 정도의 짧은 시간이지만 잘 부탁합니다."

리시테아는 한시라도 빨리 알스의 정체에 대해 묻고 싶었다. 알스는 그 의중을 눈치챘지만 어차피 얼굴이 밝혀졌으니 타인에게 발설하는 것 말고는 별다른 제재를 가하지 않기로 했다.

기타 뒤처리를 끝낸 나는 본격적으로 파티 참석을 준비해야 했다.

주역이 된 만큼 연미복도 더 좋은 걸로 준비해야 했고, 그에 상응하는 고위 예절도 숙지해 놔야 했다.

그런 건 대부분 어릴 적 집사 교육 때 배우긴 했으나 그건 주인을 섬기는 자의 입장에서 배운 것이지 당사자의 입장에서 배운 건 아니기에 복습을 해야 했다.

이건 다른 사관생들도 마찬가지인지, 파벌 싸움이고 뭐고 다들 바쁘게 예절 공부를 하고 있었다.

그런 파티 당일 정오의 일이었다.

아카데미 전반기 성적이 발표되었다.

지금 발표하는 의도는 뻔했다. 이번 파티의 이야깃거리로 삼겠다는 뜻이다.

장교는 순위가 적힌 두루마리를 손에 쥐고 말한다.

"이번 분기는 여러 사건이 있어 평가에 어려움이 있었다."

봄에는 키메라 전쟁. 여름에는 베카비아 전쟁. 아카데미에 있던 날보다 전장에 있던 날이 더 많았다.

"하여 아카데미에서 너희들을 지도했던 교사들과, 전장에서 너희들을 지휘했던 상급 장교들의 평가를 모아 순위를 책정했다. 객관적인 평가라고 하긴 어려우니 참고만 하는 편이 좋을 거다. 그럼 발표하겠다."

장교는 두루마리 수어 개를 벽보에 붙였다.

이 순위는 추후 파벌 싸움에 영향을 끼칠 수도 있는 만큼 애들이 주목하고 있는 건 상위권이었다.

그 순위는 이러했다.

-----

1. 알스 일라인
2. 도로시 그림우드
3. 조슈아 헤럴드
4. 케스퍼 밀리아스
5. 루안 차이스
6. 데니안 게글리쉬
7. 유벨

다른 애들에게서 경악성이 터져 나왔다.

"케스퍼가 4위라고⋯⋯!?"

"루안도 5위야!"

"그란셀 아카데미의 수석과 차석이 4위와 5위라니⋯⋯."

그러자 살레온 계파의 사관생 하나가 소리친다.

"이건 편파야! 군부엔 헬리안 계파의 장교들이 많아서 이런 결과가 나온 거라고!"

"맞아! 사실상 케스퍼가 1위…… 였으려나?"

"으, 으음. 못해도 2위 정도는 하지 않았을까나?"

"그래! 일라인 저놈은 이런 것밖에 잘하지 못하니까! 케스퍼가 너그럽게 양보를 해 주는 거지!"

케스퍼야말로 사실상 1위라며 추켜세우기 바쁜 녀석들.

녀석들도 내 성적을 뒤집기는 힘들다고 알고 있던 것이다. 녀석들의 말마따나 2위부터 6위까지의 성적은 객관성이 부족했으나 나는 아니었다.

아이언하트 장군과 그 장교들. 그리고 텔바도바 장군의 측근들이 내게 몰표를 줬을 것이다. 아카데미의 성적도 모자라지 않았으니 1위 이외의 결과가 나올 리 없다.

배닝스는 어느 정도 예견했다는 듯 내 어깨를 두드렸다.

"어이쿠. 여기서도 수석이냐. 축하해. 뭐, 너는 수석이건 뭐건 신경도 쓰지 않겠지만."

"잘 알고 있네."

7위를 차지한 유벨도 입방아에 오르내렸다.

"지휘관으로 뽑힌 여섯 명의 바로 뒤라니! 유벨, 네가 그들을 제외한 다른 귀족들은 전부 제쳤다는 뜻이라구! 넌 우리 평민들의 희망이야!"

"귀족이라는 이유로 추가 점수를 받지 않았다면 네가 1등이었을걸?"

이쪽도 자기들이 사실상 1위라며 합리화를 하고 있었다.

순위에 따라 들썩거리는 파벌의 판도.

반면 높은 순위에 울상을 짓는 녀석도 있었다.

"내가 왜 차석인 거야……. 백작위를 가지고 있다고 이런 식으로 띄워 줄 필요 없는데……."

도로시는 한숨을 푹푹 쉬고 있었다. 그 모습이 조금 안쓰러워서 격려를 해 주었다.

"정당한 평가니까 가슴 펴."

"정당한 평가라니?"

"내가 생각하기엔 도로시, 네가 이 자리에 있는 그 누구보다 뛰어나."

"그런 속에도 없는 말로 칭찬해 줘도 기쁘지 않거든?"

"진심인데? 내가 거짓말하는 걸로 보여?"

"그건…… 아닌데. 대체 뭣 때문에?"

"인성."

그걸로 끝이었다.

도로시를 제외하곤 다들 인성이 덜됐다. 나도 마찬가지.

게다가 도로시는 평민, 귀족 할 것 없이 모두와 원만한 사이를 구축하고 있다.

사람을 중재하는 능력이 뛰어나다고 할까.

이 또한 군을 지휘할 수 있는 유형이었다. 좋은 부하만 많이 갖춘다면 충분히 장군으로 활약할 수 있을 거다.

본인에게 그럴 의지가 없다는 게 근본적인 문제지만.

"이번 전쟁에서도 그 부분이 평가받은 거겠지. 넌 마지막 전투가 끝난 뒤에도 쉬지 않고 부상병을 돕거나 했잖아? 게다가 휘하 병사들에게도 균등하게 포상금을 지급하고, 장애를 얻게 된 병사들을 일일이 만나면서 위로금까지 두둑하게 쥐여 줬지. 그건 쉽게 할 수 없는 일이야."

"너, 너무 그러지 마."

낯간지러웠는지 도로시는 붉어진 얼굴로 억지로 화제를 전환한다.

"그, 그런데 알스! 오늘 파티에 같이 갈 파트너는 구했어?"

"응. 구했어."

"⋯⋯정말?"

의외라며 눈을 크게 뜨고는 주변 눈치를 보며 속삭인다.

"혹시 에리나랑 같이 가는 거야?"

"설마. 그랬다간 어떤 일이 벌어질지 너도 잘 알잖아."

"확실히, 난리가 날 거야. 그러면 누군데? 에스텔? 아, 에스텔은 크로싱 출신이라 힘들겠구나. 그러면 베릴?"

"이건 너한테만 말하는 건데. 오늘 처음 만나는 사람이야. 이름이⋯⋯ 리네트 펠란드라고 했었지 아마?"

"리네트!?"

자기도 모르게 기성을 내지르는 도로시. 주변에서 이상하게 쳐다보자 나를 구석진 곳으로 끌고 가 말을 이어간다.

"리네트라면 펠란드 자작가의 막내딸을 말하는 거야?"

"그렇게 말할 정도면……. 유명한 사람이야?"

"아니 뭐, 가문의 힘이 약하니까. 에리나 케스퍼에 비하면야 별거 아니긴 한데. 듣자 하니 미모가 대단해서 또래 사이에선 유명하다고 하더라고."

"어이쿠."

헬리안 공작도 영악하다. 조금 틈을 줬다고 곧장 썸씽을 만들려고 하다니. 뭐, 아무나 상관없다는 식으로 말한 내가 경솔했던 거긴 하지만.

듣자 하니 리네트라는 애는 우리보다 두 살이 어리다고 한다. 이제 막 성인이 된 것이다.

"걘 성인으로서 아직 사교계에 데뷔하지 않았거든. 오늘 너와 함께 파티장에 입장한다면 사교계 데뷔가 되겠네."

"흐음."

별 상관은 없을 것 같았다. 에리나와 달리 같은 계파이기도 하고, 가문 간의 격차도 크지 않으니까. 오히려 파트너 쪽에 시선이 쏠리면 그걸 미끼 삼아 조용히 지낼 수 있을 것 같았다.

본격적으로 개최된 파티.

파티 시작 1시간 전이 되자 사람들이 바쁘게 입장하기 시작했다. 비중이 없는 사람들은 방명록에 이름을 쓰고 쪽문으로 입장. 비중이 있는 사람들은 문지기의 호명을 받고 입장한다.

나는 평소 쪽문을 이용하는 입장이었으나 오늘은 달랐다.

방명록에 이름을 쓰자 문지기는 명단을 확인하더니 내게 말한다.

"파트너는 있으십니까?"

"있습니다."

"그렇담 파트너와 함께 와 주십시오. 순번이 되면 입장시켜 드리겠습니다."

이전과는 확연히 다른 대우였다.

'난 쪽문을 이용하는 게 더 편한데 말이지.'

이렇게 된 거 빨리 입장해서 구석진 자리라도 선점하기로 했다.

그러기 위해선 파트너가 와야 했는데, 그 도착이 생각보다 늦었다.

이윽고는 먼저 입장하려는 에리나가 비꼬듯이 말한다.

"오매불망 기다리고 계시는군요."

"그러게요, 파트너가 조금 늦네요."

"흐음? 그 파트너라고 하는 사람은 누구죠?"

"글쎄요. 어떤 사람인지는 저도 잘 몰라서요."

"……흥."

에리나는 촤륵! 부채를 펼치고는 다른 사람에게 들리지 않도록 낮게 말한다.

"제게 한마디라도 해 줬으면 좋았잖아요."

"뭘요?"

"파트너 구하는 거요. 저는 또래 영애들 사이에서 인맥이 넓으니까. 적당한 파트너를 구해 줄 수 있었을 거예요."

"그러면 파티가 끝난 후에 파트너한테 이것저것 캐물을 거잖아요. 감시받는 것 같아서 싫은데요."

정곡이었는지 에리나는 입꼬리를 삐죽인다.

"파트너가 누군지는 모르지만 너무 친근하게 대해 주지는 말아요. 상대방이 괜한 착각을 할지도 모르니까."

"만약 그렇게 되면요?"

"에스텔에게 전부 말해 버릴 거예요."

"헉."

진심으로 무섭다.

"그 부분은 걱정 마요. 저도 주의하고 있으니까."

이성 관계에 대해선 지금만 해도 벅차다. 에스텔과 에리나도 그렇고, 어머니가 말한 정체 모를 정혼자도 그렇고. 이 이상 복잡해졌다간 정말로 칼에 찔릴지도 모른다.

"그런데, 그러는 당신의 파트너는 어디 있어요?"

에리나의 파트너도 보이질 않았다. 여성이 혼자 파티에 온

로열로드

다는 건 신랑감을 찾는다고 광고하는 것과 다름없는 만큼 그런 경우가 아닌 이상 최소한 가족을 대동하곤 한다.

"설마 케스퍼 녀석과 함께 입장한다든가?"

"후훗, 혹시 질투해요?"

"정말 그렇다면 조금 질투할지도 모르겠네요."

에리나는 내 말이 기뻤는지 배시시 웃는다.

"제 파트너는 할아버님이에요. 지금은 준비할 게 있어서 잠시 다른 곳에 가 계시거든요. 게다가 오늘의 주역은 제가 아니니까. 혼자 쪽문으로 입장할 거예요."

"할아버지……?"

은퇴 이후 공식 석상에서는 모습을 드러내지 않았던 알티오르 살레온.

그가 이 파티에 나온다는 건 다른 뜻이 아니었다.

"……그가 장군으로 복귀하는 거군요. 오늘은 그 임명식을 하려는 겁니까."

"역시 날카롭네요. 어머나, 이만 들어가 봐야겠어요. 파티장에서 봐요."

파티장으로 향하던 에리나는 잠시 멈칫하더니 고개를 돌려 말한다.

"당신의 파트너가 몰지각한 사람이 아니라면 혹시 바깥 정원에 있을지도 몰라요."

"아…… 그럴지도 모르겠네요. 고마워요!"

나는 에리나의 조언대로 왕궁 밖의 정원으로 급히 달려갔다.

왕궁 초입에 조성된 정원은 일종의 회합 장소로, 파티의
음지 같은 곳이었다.

파티에 초대받지 못한 귀족들이 어떻게든 파티장에 들어
가기 위해 바짓가랑이를 잡는 곳이라고 할까. 여기에 더불어
외모가 뛰어난 평민들도 혹시나 하여 이곳을 서성인다.

오늘처럼 성대한 파티가 열릴 때면 그 규모가 엄청났다.

수요도 더러 있었다. 내가 파트너 때문에 고민했던 것처럼
마땅히 파트너가 없는 사람은 이곳에서 사람을 구해 가곤 한다.

이전까지 접점이 없던 우리는 우연히 만난 걸로 하기로 했
기에 그녀는 이곳에서 만나는 거라 생각했을지도 모른다.

'이런, 이럴 줄 알았으면 헬리안 공작에게 하나부터 열까
지 전부 준비해 달라 그럴 걸 그랬네.'

당일엔 알아서 하겠다는 식으로 말했더니 정말 알아서 하
는 줄 알았나 보다.

'인상착의는⋯⋯.'

민트색 드레스를 입고 루비 브로치를 하고 온다고 했다.
머리 스타일은 포니테일이라고 했었나.

그러나 사람이 너무 많아 찾기가 힘들었다.

그러던 와중 누군가 내게 말을 걸어왔다.

"잠깐, 너."

"……?"

"파티장에 들어가고 싶니? 그럼 나랑 함께 들어갈래?"

30대 초반 정도로 보이는 여성이었다. 끈적한 눈으로 나를 위아래로 훑고는 만족스러운 미소를 짓는다.

"아뇨, 파트너를 찾고 있습니다. 파티에는 초대를 받았어요."

"쳇."

여성은 혀를 차며 떠났지만 내 말을 주워들은 다른 여성들이 이때다 하며 다가왔다.

"저를 파트너로 데려가 주세요! 벤하임 남작가의 사녀 아이에라고 합니다!"

"잠시 이야기할 수 있을까요? 전 줄리아 제일의 무희로 불리는 안젤리카라고 해요."

전쟁 통이 따로 없었다. 그만큼 파티에 입장하고 싶다는 거다.

'맥스 형도 몇 년 전까지는 이곳에서 파트너를 구하고 다녔었다고 했지…….'

그럼에도 파트너를 구해 본 적은 없다고 했다. 파티장에 가고 싶은 사람에 비해 파티장에 초대받은 사람은 적기 때문이다.

"미안합니다. 이미 파트너가 있어요. 지나갈게요."

인파를 헤집으며 어떻게든 목표했던 사람을 찾을 수 있었다.

민트색 드레스를 입고 있는 소녀.

그녀는 자신을 꼬드기려는 남자들에게 어쩔 줄을 몰라 하고 있었다.

"파티장에 데려가 줄게. 그럼 되는 거잖아?"

"아, 아뇨. 전 이미 파트너가 있어요……!"

"파트너? 누구?"

"일라인 님이에요."

"일라인? 누군지는 모르겠지만 널 이렇게까지 기다리게 하는 걸 보면 이미 다른 파트너를 구해서 파티에 입장한 게 분명해. 나랑 가자. 혹시 그 일라인이라는 녀석이 뭐라고 해도 내가 무마할 수 있으니까 말이야."

"그럴 수는……."

그런 권유를 하는 사람이 한둘이 아니었다.

무려 네 명의 남자가 그런 식으로 권유하고 있었다.

'이런, 파트너에게 미안한 짓을 했네.'

나는 황급히 끼어들어 갔다.

"다들 제 파트너에겐 무슨 볼일이 있는 겁니까?"

"뭐……."

남자들이 움찔하며 나를 노려본다. 나는 어깨를 슬쩍 으쓱여 주고는 리네트의 팔을 끌어 서둘러 정원을 빠져나왔다.

"휘유! 복잡해 죽는 줄 알았네."

두 번 다시 가고 싶지 않은 곳이었다. 다들 절실함의 차원이 다르다고 할까.

"아, 미안해. 너무 꽉 잡고 있었나?"

잡고 있던 손을 놓아주었다. 홀린 듯이 나를 바라보고 있던 그녀는 아차 하더니 말한다.

"도, 도와주셔서 고맙습니다. 하지만 제 파트너를 기다려야 해서요. 다시 돌아가야 할 것 같아요."

"어? 아."

그러고 보니 더워서 겉옷을 벗고 있었다.

나는 팔에 끼고 있던 하얀색 외투를 걸쳤다. 외투의 가슴께에 자주색 꽃 장식이 달려 있다.

"자, 됐지? 반가워. 알스 일라인이라고 해. 너에 대해선 도로시라는 애한테 들었어. 나보다 두 살 어리다고 하더라고. 반말해도 괜찮지?"

"아⋯⋯!?"

믿기지 않는다는 듯 눈을 부릅뜨는 리네트.

"왜 그래?"

"아뇨. 그게⋯⋯! 아버지가 억지로 가라고 하셔서 분명 나이가 많은 분일 거라고⋯⋯."

"그런 경우가 있지."

가문의 힘이 낮은 영애들이 권위 높은 파티를 가기 위해 종종 선택하는 방법이었다.

"일단 들어갈까?"

"예!"

나는 내심 무탈하게 끝나기를 바라며 파티장으로 향했다.

파트너를 데리고 오자 문지기는 고개를 끄덕이곤 입장을 지시했다.

그러고는 목청을 가다듬고 외친다.

"일라인 남작가, 알스 일라인! 펠란드 자작가, 리네트 펠란드 님이 입장하십니다!"

정문으로 입장한 우리는 국왕이 있는 곳까지 쭉 펼쳐져 있는 카펫을 따라 걸었다.

주위로는 호기심 가득한 시선이 쏟아졌다.

그 시선은 주로 리네트를 향했다.

"오오! 펠란드 자작가의 막내딸이 드디어 사교계에 얼굴을 내비쳤군."

"파트너는 황금 세대의 사관생인가. 이해관계가 맞아떨어진 거로군."

사람들은 리네트의 사교계 데뷔를 위해 펠란드 자작가가 우리 가문에 뒷돈을 건네 파티 입장권을 샀다고 지레짐작하고 있다.

사실 파티야 다른 경로로도 입장할 수 있지만 나는 오늘 파티의 주역 중 하나이다. 주역의 파트너 권리는 꽤 비싼 편이었다.

'좋은걸.'

덕분에 나를 향한 주목도가 낮아져 있었다.

몇몇 영애들의 시선이 느껴졌지만 파트너가 있는 이상 섣불리 접근하지도 않을 테고.

촤륵, 탁! 촤륵, 탁!

반면 에리나는 내 파트너를 보며 고심에 빠진 듯했다. 애꿎은 부채를 쥐락펴락하고 있다.

나는 걱정하지 말라며 윙크를 보냈으나 이 모습에 더 걱정이 됐는지 아랫입술을 깨문다.

국왕의 앞에 선 나는 한쪽 무릎을 꿇으며 인사를 보냈다.

"폐하를 가까이 알현하게 되어 영광이옵니다. 일라인 남작 가문의 사남. 알스 일라인이라 하옵니다."

"폐, 펠란드 자작가의 삼녀. 리네트 펠란드라고 하옵니다."

국왕 가레스는 80세를 훌쩍 넘은 노인이었다.

눈이 침침한지 미간을 찌푸리며 나를 응시한 그는 왜인지 침묵했다.

정해진 예식인가 했으나 곁에 있던 헬리안 공작과 길버트도 어리둥절해하는 걸 보면 그런 건 아닌 모양이다.

"폐하. 무슨 문제라도 있으십니까?"

헬리안의 물음에 국왕은 번뜩 정신을 차린다.

"허허, 잠깐 정신을 놓고 말았군. 나도 나이가 든 게지."

이 말에 헬리안은 진심으로 걱정스럽다는 표정을 짓는다.

"편찮으시다면 쉬셔도 괜찮습니다. 파티의 진행은 제게 맡겨 주십시오."

"그런 게 아니네. 그래, 일라인 가문의 사남이라고 했나. 더 가까이 다가와 보거라."

이것도 드문 일인지 주위가 웅성였다.

나는 꿇었던 무릎을 일어나 2m 정도를 다가갔다.

"더 가까이 와도 좋다. 아니, 내가 가도록 하지."

국왕이 왕좌를 짚고 일어나 내게 다가왔다.

'대체 뭐야?'

여기까지 오자 나도 당황할 수밖에 없었다.

"고개를 들도록."

고개를 들어 왕을 올려다보았다. 노쇠했지만 깊은 눈.

가레스는 좋은 국왕으로 이름이 높았다.

뛰어난 선정을 베풀지도 않았지만 그렇다고 악정도 펼치지도 않는다.

평범하지만 그렇기에 좋은 평가를 받는 왕. 그것이 캘리퍼의 국왕이었다.

"……."

그가 내 얼굴을 뚫어지게 바라본다. 그러더니 곧 경악한 얼굴이 되었다.

"설마……!? 그럴 일이……!"

휘청! 비틀거리는 국왕.

"폐하!"

"괜찮으십니까!"

근위 기사들이 다급히 달려온다.

"괜찮다. 난 괜찮아……."

헬리안 공작이 다급히 다가와 말한다.

"폐하, 역시 휴식을 취하시는 게 좋을 것 같습니다. 행사는 제가 주도하면 되니 걱정 말고 쉬십시오."

"그래, 그래야겠구나……."

부축을 받으며 파티장을 떠나는 가레스 국왕.

나는 얼떨떨할 뿐이었다.

국왕 알현을 마친 나는 의도한 대로 구석 자리를 잡고 사용인에게 음식을 요구했다.

파티에 오면 어쩔 수 없이 과식을 할 때가 많은 만큼 공복으로 온 상태였기에 조금 배가 고팠다.

리네트도 마찬가지인지 음식이 나오자 눈을 빛낸다.

그렇게 한동안은 식사를 하며 담소를 나누었다.

"그러시군요. 알바드와의 전쟁에서 피해를 입으시고 레인폴로……."

"뭐, 전화위복이라는 거지. 레인폴은 리벨보다 큰 지역이니까. 그러는 펠란드 자작가는 어디에 있는 거야?"

"남부에 있습니다. 본래는 영토 최남단에 위치해 있었는데, 최근에 마돈의 땅이 편입되면서 이제는 최남단이라고 부를 수 없게 됐어요."

"흐음?"

남단이라고 하기에 호기심이 일었다.

이번에 헬리안 공작에게 요구한 영지가 남단에 있었기 때문이다.

나는 최남단의 땅을 요구한 상태였다. 다시 말해 크로싱이 지배하고 있는 영역의 바로 위다.

이는 쥬라스가 말한 천하삼분지계를 위해서였다.

'아직 그 계획을 따른다고 결정이 난 건 아니지만.'

그래도 준비는 해 놓기로 했다.

"남부에선 최근에 어떤 군사적 행동이 있었어?"

"구, 군사적 행동이요?"

이상한 것을 묻는다고 생각했는지 리네트는 고개를 갸웃했지만 필사적으로 고민해 답한다.

"음……. 최근엔 영지의 병사들이 많아진 것 같아요. 저희 영지만이 아니라 다른 영지들도요. 아버님께서 그렇게 말씀하시는 걸 들었어요."

나는 그걸 통해 캘리퍼 왕국의 플랜이 어떤지 조금은 짐작할 수 있었다.

'남부의 영지에 사병 증병을 지시한 건가…… . 캘리퍼도 크로싱을 완전히 믿는 건 아니군.'

동맹이 깨졌을 때를 대비하고 있는 거다.

만약 동맹이 깨졌을 경우 캘리퍼는 크로싱의 본토가 위치한 북부에 병사를 집중 배치할 테다.

남부의 경우에는 영지 사병들 위주로 수비할 생각으로 사병 증병을 지시해 놓은 것이다.

"그렇구나. 그렇담 지역의 농업에 대해선 어때? 어떤 작물이 잘 자라? 최근엔 어떤 작물을 재배했어?"

"저기…… ."

리네트는 귀엽게 항의해 왔다.

"저에 대해 궁금하신 건 없으신가요?"

나도 모르게 실례를 범한 모양이다. 하긴, 파트너에게 군사적 행동이나 농업 행태를 묻는 사람은 없겠지.

"미안해. 그러면…… . 취미는 있어?"

드디어 원하는 화제가 나왔는지 리네트는 미소 지으며 답한다.

"화단을 돌보거나 그림을 그리는 걸 좋아해요. 최근에는 교양을 갖추기 위해 독서를 많이 하고 있답니다. 일라인 님도 알고 계세요? 그녀들의 사정이라고. 최근 화제가 되고 있는 책이 있어요."

"……."

"일라인 님?"

"아, 응. 그녀들의 사정…… 말이구나."

에리나가 책을 뿌린 영향이었다. 캘리퍼의 영애들 사이에 유행이 된 모양이다.

"알고는 있어."

"정말인가요!?"

리네트는 신이 나서 책의 스토리를 말하기 시작했다. 나는 적당히 맞장구만 쳐 줄 생각이었으나 그때 예상치 못한 손님이 찾아왔다.

"일라인 님. 잠깐 이야기를 할 수 있을까요?"

왜인지 파트너도 없이 찾아온 여성.

리네트는 노골적으로 얼굴을 찌푸렸다. 이건 예의에 어긋나는 행동이기 때문이다.

소심해 보이는 인상과는 달리 단호하게 못을 박았다.

"일라인 님과는 제가 이야기하고 있었습니다. 전 이분의 파트너예요."

그러자 여성은 손사래를 쳤다.

"아, 그런 게 아니에요. 저는 그저 팬으로서 사인이 필요한 거거든요."

"팬이요……?"

여성은 그녀들의 사정과 깃펜을 내밀었다.

"사인을 부탁드려도 될까요? 원본이 아니라 플래티나 님의 사인이 없어서요."

복제판에 사인을 받아서 원본과 동등한 취급을 받으려는 모양이다. 별로 복제판에 딴죽을 걸 생각은 없었기에 사인을 해 주었다.

"그리고, 그리고. 후속 이야기가 있다고 하던데. 정말인가요?"

"예에……. 일단은 계획하고 있습니다."

"어머나! 꼭 알펜서드에서도 판매를 해 주세요. 반드시 구매할 테니까요."

"고맙습니다."

"힘내세요!"

책을 소중하게 안고 종종걸음으로 떠나가는 여성. 그녀가 첫발을 떼자 눈치를 보고 있던 다른 영애들도 다가왔다.

"저도 사인해 주실 수 있을까요?"

"저도요!"

구석진 자리였음에도 순간 인파가 몰리고 말았다.

'일이 커지는데?'

다행히 중재해 주는 사람이 나타났다.

"모두, 진정하세요."

"에리나 님!"

에리나는 포근하게 미소 짓더니 찌릿! 내게 눈초리를 보낸다. 보아하니 계속 내 쪽을 주시하고 있던 모양이다.

"다들 이러면 곤란해요. 부디 일라인 님에게 부담이 가지 않도록 해 주세요. 이건 일라인 님의 책을 소개한 제 체면을 손상시키는 일이기도 하답니다."

"앗, 면목 없습니다……."

"그래도 여러분의 마음은 이해해요. 그러니 다 같이 합석을 해서 이야기를 나누는 건 어떨까 싶어요. ……괜찮을까요, 펠란드 양? 그리고…… 일라인 님."

에리나가 미세하지만 에스텔의 검은 아우라를 내뿜었다. 친해지면 닮아 간다는 건가.

나는 마음대로 하라며 손짓했다. 리네트도 에리나의 명성은 익히 알고 있는지 얼떨결에 고개를 끄덕인다.

그렇게 에리나를 포함해 여성 다섯 명이 합석을 하게 되었다.

당연하다면 당연하지만 그들의 주요 화두는 책의 내용이었다.

"전 아직도 그 이리나 팔레온이 괘씸해 죽겠어요."

"그러니까요. 주인공은 에르텔과 이어졌어야 했는데……."

"저는 여기사와의 마지막도 나쁘지 않았다고 생각해요. 엘니아 펜타벨……. 그 얼마나 지고한 기사일까요."

"그 엘니아도 이리나 때문에 수모를 당했다고요!"

"맞아요. 용서할 수 없어요!"

꾹! 에리나는 부채를 강하게 움켜쥐었다. 핏줄이 선 것을 보니 꽤 화가 났나 보다.

"여러분? 이리나도 다른 생각이 있었을 거예요. 듣자 하니 후속 이야기에선 그 부분이 다뤄진다고 해요."

"정말인가요? 그 악녀의 이야기라니. 저는 싫어요!"

"사, 사실은 악녀가 아니라는 듯해요. 실은 뒤에서 이리나를 조종하는 사람이 있었던 모양이에요."

"예? 에리나 님이 어째서 거기까지 알고 계신 거죠?"

"그건…… 일라인 님에게서 얼핏 들었답니다."

모두의 시선이 내게 향했다.

나는 고개를 흔들었다.

"아뇨, 이리나는 악녀가 맞습니다."

스포일러를 막기 위해 그렇게 답했다.

내 대답에 다들 그러면 그렇지라며 고개를 끄덕인다.

에리나는 억울하다며 울상을 짓는다.

그렇게 책의 이야기를 하던 중, 한 영애가 조심스럽게 그 이야기를 꺼냈다.

"그런데…… 다들 알고 계신가요? 최근 그녀들의 사정을 모방한 작품이 있다는 듯해요."

"앗!"

"그건……."

다들 눈에 띄게 당황했다.

"듣자 하니⋯⋯. 저, 저도 들은 거예요!? 그러니까 여주인 공들과 농밀한 사랑을 나누는 장면이 추가됐다고 해요. 그것도 제법 수위가 강하다고⋯⋯."

야설로 발매한 버전을 말하는 것이었다.

제목은 《그녀들의 속사정》. 제목은 올라프가 정해 줬다. 중의적인 표현이 있다나 뭐라나.

필명은 백금과 대비되게끔 검은 보석인 오닉스로 했다.

"외도예요!"

그런 외침이 울려 퍼졌다.

"전 용납할 수 없어요. 아름다운 이야기에 그런 저속한 짓을 하다니⋯⋯!"

"저도 마찬가지예요. 분명 그 작가는 아주 경박한 사람일 게 뻔해요! 비겁한 작자!"

커헉! 순간 목이 막혔다.

영애들은 '인간 미만!' '문학의 수치!' '쓰레기!'라며 마구 매도하고 있다.

"에리나 님은 어떻게 생각하세요? 이 일은 알고 계셨나요?"

"알고 있었어요."

에리나는 이글거리는 눈으로 말을 이어 갔다.

"그 작자를 찾아낸다면 직접 가서 항의를 할 겁니다. 아뇨? 경비대에 부탁해 붙잡아 버리는 것도 나쁘지 않겠네요.

그 오닉스라는 자는 미풍양속을 흩뜨려 났으니까요. 엄벌에 처하지는 않더라도 다시는 그런 짓을 하지 못하게끔 혼쭐을 내 주겠어요."

"역시 에리나 님!"

"꼭 그렇게 해 주세요!"

에리나도 책 제작에 참여를 했기 때문인지 그 분노가 큰 모양이었다.

'그보단 해적판에서 이리나의 분량이 아예 없었기 때문일지도 모르겠네.'

나는 뭐라고 할 말이 없었다. 얌전히 모른 척할 생각이었으나 에리나가 화살을 돌린다.

"일라인 님은 어떻게 생각하시죠?"

"예? 아……. 뭐, 창작의 자유 아닐까요?"

"자유라뇨! 당신의 작품이 더럽혀진 거라고요! 극형에 처해도 이상하지 않잖아요!"

"아무리 그래도 극형까지는……."

나는 어떻게든 화제를 돌리기로 했다.

"그, 그런데 여러분은 파트너에게 가지 않아도 괜찮은 겁니까? 슬슬 행사가 시작될 것 같은데요."

그녀들도 그제야 이야기에 너무 열중했음을 깨달은 모양이다.

"어머나, 파트너분이 기다리겠네요. 저는 먼저 일어나겠습니다. 오늘은 즐거웠어요."

"저도 일어나야겠네요. 그럼 이만."

줄줄이 떠나는 영애들. 에리나는 나와 리네트를 번갈아 보고는 믿고 있다며 고개를 끄덕인다.

"휴유! 이제야 갔네."

한바탕 태풍이 지나간 것 같았다.

기가 눌려 병풍이 되어 있던 리네트는 얼떨떨한 표정을 지우지 못하고 있었다.

이번 파티는 승전 파티인 만큼 식순이 꽤 많았다.

무도회가 시작되기 전엔 노른자나 다름없는 행사가 시작됐다.

바로 논공행상이다.

"이번 전쟁에서 우리 캘리퍼군은 용맹하게 싸워 승리를 쟁취했다."

국왕이 건강 문제로 쉬러 간 탓에 헬리안 공작이 전면으로 나와 있었다. 그는 엄숙하게 외쳤다.

꿀꺽! 리네트는 처음 보는 광경인지 압도되어 마른침을 삼킨다.

"전투에 참여한 병사들과 장교들, 그리고 보급을 도와준

인부들까지, 모두가 영웅이다! 하지만 나는 이 자리에서 그 중 가장 뛰어났던 자들을 말하려 한다."

본격적으로 시작된 논공행상.

"전공 제10위!"

과연 국가의 행사라는 건가. 3위까지만 발표하는 나와 달리 넉넉하게 10위까지 발표하는 듯하다.

내가 아는 이름이 나온 건 5위에서였다.

"전공 제5위! 아이언하트 란버스!"

"분에 넘치는 영광! 몸 둘 바를 모르겠나이다!"

아이언하트는 헬리안 공작의 앞에 가 한쪽 무릎을 꿇었다. 포상으로는 고가의 보물이 주어진 듯하다.

"다음 전공 제4위! 도로시 그림우드!"

"아……!?"

도로시는 너무 놀라 입을 떡 벌렸다. 벌린 입을 다물지도 못한 채 벌벌 떤다.

이에 곁에 있던 다른 귀족이 무언가 속삭이며 도로시를 떠밀었다.

도로시는 비틀거리며 헬리안에게 향했다.

한쪽 무릎을 꿇긴 했으나 실상은 넘어진 거였다.

"도로시 그림우드. 귀관은 솔선하여 부대를 이끌었으며 전투 이후에도 부상병을 돌보고 상여금을 균등하게 쥐어 주는 등 공명정대한 모습을 보였다. 함께 종군한 장교들에게서

인망에 대한 칭송이 자자하더군. 자네는 듀난의 뒤를 이을 수 있음을 증명한 게야."

"과, 과찬이십니다. 제게 군략의 재능은 없습니다."

"겸손하기도 하군."

"그, 그런 게 아니오라……!"

"이만 물러나도록. 다음 전공을 발표할 것이니."

"아……."

아무래도 이번 논공행상에는 사관생 프리미엄이 붙은 모양이다. 객관적인 전공은 아이언하트 쪽이 높긴 하지만 기대치가 달랐다.

도로시는 그 기대치에 비해 월등히 잘해 줬기에 높은 전공을 받은 모양이다.

'뭔가 이상하게 돌아가는데.'

도로시가 4위라니. 난 애초에 사관생들은 논공행상 대상에 들어가지 않을 거라 생각했다. 객관적인 전공은 낮았으니까. 들어가 봐야 케스퍼나 나 정도. 그마저도 하위권이나 중위권에 나올 거라 생각했다.

그런데 도로시가 4위라고?

"다음 전공 제3위! 케스퍼 밀리아스, 루안 차이스!"

나는 여기서 불렸어야 했다.

갑자기 급격하게 배가 아파 왔다.

케스퍼와 루안은 떫은 표정으로 무릎을 꿇었다. 순위도

마음에 들지 않았을뿐더러, 공동 수상이라는 게 싫었던 모양이다.

그래도 주변의 반응은 뜨거웠다.

"역시 밀리아스의 신동인가!"

"차이스 가문의 루안도 대단하군! 일찍이 무예의 재능으로 이름이 높았던 건 허언이 아니었어!"

여기저기서 점잖은 박수가 울려 퍼졌다.

"엄청나……."

리네트는 선망이 가득한 눈으로 둘을 바라보고 있었다.

비슷한 또래가 주역이 되어 빛나고 있었으니까.

"일라인 님은 저분들과 동기이신 거죠?"

"뭐, 그렇지."

"우와! 저런 분들과 함께 절차탁마할 수 있다니, 부러워요."

리네트의 시선은 케스퍼에게 고정되어 있었다.

"저분이 바로 그분이신 거죠? 케스퍼 밀리아스……. 지낭 웨이드!"

나는 그 말에 대답할 경황이 없었다. 리네트는 그것도 모르고 말을 이어 간다.

"대단해요. 저와 두 살밖에 차이가 나지 않는데도 그런 실력을 가지고 있다니. 제가 이야기를 걸면 응해 주실까요?"

"응, 뭐……."

"일라인 님? 왜 그러세요?"

"아니, 잠깐 좀 어지러워서."

이어서 제2공이 발표됐다. 이젠 차라리 여기서 이름이 불렸으면 했다.

"전공 제2위! 델바도바 르귄!"

전사한 델바도바 장군이 제2공으로 책정됐다. 델바도바의 아들이 전면에 나와 포상을 받았다.

그러자 여기저기서 웅성임이 일었다.

"델바도바가 2위라고?"

"그렇담 1위는 누구라는 말인가?"

반면 눈치가 빠른 귀족들은 어느새 내 쪽을 주시하고 있다.

"전공 1위는 어떤 분일까요?"

"……."

리네트가 기대에 찬 눈으로 천진난만하게 물었다.

나는 각오를 다지기로 했다.

이변은 없었다.

"전공 제1위! 알스 일라인! 앞으로 나와라!"

나에 대해 잘 모르는 귀족들은 고개를 두리번거렸고, 아는 자들은 진지한 눈으로 품평하듯 노려본다.

"알스 일라인……. 예!?"

경악하는 리네트. 내가 사관생이라는 건 알았어도 어떤 전공을 올렸고, 어떤 수준에 있는지는 몰랐던 모양이다.

나는 터져 나오려는 한숨을 참으며 헬리안 공작의 앞으로 향했다.

파티장의 모두가 나를 지켜보는 상황.

사관생 동기들은 복잡한 시선으로 나를 지켜보고 있었고, 에리나는 걱정스럽다는 듯한 표정이다.

"플래티나 님이……! 대단해요!"

"주인공 윌슨 카멜롯이 떠올라요! 역시 본인을 모티브로 한 거였군요!"

"축하드려요!"

내 팬들은 축하의 기성을 내질렀다.

그나마 애들은 나았다. 나를 작가로서 대하고 있었으니까. 다른 영애들은 끈적한 시선으로 먹이를 노리듯 바라본다.

한쪽 무릎을 꿇은 나는 원망스러운 시선으로 헬리안을 노려보았다.

"적당히 무마해 줄 줄 알았습니다만?"

내가 그에게만 들리도록 중얼거리자 헬리안은 씨익 웃었다.

"무마할 수가 있어야지. 그러게 적당히 활약하지 그랬나."

"윽."

헬리안은 다시 목청을 높여 소리쳤다.

"알스 일라인. 귀관은 칼론 산지의 위기 상황에서 귀가 번

뜩이는 계책을 내어 모든 장교들을 감탄하게끔 했다. 불운하게도 그 작전이 성사되진 않았으나 이어진 델스톤 산지 전투에선 델바도바의 명령하에 전장을 우회. 적 부대의 지휘관이었던 바렛 엔로린을 처치하고 델바도바를 죽인 원수 피셔 파르틴까지 처치하는 등. 사관생으로선 믿기 힘든 전공을 올렸다!"

우오오! 탄성이 높이 울렸다.

"하여 귀관이야말로 전공 1위에 어울린다! 귀관의 공을 높이 평가하여 남부의 소도시 모브레이를 하사토록 하겠다."

"……영광입니다."

울려 퍼지는 박수갈채.

파티장에선 최대한 얌전하게 지내고 싶었는데.

이젠 그럴 수도 없게 됐다.

할 수만 있으면 조퇴하고 싶은 심정이었다.

논공행상이 끝난 뒤 이어진 무도회.

나는 사바나에 떨어진 꽃돼지 신세가 됐다.

여러 맹수들이 나를 노리고 있는 것이 느껴졌다.

'이걸 어쩐담.'

파트너가 있는 이상 함부로 다가오진 않는다. 다만 그것도 춤을 추기 전까지 뿐. 한번 파트너와 춤을 춘 이후에는 이때다 하며 달려들 거다.

그렇다고 춤을 추지 않으면 파트너가 마음에 안 들어 그런 거라 판단되어 춤 신청이 쇄도한다.

가드불능의 상황.

나는 그러느니 리네트와 계속해서 춤을 추기로 했다.

"저와 한 곡 어울려 주시겠습니까? 레이디."

"예. 예……."

리네트는 아까부터 얼이 빠져 있었다.

나는 그녀를 리드하여 아주 느린 템포로 춤을 추었다.

내 품에 안긴 리네트가 속삭였다.

"대단한 분이셨군요. 일라인 님은."

"응?"

"그렇게 훌륭한 책도 쓰시고. 이런 자리에서 전공 1위까지 차지하시다니."

"아니. 전공 1위는 그렇다 쳐도 훌륭한 책은 아니지."

"그렇지 않아요! 적어도 저는 감동했어요. 마지막에 여기 사와 떠나는 장면은 정말 좋았어요."

리네트는 여기사파인가. 에오니아가 좋아할 것 같다.

그렇게 나는 춤을 추며 리네트와 담소를 나누었다.

그러던 중이었다.

"어이쿠."

다른 커플과 부딪힐 뻔했기에 나는 재빨리 리네트를 끌어들여 방향을 바꾸었다.

상대에게 미안하다는 고갯짓을 하려 했으나 상대 쪽에서 먼저 반응을 보였다.

"……흥."

에리나였다.

"오라버니. 주의를 해야 할 것 같아요. 느그――웃 하게 춤을 추시는 분들이 있는 것 같으니까요."

책망하는 듯한 시선.

조금 찔리기도 해서, 했던 약속은 지키기로 했다.

"리네트, 괜찮다면 조언을 하나 구할 수 있을까?"

"어떤 조언을 말하시는 건가요?"

"좋아하는 여자애에게 선물을 주려고 하는데 뭘 줘야 할지 몰라서."

이거라면 리네트에게 철벽을 쳐 놓을 수 있을 거라 생각했다.

"으음."

리네트는 진지하게 고민하여 답했다. 나를 이성으로서 좋아한다거나 하는 느낌보단 그냥 비범한 오빠 정도로 보는 듯하다.

"보석을 주는 게 기쁠 거라고 생각해요."

"역시 그게 무난한 선택인가."

"아, 그래도 상대가 어디 출신이냐에 따라 주의하는 게 좋아요. 북쪽의 어떤 지역에선 보석의 원석을 선물하는 게 영원히 함께하고 싶다는 의사를 표현하는 거라고 하니까요."

"흐음. 어디나 비슷한 건가."

현대에서도 보석 반지는 프러포즈용으로 사용되니까. 이상한 일도 아니다.

"음악이 끝났네. 조금 쉴래?"

"예에, 그래야겠어요."

긴장했었는지 리네트의 발걸음이 덜덜 떨렸다.

함께 자리에 돌아온 나는 식사를 핑계로 댄스 신청을 회피할 생각이었다. 그 이후에는 다시 리네트와 댄스를 추면 된다.

그런데 그때, 예상치 못한 상황이 벌어졌다.

"알스 일라인. 잠깐 따라와라."

"······?"

왕실 근위병으로 보이는 자였다.

"무슨 일이십니까."

"국왕 폐하에게서의 호출이다. 잔말 말고 따라오도록."

국왕에게서의 호출이라니.

나는 어리둥절하여 주변을 둘러보았다.

다른 귀족들은 전공 1위이니 국왕이 따로 치하를 하는 거라 막연히 넘겨짚고 있었다.

나는 근위병을 따라 미로처럼 생긴 길을 여러 번 지나고서야 그곳에 도착할 수 있었다.

'여긴 설마. 국왕의 침실인가?'

이 예상치 못한 상황에 나도 당황을 금치 못했다.

"폐하, 그자를 데리고 왔습니다."

"들여보내거라."

들려온 목소리에선 그다지 피곤이 느껴지지 않았다.

근위병에 안내에 따라 들어가 보니 가레스 국왕은 부지런히 책장을 뒤지며 무언가를 찾고 있었다.

곧 목적하던 책을 찾았는지 탁! 탁! 먼지를 털어 냈다.

그 책을 책상에 올려놓고는 내게 시선을 돌려 얼굴을 뚫어지게 바라보았다.

"역시, 역시 닮았군. 리즈나를 쏙 빼닮았어……!"

"……!?"

갑자기 나온 내 친어머니의 이름.

나는 가까스로 동요를 숨겼다.

국왕은 내게 가까이 다가와 내 얼굴을 쓰다듬었다.

"그래, 천천히 보니 마이오스의 모습도 보이는구나."

이번엔 내 친아버지의 이름이다.

"말해 보거라. 네 아비와 어미는 누구더냐."

"아버지 베리알 일라인과 어머니 클레어 일라인입니다."

"흠. 내막은 듣지 못한 건가. 하긴, 그저 아이를 맡은 것뿐이라면 그 둘도 자세한 사정은 몰랐겠지."

마치 모든 걸 꿰뚫고 있다는 듯한 말이었다.

다만 크로싱이 펜실론 재흥 세력을 몰살한 걸 알았다기보다는, 그 시기와 내 나이가 일치하기에 입양한 거라 추측한 것 같다.

목걸이를 본 것인가 했으나 목걸이는 연미복에 어울리지 않아 오늘은 떼어 두고 왔다.

즉, 가레스 국왕은 내 얼굴을 본 것만으로도 내막을 어느 정도 파악한 것이다.

'내 친어머니와 친아버지를 잘 알고 있었던 거군.'

이상한 건 아니다. 가레스 국왕은 펜실론 제국 시절 아스몬드 공작가의 당주로서 재상을 역임한 자였다.

그 파라인 국왕보다도 나이가 20살가량 많다.

"폐하께서 무슨 말씀을 하시는지 잘 모르겠사옵니다."

내가 시치미를 떼자 국왕은 고개를 끄덕인다.

"언젠간 모든 걸 자연스럽게 알게 될 거다. 운명의 소용돌이는 이미 움직이기 시작한 것 같으니까."

"……."

운명.

그는 곧 혼잣말을 중얼거리듯 내게 이야기를 전하기 시작했다.

가레스 국왕은 곧장 핵심으로 들어갔다.

"너는 펜실론 제국이 왜 멸망했는지 알고 있나?"

"무리하게 신대륙 원정을 시도하다 내분이 일어났다고 알고 있습니다."

"대외적으론 그렇게 되어 있지. 하지만 근본적인 문제는 인구의 폭발적인 증가 때문이었다."

가레스도 파라인 국왕과 똑같은 얘기를 했다.

하지만 그 접근 방법에 대한 이야기는 완전히 달랐다.

"펜실론은 그 문제를 해결하기 위해 마법을 연구하기 시작했어."

"마법……!?"

"가령, 마법으로 물을 쉽게 만들 수 있다면 건조한 지역에서도 효과적인 농사가 가능해지겠지. 혹은 식물을 성장시키는 마법으로 농작물을 급속 성장시켜 수확량을 극대화시킬 수도 있겠고."

처음 듣는 이야기였다.

파라인 국왕은 그 인구를 없애기 위해 억지로 전쟁을 벌였다고만 말했다. 하지만 다른 해결 방법도 시도하고 있었던 것이다.

"결국 문제는 마법이라는 게 존재한다는 거야. 실제 사용하고 있는 마법이 있으니까 다른 마법도 충분히 존재할 수 있다고 생각한 게지."

"자연스러운 사고라고 봅니다."

나도 다른 마법이 있을 거라 확신했다. 마법을 개발한다는 발상은 납득이 갔다.

"그래. 그렇기에 실패했을 때의 배신감도 컸어."

"아⋯⋯."

"내가 태어나기 전부터 했다고 들었으니 무려 50년을 연구하고도 그 어떤 마법도 개발하지 못한 게야. 그러자 펜실론은 두 개의 파벌로 나뉘었지. 마법 개발을 계속하자는 온건파와 마법 개발을 중지하고 그 반대 방향으로 가자는 강경파로 말이야. 당시 황제는 지쳐 있었어. 민중의 성화가 거세지는 상황에서 성과도 없는 마법 개발을 더 이상 지켜볼 수 없었던 거지. 하여 강경파의 손을 들어 준 거야."

강경파가 한 행동.

마법을 이단으로 취급하고 마법을 사용하는 자들을 몰살시키려 한 것이다.

"그들은 왜 그런 행동을 한 것입니까?"

"말했듯이. 반대 방향으로 가려고 한 게다. 그들은 이렇게 주장했어. 그 마법의 존재가 인류의 발전을 막고 있다고."

나는 순간 해머로 머리를 맞은 듯한 충격에 휩싸였다.

"그런 이유였던 겁니까⋯⋯!"

다시 말해 그거다.

그 어떤 심각한 외상이라도 순식간에 고쳐 버리는 치유 마법. 그리고 양초보다도 훨씬 좋은 효율로 밤을 밝혀 주는 조명 마법.

이 두 마법이 과학의 발전을 막고 있다는 거다.

과학의 발전은 필요에 의한 것.

치유 마법 탓에 의학에 대한 연구가 무의미했고, 조명 마법 탓에 빛에 대한 갈망이 옅어졌다.

"그래. 하여 강경파는 마법을 완전히 없애려 한 거지. 신이 남긴 마법을 없앰으로써 신의 시대를 끝내고 진정한 의미로 인류의 역사를 시작하기 위해서."

"그런⋯⋯."

"그렇게 그들이 행동에 나서려 할 때 온건파도 움직였어. 신대륙을 발견하겠다는 말을 하면서 말이야."

이젠 알 것 같았다. 왜 신대륙을 찾아내려 했는가.

"마법을 발견하기 위해서였군요."

"그렇지. 신대륙엔 또 다른 마법이 존재할 수도 있으니까. 그걸 찾아내면 막혀 있던 마법 연구에 진척이 생길 거라고 생각했어. 일종의 도박이지. 하지만 강경파는 그걸 두고 볼 생각이 없었다. 하여 그걸 빌미로 내전을 일으키고. 그 혼란을 틈타 마법을 사용하는 신관들을 처치하려 한 거야. 그 과정에서 큰 잡음이 일어나 제국이 멸망하고, 이런 상황이 된 게다."

"원정대는⋯⋯ 출발한 겁니까."

"그건 나도 모른다. 워낙 혼란한 상황이었으니 말이지. 그래도 지금까지 아무런 소식이 없는 걸 보면 아마 출발하지 못했을 거다. 혹은 출발했다고 해도 망망대해에서 표류하며 모두 죽었겠지."

펜실론 제국 멸망의 비화.

그곳엔 마법과 과학의 대립이 있었다.

"그걸…… 제게 말씀하시는 저의는 무엇이십니까."

"말했지. 너는 이미 운명의 소용돌이 속에 있다고. 자, 이걸 받거라."

그러면서 가레스 국왕은 아까 찾은 책을 내게 건네주었다.

"그것은 온건파가 하던 마법 연구의 핵심을 옮겨 놓은 책이다. 온건파 무리에게 부탁을 받아 간직하고 있었지."

"이걸 왜 저에게……."

"네가 이걸 완성시켜야 한다."

이젠 시치미를 떼건 뭐건 의미가 없었다. 가레스 국왕은 나를 펜실론 황가의 핏줄이라 확정 짓고 얘기하고 있었으니까. 내가 어떻게 생각하건 말건 그게 나에게 주어진 운명이라고 말하며.

"이건 일부에 불과하다. 온건파가 남긴 책은 총 네 권. 그것들을 펜실론 멸망 직전 나를 비롯한 유력 귀족에게 나누어 전달했다 들었다. 한 명에게만 모든 걸 맡긴다면 자칫 폐기될지도 모른다 우려하였기 때문이지. 그 유력 귀족이라고 함은 현재 왕국을 세운 국왕들, 이게 어떤 의미인지 알겠느냐."

"……."

다시 말해 나머지 세 권의 책은 다른 국가에 맡겨져 있다는 뜻이다.

파라인 국왕은 마법에 대해 일언반구도 없었음을 감안하면 크로싱은 아니다.

멸망한 마돈의 국왕은 귀족이 아니라 상인 출신이었음을 감안하면 마돈은 제외. 그렇다면 스벤너, 뷜랑, 발라스, 알바드, 에우로페, 베카비아, 툰카이. 이 중 세 개의 국가가 마법 연구 서적을 가지고 있다는 뜻이 된다.

"그것들을 모아 숙원을 이뤄라. 네게 닥칠 운명의 격류에 맞서 싸우거라!"

운명의 격류. 그게 무엇인지 이제는 확실해졌다.

과학을 지지하는 강경파 유페미아 알메인의 아들 아리오스 알메인(카시우스 로이드).

마법을 지지하는 온건파 리즈나 알메인의 아들 알스 알메인(알스 일라인).

이 둘의 대립이다.

'이것이 게임의 핵심 줄기였구나!'

이제야 모든 것이 이해가 갔다.

신과 인간, 마법과 과학의 대립. 인류의 미래를 결정하는 대결.

그것이 아테나 워 테일즈의 메인 스토리였다.

'결국 나는 빌런이었던 건가.'

그 반대의 경우라는 아주 희박한 가능성이 있지만 주인공은 주인공이다.

주인공이 가짜라면 모를까 카시우스도 분명하게 펜실론 황가의 핏줄이었으니까.

파티장으로 돌아온 나는 복잡한 머릿속을 정리했다.

'서방과 주인공. 그리고 스벤너 왕국은 과학을 지지하는 쪽. 아마 대륙을 정벌하면 마법을 싸그리 없애 버리려 하겠지.'

그럼 나는?

내 입장이 애매했다.

온건파라고 하긴 해도 딱히 마법 부흥에 대한 열망은 없었다. 오히려 과학이 발전해야 한다는 생각이었다.

마법이 정말 개발될지 알 수도 없는 노릇이고. 과학이 발전해야 인구 증가에 따라갈 수 있는 것도 사실이니까.

'만약에 한다고 하면 있는 마법을 유지하면서 과학을 발전시키는 건가.'

포기하기엔 마법의 위력이 너무 강력하다. 조명 마법이야전기가 발명되면 저절로 사라지겠지만 치유 마법은 아니다.

이 세계의 치유 마법은 현대의 외과 의학을 쓰레기로 만들 정도의 힘이 있으니까.

의학에 대해선 치유 마법을 유지한 채 질병 치료를 위한 약학 위주로 연구하면 된다.

'주인공과 타협할 여지가 있을 수도 있어. 하지만……'

그런 이상적인 그림은 그리지 않기로 했다. 상대가 어떻게 생각할지는 알 수 없는 노릇이니까.

주인공은 잠정적인 적. 그렇게 생각하기로 했다.

"일라인 님?"

"아, 미안. 잠깐 생각할 게 있어서."

리네트의 말에 정신을 차렸다.

"이제 곧 임명식이 시작돼요. 기대되네요. 누가 새로운 장군님이 되는 걸까요?"

"뭐, 정해져 있지."

알티오르 살레온과 케스퍼 밀리아스. 헬리안 공작은 그렇게 말했다.

아나 다를까. 헬리안 공작은 알티오르와 케스퍼를 지근거리에 대기시켜 놓고 임명장을 읽으려 했다.

그러나 그때였다.

"레그나트, 내가 하겠네."

"폐하! 몸은 괜찮으신 겁니까!"

"괜찮아. 잠깐 어지러웠던 것뿐이야."

헬리안 공작에게서 임명장을 건네받은 가레스는 심호흡을 하며 목청을 가다듬었다. 그러고는 병약한 노인이라는 인상을 떨쳐 내고 근엄하게 외쳤다.

"우리는 최근 전쟁에서 연달아 상실의 아픔을 겪고 말았다. 듀난 그림우드, 델바도바 르권. 모두 어디에 내놔도 부끄럽지 않은 훌륭한 장군들이었다! 그들의 죽음은 언제까지고 우리를 슬프게 하겠지. 하지만 그렇다고 그저 울고 있을 수만은 없다. 각지에서 분쟁이 벌어지고 있으며 주변국들은 호시탐탐 우리를 노리고 있다! 우린 그 둘의 시체를 밟고 앞으로 나아가야 한다! 그것이 우리 캘리퍼 왕국의 정신이다!"

30년은 회춘한 듯한 카리스마였다. 헬리안과 길버트는 놀랐는지 눈을 끔뻑이고 있었고, 알티오르 살레온도 멍하니 바라보고 있다.

"우오오오!"

고양되어 함성을 내지르는 파티장의 사람들. 국왕은 씨익 웃고는 임명장을 읽어 갔다.

"알티오르 살레온!"

"예, 폐하!"

"듀난은 너의 부관이었다. 너의 뒤를 이어 장군이 됐지. 그러니 네가 듀난의 뒤를 잇는다는 표현을 적절하지 않지만 그럼에도 나는 그렇게 표현하고 싶다. 네가 듀난의 뒤를 이어라! 그 뒤를 이어 캘리퍼를 능멸하려는 자들을 벌하도록 해라!"

"명 받들겠사옵니다!"

전대 대장군 알티오르의 복귀. 살레온 계파의 귀족들은 환성을 내지른다.

이어지는 두 번째 장군도 살레온 계파 소속임을 지레짐작하고 있었기에 더욱 기뻐했다.

그러나 국왕은 그 순간 필요 없다는 듯 임명장을 내던졌다. 그러고는 내 이름을 호명했다.

"알스 일라인!"

순간 파티장에 침묵이 흘렀다.

나는 놀라서 멍하니 있었다. 그때 미리 언질이 있었던 것처럼 근위병들이 다가와 나를 이끌어 국왕의 앞으로 인도한다.

가레스는 나를 내려다보며 웃었다.

"델바도바의 부하들이 말했다고 했지. 그가 너를 총애했다고 말이야."

"……."

"네가 그 뒤를 잇도록 해라. 알스 일라인, 너를 이제부터 제2장군이자 독립 작전권을 가진 왕가 직속 장군으로 임명하도록 하겠다!"

"무슨……!?"

걷잡을 수 없이 웅성이는 파티장.

그 소란은 도무지 가라앉을 기미가 보이지 않았다.

✦

임명식을 마친 가레스는 파티장을 나오자 힘이 풀려 휘청였다.

"폐하!"

"괜찮다. 오랜만에 기력을 소모하니 조금 힘이 빠졌을 뿐이야. 방으로 돌아가자꾸나."

"옛!"

그러나 다급히 달려오는 인물이 있었다. 헬리안 공작이었다.

"폐하, 잠시 시간을 내어주실 수 있겠습니까?"

"알겠네. 내 방에서 하도록 하지."

방으로 자리를 옮기자 가레스는 침대에 누웠다. 헬리안은 양해를 구하고는 가레스의 몸 상태를 체크했다.

"열이 있으십니다."

"피가 끓어올랐던 거겠지. 이런 감각도 오랜만이군."

"······무슨 뜻으로 그런 일을 하신 겁니까."

"일라인에 대한 것 말인가."

"그렇습니다. 유망한 젊은이라고는 하지만 작전권을 가진 왕가 직속 장군이라니요."

왕가 직속 장군은 허울뿐인 자리이긴 하지만 경우에 따라 무소불위의 권력을 가질 수 있을 때가 있다.

그게 바로 독립 작전권을 가지고 있을 때다.

왕가 직속 장군에게 독립 작전권이 쥐어질 경우 군부에 한해 국왕과 다를 바 없는 입김을 가진다.

전임 왕가 장군이었던 델바도바는 이 작전권이 없었기에 허수아비에 불과했다.

헬리안은 알스가 국왕과 밀회를 했다는 걸 알고 있었다.

그렇기에 의심을 할 수밖에 없었다.

'웨이드 녀석, 국왕에게 무슨 말을 한 거냐.'

알스가 장군이 된 건 그의 입장에서도 나쁘지 않았지만 작전권을 쥐는 건 아니었다. 경우에 따라 무슨 수를 써서라도 국왕을 뜯어말릴 생각이었다.

가레스가 말한다.

"레그나트. 녀석이 속한 일라인 가문은 자네와 연이 있다고 했었지."

"그렇습니다."

"그렇다면 자네가 그와 그 가문을 지지해 주게. 지탱해 주게. 무너지지 않도록. 꺾이지 않도록."

"말씀하시는 바가 어떤 의미인지 모르겠습니다."

"이 말이 무슨 뜻인가는 차차 알게 될 걸세."

가레스는 온건파 소속으로, 사실 마법 연구에도 깊숙이 관여했던 자였다.

신대륙 원정대의 조직에도 관여를 했었다. 온건파가 무너지고, 펜실론 제국이 멸망할 때도 마법 연구에 대한 열망을 잊지 않았다.

하지만 캘리퍼 왕국을 세운 뒤에는 어쩔 수 없었다. 이미 마법 연구자들은 죽거나 사라졌으니까.

가레스 본인은 연구자라기보단 행정가였다. 홀로 마법을 연구할 역량은 없었다.

마법 연구가 가능한 인력을 구해 보려 했지만 그마저도 안 됐기에 단념할 수밖에 없었다.

'실낱같은 희망이 드디어 나타났다…….'

리즈나 알메인의 아들이 운명처럼 등장했으니까.

가레스는 과거 온건파가 신대륙 탐험대를 파견하는 도박을 건 것처럼 알스에게 도박을 걸기로 했다.

작전권을 준 것은 그런 의도가 섞여 있었다.

여차할 땐 반란을 일으켜 캘리퍼 왕국을 집어삼키고 힘을 키우라는 뜻이다.

독립 작전권을 쥔 장군은 그만큼 위험한 존재다. 가레스는 오히려 그렇게 해 주길 바라면서 알스에게 독립 작전권을 주었다.

자신이 죽으면 왕위를 계승할 아들이 있긴 했지만 그 능력이 뛰어나진 않다. 캘리퍼는 아마 패권국인 크로싱이나 뷜랑, 스벤너에 의해 멀지 않은 미래에 멸망하겠지.

그렇다면 차라리 국가의 운명을 알스에게 맡겨 보기로 했다.

그가 대륙을 통일하고, 숙원의 마침표를 찍길 바라며.

4장

난리가 났다.

그렇게밖엔 표현할 길이 없었다.

대장군의 바로 뒤를 잇는 제2장군. 심지어 대장군조차 가지고 있지 않은 독립 작전권까지 있다.

국왕이 임명한 이상 헬리안 공작을 통해 무마시킬 수도 없었기에 나는 패닉에 빠졌다.

그것도 잠시.

'뭐, 어떻게든 되겠지.'

이미 벌어진 일이니 낙천적으로 생각하기로 했다.

어차피 당분간은 전쟁이 없을 가능성이 높다. 작전권도 사용할 생각은 없었고. 얌전히 지내면 그만이다.

그렇게 나 자신은 아무렇지도 않게 생각했으나 주변은 아니었다.

파티가 밤늦게까지 이어져 알펜서드에 하루 머물게 된 나는 졸린 정신으로 아카데미에 등교했다.

등교한 아카데미에선 소곤거리는 목소리가 들려왔다.

"일라인이 2장군이라니……."

"게다가 작전권까지 가지고 있어. 저 녀석이 마음만 먹으면 어떤 국가든 침범할 수 있는 거라고!"

심지어는 교사 역의 장교조차 당황한 기색이 역력했다.

"자, 장군님. 자리에 앉으시지요. 수, 수업을 시작할 겁니다."

어제와 달리 존댓말을 해 오는 교사. 그도 그럴 게 나는 직급상 군부 2인자다. 교사 역의 장교에게 있어선 까마득한 상관이라는 뜻.

설설 기는 걸 보고 있자니 뭔가 신선하다.

쉬는 시간 중 아카데미 정원을 걷고 있자면 일반과 학생들은 물론이고, 일개 사용인들도 나를 구경하려 들었다. 영애들은 부모에게서 무언가 지령이라도 받았는지 어떻게든 내게 말을 걸려 한다.

이 부분은 귀찮긴 했지만 엄밀히 말해 평소에도 있던 일이다. 그게 조금 심해졌을 뿐.

'그래도 피곤하긴 하네. 빨리 집에 가서 쉬어야지.'

요 며칠 일리야 스승의 진통이 심해져 출산 일자가 오늘내일하고 있는 상황이었다. 어서 레인폴에 돌아가 상태를 보러 가기로 했다.

그렇게 수업이 끝났을 때였다.

"무의미해!"

돌연 케스퍼가 그렇게 소리쳤다.

"아무런 의미도, 소용도 없다고!"

녀석은 퀭한 눈으로 외쳤다. 자신의 장군 자리를 내가 뺏었다고 생각했는지 꼭지가 돌아 버린 모양이다.

모두의 시선이 녀석에게 모였다.

"저놈에겐 병사가 없어! 장군이면 뭐 해! 작전권이 있으면 뭐 하냐고! 따르는 병사가 없는데 말이야!"

웅성이는 교실.

이때다 하며 케스퍼 파벌 녀석들이 목소리를 높였다.

"그, 그것도 그래! 왕가 직속의 병사는 기껏해야 2만 명이 잖아. 그 외에는 귀족들에게서 사병을 지원받아야 하는데. 남작 가문 출신의 장군에게 누가 그걸 해 주겠어?"

"케스퍼의 말이 맞아! 허울뿐인 위치라고!"

다른 애들도 내 특급 승진이 마음에 들지 않았는지 말은 하지 않아도 동조하는 기색이다.

케스퍼 파벌 녀석들은 다른 동기들의 동의를 얻기 위해 노골적으로 나를 헐뜯었다.

"분명 뭔가 더러운 수를 쓴 걸 거야! 겉만 번지르르한 외모를 이용해서 고위 가문의 영애를 꼬드겼다던가!"

"그도 아니면 헬리안 계파에서 알티오르 대장군님을 견제하기 위해 조종하기 쉬운 남작 가문을 이용한 걸지도 모르지!"

선을 넘는 비방 전선. 심지어는 내 가족들까지 까 내리고 있다.

'얘들이 미쳤네.'

지금까지 아무 반응도 보이지 않으니 정말로 괜찮은 거라 생각한 모양이다.

"너희들, 지금 그 말. 진심이냐?"

나는 그들에게 시선을 주었다.

평소엔 그러려니 하며 무시했지만 이제는 다르다.

딱히 장군이란 직위를 이용할 생각은 없으나 그렇다고 군기가 무너지는 걸 두고 볼 생각도 없었다.

저들이 비방을 하게 둔다면 그 내용이 어쨌건, 저 말을 믿는 자들이 생긴다. 그걸로 인해 내 권위를 아무렇지 않게 무시하는 사람들이 생기게 된다.

그런 일은 나를 위해서도, 캘리퍼 군부를 위해서도 있어선 안 됐다.

뭐, 개인적인 앙심이 아주 없다면 거짓말이지만. 쟤들은 지금껏 너무 귀찮게 했다.

"뭐라고?"

"안 들렸다면 다시 묻지. 케스퍼, 그리고 너희들. 방금 한 말. 진심으로 한 거냐고 물었어."

그러자 케스퍼는 이를 악물고는 쏘아붙인다. 그 눈에서 불꽃이 튀는 것 같다.

"그럼 그냥 한 말이겠냐? 네 장군 자리는 무의미하다고! 너도 알고 있잖아!"

"그래! 케스퍼의 말이 맞아!"

잡아먹을 듯이 내게 덤벼드는 케스퍼 파벌. 나는 코웃음을 쳤다.

"이봐."

내가 교사 역의 장교에게 고갯짓을 하자 장교는 각을 잡고 후다닥 다가온다.

"예, 장군님."

"이 건은 하극상으로 처리를 하겠다. 군법에 의거해 처벌해라."

"하, 하극상……입니까."

그 말에 교실이 쥐 죽은 듯 조용해졌다.

케스퍼 파벌 녀석들은 일이 어떻게 돌아가는지 파악하지 못해 순간 어리둥절해한다.

"하극상이라니! 우린 그냥……."

"지금 무슨 소리를 하는 거야?"

녀석들의 표정이 점점 굳어 갔다. 모두의 이목이 내 곁의 장교에게 향한다.

나는 장교를 닦달했다.

"왜 그러지? 당장 처리해라."

"예, 옛!"

장교는 시선을 돌려 녀석들을 향해 말했다.

"본래라면 군사회의에 넘겨야 하겠지만 너희들의 행동을 나는 물론이고 너무나 많은 사관생들이 목격했다. 장군님을 모욕한 하극상의 죄는 명명백백!"

하극상은 그 경중에 따라 처벌의 수위가 달라진다.

예를 들어 말단 병사가 바로 윗계급의 병사에게 하극상을 한다고 해도 일반적인 경우라면 큰 벌은 받지 않는다. 기껏해야 훈계 이후 부대 재배치를 받는 정도.

이는 반대로 말해 직급이 크면 처벌의 수위가 커질 수밖에 없다는 뜻이다.

나는 명목상 군부의 2인자. 그런 직급의 사람에게 고작 사관생이 하극상을 했다면?

"너희들을 즉각 군부에서 파면하겠다! 이 이상 사관생을 자칭하지 말도록!"

본래는 그것 이외에도 벌금과 육체적 형벌이 있지만 사관생은 대륙 조약에 의해 그런 처벌을 받지 않게끔 되어 있다.

그러니 파면이야말로 사관생들에게 있어 가장 큰 벌이었

다.

"자, 잠깐!"

케스퍼는 눈을 부릅뜬 채 소리쳤다.

"파면이라니! 나는……. 저, 저는 당연한 걸 말한 것뿐으로……."

"닥쳐라! 당장 짐을 싸 아카데미에서 나가라! 너희들 모두 다!"

이에 케스퍼 파벌 애들은 곡소리를 내기 시작했다.

"이, 이게 무슨 일이야……! 케스퍼! 어떻게든 해 봐!"

"파면이라고……? 아버지가 알면 나는 죽을 거야! 케스퍼! 웨이드의 힘을 사용해도 좋으니 어서 해결을 해 줘!"

사실 하극상으로 문제 삼으려면 예전부터 할 수는 있었다. 나는 키메라 전쟁 이후 직급상으론 다른 애들보다 높았으니까.

다만 그때는 문제를 삼아 봤자 어물쩍 무마당할 게 뻔했기에 귀찮아서 그냥 넘어갔던 것이다.

쟤들은 내가 평소처럼 그러려니 하며 넘길 거라 생각하고 기세등등했지만 큰 오산이다.

케스퍼 녀석에게 몰리는 시선.

녀석은 침을 꿀꺽 삼키더니 떨리는 목소리로 내게 말했다.

"내, 내가 누구인…… 줄. 모르는 거냐? 나, 나는 웨이드다! 지낭 웨이드! 나를 건드리고서도 무사할 줄 아냐!"

나로선 웃음밖에 나오지 않는 위협이었다.

"하! 네가 웨이드라면 좋아. 그 힘으로 복귀하면 그만이겠네. 어디 열심히 해 봐라."

"너, 너 이 새끼……!"

녀석도 일의 심각성을 이제야 전부 알았는지 사색이 되어 있었다.

딴에는 평소처럼 자기보다 가문의 위세가 낮은 녀석을 낮잡아 깐 거겠지만, 가문의 위세와 별개로 녀석과 내 직급 사이에는 하늘과 땅 차이가 있었다.

루안은 케스퍼를 보며 "멍청한 놈, 질투심에 사리분별도 못하다니……."이라며 비웃고 있었고, 데니안과 조슈아, 유벨도 고개를 절레절레 흔들었다.

나에겐 말이 통하지 않을 거라 생각했는지 녀석은 도로시에게 시선을 옮긴다.

"도로시! 네가 뭐라고 말 좀 해 봐!"

"그건 비겁해, 케스퍼."

도로시는 싸늘한 눈으로 그들을 바라보았다.

"나……. 언제나 너희들에게 말했어. 알스를 나쁘게 말하지 말아 달라고. 알스는 그런 애가 아니라고. 언제나, 언제나, 언제나, 언제나 말했어. 그런데도 결국 이런 일을 벌였잖아. 근데 이제 와서 나한테 중재해 달라니. 그런 건 비겁해!"

"뭐……."

도로시가 화를 내다니.

평소 얌전한 애가 화를 내면 무섭다고 하지만 그런 느낌은 없었다.

그저 평소보다 더 똑 부러지는 모습을 보여 줬다.

"이전까진 그렇게 하는 게 잘못이 아니었으니 아무렇지 않게 생각했을지도 몰라. 그치만 이젠 잘못이 됐잖아. 그럼 응당 대가를 치러야 해."

"이, 이렇게 될 줄은 몰랐어! 나는 그저……. 사실을 말했을 뿐이야……! 다른 녀석들이 말한 건 나와는 아무 관련이 없다고!"

도로시는 경멸하는 눈으로 케스퍼를 노려보았다.

"실망이야. 혼자 책임을 지겠다고 했다면 나도 다시 생각해 보려 했는데……. 자기만 빠져나오려고 하다니. 그리고 있잖아, 네가 말한 사실이란 것도 틀렸어."

도로시는 모두에게 들리게끔 높은 목소리로 말했다.

"알스를 따르는 가문과 병사가 없다고? 그건 틀려. 내 그림우드 백작가는 알스를 지지할 거니까!"

백작가 중에서도 위세가 높아 대귀족에 속하는 그림우드 백작가의 지지 선언.

이 한 방은 쐐기였다.

상황이 일단락되자 장교가 목소리를 높였다.

"이제 됐다! 당장 나가라!"

다리를 덜덜 떨며 아무 행동도 하지 못하는 녀석들.

장교는 한숨을 쉬고는 아카데미 부근의 경비대를 호출해 녀석들을 끌어내기에 이르렀다.

울며불며 난리를 피우는 케스퍼 파벌.

케스퍼 녀석은 혼이 빠져나간 듯한 얼굴로 질질 끌려 나갔다.

하극상으로 인한 대규모 파면과 그림우드 백작가의 지지 선언.

이 소식에 귀족계가 들썩였다.

파면당한 사관생들 대부분이 귀족가의 자제였기 때문이다.

게다가 웨이드라 불리는 케스퍼까지 파면을 당했다.

"하아! 하아……!"

케스퍼는 흥분을 참지 못하고 거친 숨을 몰아쉬었다.

노크를 할 생각조차 하지 않고 길버트의 집무실에 들이닥쳤다.

"길버트 님!"

"……."

길버트는 경멸의 시선을 숨기지 않았다. 이젠 대놓고 핀잔을 주었다.

"이 멍청한 놈. 잘도 얼굴을 내밀 생각을 했구나."

"기, 길버트 님……?"

"사정은 전부 들었다. 어찌 그리 멍청한 짓을 한 게냐!"

"저, 전 그저……!"

"그저 뭐! 질투를 했다고? 장군의 자리를 뺏겨서? 야망을 위해 그깟 질투심 하나 다스리지 못하는 거냐!"

"윽……!"

케스퍼는 이를 악물고는 무릎을 꿇고 머리를 박았다.

"면목이 없습니다! 저의 잘못이니 부디 용서해 주십시오!"

"용서? 내가? 내가 왜? 네가 용서를 빌어야 할 대상은 그 일라인 녀석이다!"

"……."

"그건 싫은 거냐? 하하! 여전히 잘못을 깨닫지 못한 거로군. 그저 면피를 위해 내게 비는 것에 불과했어."

길버트는 냉혹하게 말한다.

"안됐지만 이번 일에 대해선 나도 무마해 줄 수 없다."

"어, 어째서입니까!"

"당연하지 않나!"

알스는 국왕의 독단으로 장군에 임명됐다. 그런 상황에서 바로 다음 날 하극상을 벌였으니 이는 국왕에 대한 도전이나 다름없는 상황이 되었다.

이걸 길버트가 무마한다면 그에 동조한다는 뜻이 된다.

그러니 그 어떤 귀족들도 이번 사태를 유야무야 무마할 수가 없었다.

"저, 저는 웨이드로 알려져 있습니다. 그 부분을 이용한다면…….'

"정말로 웨이드인 건 아니지. 그런 방식으로 무마를 하려면 최소한 쥬라스 파밀리온 정도는 데리고 와야 한다. 너에게 그런 일이 가능한 거냐? 그건 나조차도 못하는 일이야! 일라인에게 용서를 빌어라. 군부에 남아 있을 수 있는 방법은 그것밖에 없다."

"싫습니다. 그 녀석에게 고개를 숙이고 싶지 않습니다! 다른 방법을……. 부디 다른 방법을 알려 주십시오!"

"다른 방법이라고 해 봐야 그런 건 없다. 네가 밀리아스 가의 당주가 되지 않는 이상은……. 그러니 당장 일라인에게 가서 용서를 빌라는 거다!"

"알겠……습니다."

어깨를 축 늘어뜨리고 집무실을 떠나는 케스퍼.

얼마 지나지 않아 이번엔 에리나가 찾아왔다.

"아버님, 부르셨습니까."

"아아, 그래. 어서 앉거라."

에리나는 길버트의 안색을 살폈다.

"어쩐 일로 부르셨나요……?"

길버트는 고개를 끄덕이며 말한다.

"오늘 있던 일은 들었겠지."

"예에……. 아카데미 전체에 큰 소문이 됐으니까요."

"알스 일라인. 무서운 녀석이다. 힘을 얻자마자 무자비하게 휘두를 줄이야."

"그런 건 아닐 거라고 생각해요. 일라인 님은 결코 개인감정으로 움직이시는 분이 아니에요."

"뭐, 이번 일은 케스퍼 녀석에게 큰 잘못이 있었으니까. 그보다 에리나. 녀석과의 관계는 어떠냐."

"과, 관계라고 하시면……."

"녀석의 마음을 얻었냐는 거다."

에리나의 얼굴이 홍당무처럼 붉어졌다.

최근 알스와의 관계는 무척 좋았다. 알스에게 어떤 심경의 변화가 있었는지는 모르겠지만 어느 날을 기점으로 부드러워졌다.

이전엔 자신의 호의를 의도적으로 무시했다면 이젠 호의에 호의로 답해 주고 있다.

개인적인 예측이지만 머지않아 연인 관계가 될 거라 생각했다.

'아니, 이미 그런 관계가 된 걸지도…….'

그러나 그런 관계를 드러낼 수는 없었다. 자신은 아무래도 가문의 일이 있으니까.

'가문의 속박이 없는 에스텔이 부러워.'

아버지 길버트는 어떻게든 알스를 이용하고 싶은 생각이었다.

영리한 알스가 그걸 눈치채지 못할 리 없다. 그러니 그런 식으로 접근하면 알스는 거리를 두려 할 테다. 그건 자신과도 거리를 둔다는 뜻이다.

지금까지 쌓아 올린 관계도 물거품처럼 사라질 수 있다. 알스의 주위엔 좋은 사람이 많을 테니 자신 같은 건 금방이라도 잊어버릴 테다.

'차라리 가문을 나와 버릴까.'

알스가 다른 국가의 사람이었다면 그렇게 했을지도 모른다.

하지만 같은 캘리퍼 왕국에 속해 있는 만큼 가문을 버리고 알스에게 간다고 해도 의미는 없다. 폐를 끼치게 될 뿐.

그러니 지금은 그저 부정할 수밖에 없었다.

"아직 그런 관계는 아니랍니다. 워낙 둔하신 분인지라. 설령 혼담을 보내도 거절할 거라고 생각해요."

공작가가 보낸 혼담을 남작가 따위가 거절한다는 건 어지간해선 있을 수 없는 일이었지만 지금은 길버트도 납득하고 있었다.

"이제는 그렇겠지. 막대한 힘을 쥐게 됐으니까. 어설프게 혼담에 응하진 않을 거다. 후우! 녀석이 헬리안 계파에 소속

돼 있다는 점이 골치 아프군. 그런 게 아니라면 이렇게까지 걱정할 건 없었을 텐데 말이야."

그래도 길버트는 괜찮다며 합리화를 하기로 했다.

대장군으로 부임한 알티오르가 있었기 때문이다.

"아버님이 군부에서 영향력을 넓혀 가면 자연스럽게 견제가 되겠지."

게다가 알스가 적인 것도 아니다. 계파만 헬리안 소속일 뿐. 자기들과도 원만한 관계를 유지하고 있었으니까.

어차피 당분간 전쟁이 일어날 가능성은 거의 없다.

그러니 당분간은 상황을 지켜본다.

그러나 그런 길버트에게 있어선 상상을 초월할 만한 사건이 머지않아 발생하고 만다.

레인폴로 돌아오는 길.

알펜서드로 마중을 나온 에오와 유미르는 흘러가는 이야기를 들었는지 심각한 표정이다.

"도련님, 이번 일은……."

"내가 의도한 건 아니야. 국왕이 어머니와 아버지의 모습을 내 얼굴에서 찾았나 봐. 그걸 통해 내가 펜실론의 핏줄이라는 걸 안 거 같아."

"리즈나 님과 마이오스 님의 얼굴을요?"

"이상할 것도 없지. 가레스 국왕은 펜실론 제국의 중진이 었으니까."

"이번 일은 다 함께 모여 상담을 해야 할 것 같습니다. 작은 일이 아니에요."

"그래야겠지. 그뿐만 아니라 이젠 가족들에게도 설명해야 할 때가 온 거 같아."

가족들도 나를 양자로 받아들인 것만 알고 있을 뿐, 출생의 비밀은 모르고 있었다. 이참에 웨이드의 부분을 포함해 전부 설명을 하기로 했다.

마차에 올라탄 나는 우선 가방에 챙겨 둔 책을 꺼내 보았다.

"에오! 잠시 책을 읽을 생각이니 마차를 천천히 몰아 줘."

"예!"

책의 겉면엔 [마법 연구 일지 −1−]이라고 쓰여 있었다.

'이게 세 권이 더 있다 그거지.'

마법의 부흥에 대해선 별생각 없었지만 그래도 읽어 보기로 했다.

책은 누군가의 독백으로 시작됐다. 이 일지를 작성한 사람인 듯하다.

'저자는 아즈키엘 로디오스라고 하는가.'

미루어 보건대 마법 연구부의 책임자였던 듯하다.

황제의 명을 받아 마법 연구를 시작한 우리는 치유 마법과 조명 마법을 분석해 보기로 했다. 외상을 씻은 듯이 낫게 해 주는 마법과 장시간 빛을 발하는 신비한 에너지 결정체. 이 원류를 파고 들어가면 마법에 대해 알 수 있을 거라 생각했다.

나라도 그렇게 했을 것이다. 이미 있는 마법에서 원류를 찾는 건 당연하니까.

내 가설은 정답이었다. 두 마법은 분명 원류와 관련이 있었다. 문제는 이물이 포함돼 있었다는 점이다. 이물이라고 함은 바로 신성 마력의 존재였다. 두 마법을 사용하게끔 해 주는 힘은 신성 마력이라고 하는데. 순수한 마력과 신성력이 합쳐진 힘인 듯하다. 신성력이 신앙에 근거한 힘이라면 치유 마법은 정말로 신에 의한 기적이고, 조명 마법 또한 신이 내려 준 빛이라 할 수 있다. 이를 통해 우리는 무도가들이 사용하는 오러 또한 비슷한 것이라 추측했다. 순수한 마력과 무도가들의 기운이 합쳐진 것이 오러가 아닐까. 지금까진 순조롭다. 머지않아 실마리를 찾을 수 있을 것 같다.

그러나 그런 긍정적인 기류도 얼마 가지 않았다.

너무 쉽게 생각했다. 신성력만 분리해 내면 순수한 마력을 얻을 수 있을 거라 생각했지만 불가능했다. 힘이 합쳐진 형태가 단순 결합이 아니라 융합에 가까웠기에 분리가 불가능한 거라 추측한다. 하여 우리는 순수한 마력을 얻는 것은 일단 제쳐두고 치유 마법의 구조를 해석하기로 했다. 이미 완성된 마법을 역순으로 파헤쳐 나가는 것이다.

예를 들어 완성된 시계를 해부해 그 구조를 알아보는 것과 비슷하다.

우리는 그 작업을 마법학이라 부르고 펜실론 아카데미에 관련 연구 부서를 만들기로 했다. 이 연구가 완료되면 제국이 당면한 모든 문제를 해결할 수 있으리라.

다음으로 이어진 내용은 마법학에 대한 고찰이었으나 별다른 성과가 없었는지 점점 내용이 짧아졌다.
마지막에는 좌절을 했는지 내용이 지리멸렬했다.

도저히 불가능하다! 순수한 마력을 다루는 방법을 알지 못한 채 이것들을 이해하려 해 봤자 소용없었다. 순수한 마력! 그것을 다루는 방법만 알아낸다면!

시간상으로는 책의 시작에서 10년 정도 지난 것 같다. 그

사이 아즈키엘은 미쳐 가고 있었다.

　시선을 돌리기로 했다. 신비의 존재는 마법뿐만이 아니다.
그래, 수인들도 그렇다! 엘프도 있다! 우리와는 다른 종족들.
그들에게 무언가 비밀이 있을지도 모른다. 수인들은 제국의 건
국 정책으로 인해 그 권리가 땅에 떨어져 있는 만큼 다수의 실
험체를 모으는 것이 어렵지 않았으나 엘프는 아니었다. 이미
제국 내에 순혈 엘프는 존재하지 않았다. 그렇다고 할까, 쿼터
엘프조차 이제는 보기 힘들다. 하여 나는 쿠라벨 성국을 주목
했다. 북동쪽 신비에 위치한 기묘한 국가. 우리도 최근에서야
접하게 된 불가사의한 국가였다. 듣자 하니 그 역사가 수백 년
이라고 하고, 이젠 자취를 감춰 버린 순혈 엘프들도 거주하고
있다고 했다. 나는 실험체를 모으기 위해 황제에게 쿠라벨 성
국의 정복을 진언했다. 쿠라벨은 소국에 불과하니 어렵지 않게
정복할 수 있으리라.

　쿠라벨 성국과 펜실론 제국의 전쟁. 나도 처음 듣는 얘기
였다.

　우리는 30만의 병력으로 쿠라벨 정복전에 나섰으나 패배하
고 말았다. 기묘한 전쟁이었다. 어떤 부대는 산에서 길을 잃어
영영 돌아오지 못했고, 또 어떤 부대는 영혼이라도 뺏긴 듯이

실성해 동료들을 죽였다. 그러던 도중 정체불명의 여장군이 우리 군의 본진을 습격. 이 기습으로 원정의 총대장을 맡고 있던 멜리안 황자가 행방불명되고 말았다. 장차 성군이 될 것으로 명성이 자자했던 멜리안 황자의 실종은 제국의 미래를 암울하게 만들지도 모르겠다. 그래도 성과는 있었다. 이번 원정에서 발생한 불가사의한 현상이 필시 마법과 연관이 있을 거라 확신했으니까.

이어진 내용은 더 충격적이었다.

　전쟁에서 패배한 만큼 노선을 바꿀 수밖에 없었다. 우리는 외교관을 파견해 사죄를 전하고 정식으로 협력을 요청했다. 쳐들어간 우리가 그러는 것은 뻔뻔한 짓이긴 했으나 이게 웬일인가. 멜리안 황자가 쿠라벨 성국의 일원이 되어 우리 외교관을 맞이했다. 당시 군을 습격한 여장군과 눈이 맞았다고 한다. 그 여장군은 국가의 근위대장으로서, 발키리라 불린다고 했다.

나는 고개를 들었다.
"에오! 잠깐 마차 안으로 와 볼래? 유미르, 네가 대신 몰아 줘."
땡볕 탓인지 에오는 땀에 젖은 채 마차에 들어왔다.
"부르셨나요?"
"응, 잠깐 물어보고 싶은 게 있어서. 에오, 너 멜리안이라는 사람을 알아?"

"알스 님께서 어떻게 그 이름을……. 제 스승님의 남편분이셨습니다."

"그랬구나."

내심 에오의 아버지가 아닐까 생각했으나 그런 건 아닌 모양이다.

하긴, 발키리는 순혈 엘프와 인간의 하프라고 했으니 이미 하프인 발키리와 인간의 자식은 아니겠지. 그랬다간 하프 엘프가 아니라 쿼터 엘프가 되니까.

나는 멜리안에 대해서 더 물으려 했지만 에오도 모르는 듯했다.

"단명을 하셨던지라. 저도 어렸을 적에 잠깐 본 것이 전부입니다. 그러고 보면……. 왜인지 알스 님을 닮았던 것 같기도 하고…….."

"괜한 소리 말고. 그보다 에오 너, 혹시 마법이란 것에 대해서 아는 거 있어?"

"……!?"

불필요하게 흠칫하는 에오. 역시 표정에 다 드러났다.

"뭔가 알고 있는 게 있구나."

"아아, 아, 아뇨!?"

"오호? 네가 나한테 숨기는 일이라니. 별일이 다 있네. 그렇담 어쩔 수 없지. 실망스럽긴 하지만 누구에게나 비밀은 있는 거니까. 실망스럽긴 하지만 말이야."

조금 짓궂었을지도 모른다. 에오는 실망이라는 말에 울상을 지었다.

"그, 그게⋯⋯."

이윽고는 결심을 굳히며 말한다.

"알스 님에게 한 번 사용했습니다."

"⋯⋯뭐?"

뜬금없이 무슨 말인가. 마법에 대해 아는 걸로도 모자라 나에게 사용했다고?

"발키리에게만 대대로 내려오는 주종 맹세의 마법입니다. 거리가 멀지 않으면 상대방의 위치를 알 수 있게 되고, 주인이 죽을 경우 저도 죽게 되는 그런⋯⋯."

"나한테 마법을 걸었었다고? 네가!?"

"으으⋯⋯."

생각해 보니 지난 전쟁 때 올라프가 말했다.

에오니아가 갑자기 내 위치를 알았다면서 미친 듯이 뛰었다고. 그리고 그게 정답이었다고.

"왜 말하지 않은 건데?"

"아시면 꺼림칙해하실까 봐⋯⋯."

"허⋯⋯!"

쿠라벨 성국은 마법과 관련이 있다. 아즈키엘이 세운 가설은 정확했다.

"그게 전부야?"

"그 외에도 성국을 지키는 결계 마법이 있습니다. 산에 성국이 있는 걸 외부인에게 들키지 않게끔, 그리고 외적이 쳐들어오더라도 위험하지 않게끔 만드는 마법입니다. 그 결계를 완전 해제했던 건 단 한 번. 펜실론이라는 통일 제국과 이야기를 해 보기 위해서였다고 들었습니다."

나는 서둘러 책으로 시선을 내렸다.

우리의 의도가 읽히고 만 것일까. 쿠라벨은 우리의 외교 사절단을 전부 쫓아냈고 멜리안 황자는 크게 실망하며 황가와의 연을 끊었다. 쿠라벨도 다시 문을 걸어 잠갔다. 연락을 취해 보려 했지만 불가능했다. 젠장, 마법 연구를 위한 유일한 희망이었는데! 나는 재차 황제에게 쿠라벨 토벌을 요청했으나 이번에는 받아들여지지 않았다. 평화롭게 살고 싶다는 멜리안 황자의 의사를 존중하기로 한 모양이다. 그렇게 쿠라벨 성국과 엘프들에 관한 건 미궁 속에 빠져 버리고 만 것이다.

그것이 일지 1권의 끝이었다.

나는 책을 덮고 에오와 눈을 마주했다.

"잘도 그런 걸 숨기고 있었네?"

"으으. 죄송합니다……."

"참고로 묻겠는데 추적 범위는 어느 정도야?"

"레인폴 안에 계신다면 찾을 수 있습니다."

반경 5km 정도인가. 제법 넓다.

"그 마법, 나도 배울 수 있어?"

"잘 모르겠습니다. 저도 원리를 모른 채 배운 것인지라. 게다가 실수로 다른 사람에게 사용이라도 하셨다간 알스 님의 목숨이 위험해질 수도 있습니다."

"그것도 그런가. 흐음……. 듣기로는 쿠라벨 성국엔 더 이상 순혈 엘프가 없다고 하던데. 그들이 없어진 건 언제쯤이야?"

"성왕께서 말씀하시길 마지막 발키리라며 저를 낳은 뒤에는 모두 자취를 감췄다고 했어요."

"갑자기 전부 사라졌다는 건 그것도 마법의 힘일지도 모르겠네."

납득이 갔다.

"그럼 쿠라벨 사람들은 펜실론 제국과 접촉한 뒤로 계속 외부와 단절돼 있던 건가?"

"아뇨, 그 이후로도 정보 수집을 위해 외부로 나가던 사람들이 있었습니다. 전에 마돈 전쟁에서 알스 님의 밑에서 일했던 페러딘 장군이 그랬었습니다."

"그 사건을 겪고 적어도 바깥의 정세 정도는 확인하기로 한 거구나."

그 쿠라벨이 이제는 크로싱에 의해 강제로 개방되었다. 나는 펜실론이 탐색하지 못한 그곳에 흥미가 생겼다.

"나중에 그 쿠라벨 성국의 터에 가 볼 수 있을까? 뭔가 자격이 필요하다거나 그렇진 않지?"

"예에, 이제는 그 결계도 없어졌으니까요."

"아……! 그래서였구나."

쿠라벨이 크로싱에 의해 멸망한 이유.

"엘프들이 사라져 결계가 없어졌던 거였어."

그러나 에오는 즉답했다.

"아닙니다. 결계는 계속 작동하고 있었어요. 그 결계는 지형과 지맥을 이용해 설계된 영구적인 결계였던지라 엘프들이 떠나고 나서도 계속 작동을 했으니까요."

"어? 그런데 어떻게 크로싱이……."

"쥬라스 파밀리온. 그자가 나타나 파훼해 버렸습니다. 결계의 중추가 되는 지형을 인위적으로 깨부숴 결계를 파괴해 버린 거죠. 결계가 없어진 시점에선 크로싱의 군대를 당해낼 수 없어졌습니다. 국고를 털어 용병들을 대거 고용해서 어떻게든 지켜 보려 했으나 그러지 못했어요. 전부 제가 무능해서…… 흑!"

그 당시가 떠오르는지 울먹이는 에오. 내가 울린 거나

마찬가지였기에 옆으로 다가가 등을 쓰다듬어주며 달래주었다.

'그 결계 마법에 대해선 쥬라스에게 물어보는 편이 낫겠네.'

펜실론 제국의 30만 군대가 해내지 못한 걸 혼자 해 버린 쥬라스 녀석. 뭐, 녀석이 했다고 하니 새삼 이상하게 느껴지지도 않았다.

"그런데 대상이 죽으면 너도 죽는다니. 그건 이상하지 않아? 쿠라벨의 성왕은 이미 죽었다며. 그러면 에오 너도……."

"성왕께선 이미 연세가 많으셨던지라 저를 단명시키고 싶지 않다면서 거부하셨어요. 새로운 주인을 찾으면 그때 사용하라고 하시면서……."

"그래서 나한테 쓴 거구나. 어휴, 나도 네가 나 때문에 죽는 건 싫어."

지난 전쟁에서 피셔 파르틴에게 죽었으면 에오도 덩달아 죽었다는 게 된다.

"괜히 마음의 짐이 무거워지잖아."

"으으, 그래도 이건 발키리에게 있어 명예와도 같은 것으로……."

"뭐, 이미 벌어진 일이니 어쩔 수 없나. 앞으로는 가능한 한 떨어지지 않는 편이 좋겠네."

"그, 그렇습니다! 제 목숨을 위해서라도 알스 님에게 찰싹 붙어 있겠습니다!"

생각지도 못한 곳에서 밝혀진 진실.

한 가지 드는 의문점은 어째서 이런 비화를 가지고 있는 에오니아가 게임에선 조건부 가입 캐릭터였냐는 점이다.

'설마 에오니아를 영입하는 게 진엔딩으로 가는 분기점이었다던가?'

그 경우 이해가 안 가는 점은 주인공이 마법을 배척하는 과학파라는 부분이다.

맥락으로 봤을 때 에오니아는 알스 쪽의 인물이라고 보는 편이 자연스럽다.

'뭐, 그 부분은 아직 밝혀지지 않은 점이 많으니…….'

그래도 한 가지 추측하고 있는 것이 있었다.

연달아 등장한 수수께끼들.

서방 민족의 복수심과 일리야 스승의 출신지. 플로란드 부족의 리시테아와 그녀가 섬기는 애쉬. 그리고 쿠라벨 성국의 비밀까지.

이것들이 어떤 형태로든 서로 관련이 있을 것임을.

레인폴로 돌아온 나는 즉각 가신들을 소집했다.

가족들에게도 저택에 모여 줄 것을 부탁했다. 마침 리벨에 가 있던 아버지와 밀러 형, 퍼지 형까지 돌아와 있었기에 오랜만에 온 가족이 모일 수 있었다.

가족들뿐만 아니라 왜인지 에스텔까지 함께 앉아 싱글벙글하고 있었지만 뭐, 상관없겠지.

'은근히 긴장되는걸.'

나는 심호흡을 하고는 응접실로 향했다.

"알스!"

"돌아왔구나!"

맥스 형과 퍼지 형이 다급한 표정으로 나를 맞이했다.

"소식은 들었다. 대체 어떻게 된 일이니?"

"침착해 주세요. 제가 차분하게 설명을 할게요."

나는 가레스 국왕과의 일을 얘기하기 전에 먼저 웨이드의 신분에 대해 밝히기로 했다.

이 얘기에 사정을 모르고 있던 밀러 형과 어머니, 그리고 율리아 누나는 고개를 갸우뚱한다.

"막둥아, 그게 무슨 소리니. 엉뚱한 얘기를 진지하게 하니까 귀엽긴 했는데. 아무리 그래도 웨이드라니?"

"하아…… 그럴 거라고 생각했어요. 일단 얘기해 두지만 맥스 형님과 퍼지 형님, 그리고 아버지는 이미 알고 있었어요."

"진짜?"

어머니와 누나가 휙! 고개를 돌려 진위를 묻는 듯한 눈빛을 보냈다. 이에 퍼지 형과 맥스 형이 어색하게 고개를 끄덕인다.

어머니는 배신이라도 당한 것 같은 속상한 표정을 짓는다.

"어째서 나에겐 말하지 않았던 거니."

"그런 식으로 걱정하실까 봐요. 그래도 아버지와 맥스 형에겐 말했으니 너그럽게 넘어가 주세요."

그래도 어머니는 화가 풀리지 않았는지 드물게도 엄한 표정을 지었다.

그 화살은 내가 아닌 다른 방향으로 향했다.

"당신, 나중에 얘기 좀 해요. 맥스랑 퍼지! 너희들도야!"

"으, 으음. 클레어, 일단 알스의 얘기를 마저 듣도록 합시다."

그때 밀러 형이 슬쩍 손을 들며 말한다.

"저는 아직도 납득이 가질 않아요. 알스가 그 웨이드였다니? 그도 그렇잖습니까. 웨이드라면 십걸에 들어갈 수도 있다는 말이 나올 정도의 인물이라고요! 물론 알스가 뛰어난 아이라는 건 알지만……."

율리아 누나도 동의하는 모양이다.

"맞아! 그렇담 어디 에오니아 미라벨이라도 데려와 봐!"

"누님……. 에오니아는 종종 곁에 있었어요."

"뭐?"

"이참에 전부 소개할게요. ……다들 들어와요!"

내 신호에 밖에서 대기하고 있던 가신들이 응접실에 들어 왔다. 출산을 앞두고 있는 일리야 스승과 그 곁을 지키고 있는 안톤을 제외한 전부 다.

그 압도적인 면면에 가족들은 헛숨을 삼켰다.

그리고 율리아 누나는 에오를 가리키며 벌떡 일어났다.

"라니아 씨가 왜 여기에 있는 거야!? 엘시랑 첼시를 돌보기 위해 임시로 고용했던 가정부 아니었어?"

"그, 그게. 알스 님이 그러라고 하셔서……. 재차 인사드립니다. 에오니아 미라벨이라고 합니다."

"나 라니아 씨한테 종종 야식을 부탁했었는데……. 사실은 무척 실례되는 행동이었다던가……?"

"아닙니다. 그것도 제 일이었으니까요. 개의치 마십시오."

"혁. 그릇이 커……!"

감탄하는 율리아 누나.

이외에도 올라프, 가스파르, 루트거 순으로 인사를 했다.

에스텔은 루트거가 소개를 할 때 자신의 아버지라며 깨알 같이 부연 설명을 하고 있다.

"누님, 이제 믿어 주시는 건가요?"

"으, 응. 그야 척 봐도 대단한 사람들이라는 게 느껴질 정도인걸."

"참고로 일리야 스승님과 그 신랑도 있어요. 출산이 코앞이라 오늘은 오지 못했지만."

응접실에 잠깐 침묵이 흘렀다.

이윽고 아버지가 자리에서 일어나 내 가신들에게 다가왔다.

"우리 아들이 신세를 지고 있는 것 같군. 부디 앞으로도 아들을 잘 부탁하오."

가신들을 대표해서 루트거가 악수를 주고받았다.

아버지가 분위기를 풀자 자연스럽게 이야기를 나누는 흐름이 만들어졌다.

맥스 형과 밀러 형은 "비취의 로젠버그라니!"라며 흥분한 기색이었고, 아버지도 연배가 비슷한 루트거와 이야기하는 게 편한 모양이었다.

의외였던 건 퍼지 형과 율리아 누나였다.

"베이올라프 드레스덴……. 오랜만인걸."

"음……? 나를 알고 있습니까? 초면인 듯합니다만."

"그야 너는 나를 모르겠지. 너에게 있어 나는 길바닥에 굴러다니는 돌멩이에 불과했을 테니까."

듣자 하니 셋은 펜실론 아카데미 동기라는 듯하다.

다만 베이올라프는 아카데미에서 모르는 사람이 없을 정도로 유명했던 반면, 퍼지 형과 율리아 누나는 표현 그대로 굴러다니는 일개 학생들 중 하나였다.

"하하, 이런 재밌는 우연도 있는 건가. 뭐, 앞으로는 그 얼굴과 이름을 기억할 테니 너무 불쾌해하진 말아 줬으면 해. 퍼지 일라인."

"그래, 내 동생을 잘 부탁한다."

일이 잘 풀리는 것 같아 다행이었다.

나는 안도의 한숨을 쉬었으나 그때 어머니가 다가와 속삭였다.

"애야, 저분은 어떤 사람이니?"

"아, 가스파르 말이군요."

외딴섬처럼 앉아서 과자를 먹고 있는 가스파르.

"그래. 조금……. 위험한 느낌이 들어서."

어머니는 우려스럽다며 가스파르를 훔쳐보고 있었다.

하기야 가스파르는 기본적으로 태도가 좋지 않기도 하고, 순혈 수인들은 특유의 위압감이 있으니까.

"이건 저도 우연찮게 안 건데요. 실은 저 사람이 유미르의 친아버지예요."

"뭐? 그게 정말이니!?"

"그렇다니까요. 은근히 순정적인 면이 있는지 아버지라는 걸 밝히지 않고 딸을 지켜보겠다나 뭐라나. 그러니 너무 걱정 마세요."

"그렇구나……."

가스파르를 향한 경계의 빛은 어느새 사라져 있었다.

어머니는 포근한 미소를 지으며 가스파르에게 향했다.

"차를 한잔 더 내어드릴까요? 유미르가 직접 재배한 찻잎이 있어요. 그걸 내어드릴게요."

"음. 고, 고맙다."

가스파르도 분위기는 읽는지 되도록 얌전히 앉아 있다.

분위기가 무르익었음을 확인한 나는 가족들에게 내 출생의 비밀과 이번 가레스 국왕과의 일을 전부 말하기로 했다.

사정을 듣자 가족들은 제각각의 반응을 보였다. 아버지와 형제들은 놀랍다는 듯이 중얼거린다.

"알스가 황가의 핏줄이었다니. 그래서 가레스 국왕께서……."

"어떤 의미론 웨이드에 대한 것보다도 놀랍군."

반면 어머니와 율리아 누나는 슬픈 듯한 표정이다.

나는 쓰게 웃으며 말했다.

"걱정 마세요. 그런 사실을 알았다 뿐이지, 제 가족은 언제까지나 일라인 가문뿐이니까요."

"흑! 막둥아!"

누나가 울먹이며 나를 껴안았다. 어머니는 고생했다며 유미르를 꼬옥 안아 준다.

둘이 진정된 이후에는 앞으로의 계획을 전달했다.

"전 앞으로의 난세를 평정할 생각이에요. 이건 황족으로서가 아니라 제 의지로 하는 겁니다. 아직 전부 결정된 건 아니지만……. 그걸 위해 크로싱과 협력을 해야 할지도 몰라요."

"캘리퍼와는 어떻게 할 생각이냐."

아버지의 물음이었다.

"가능하다면 캘리퍼와도 손을 잡을 생각입니다. 헬리안 공작님과는 좋은 관계를 유지하고 있으니까요."

국왕이 내게 힘을 실어 준 저의도 어느 정도 짐작이 가는 상황이다.

'훗날 헬리안 공작을 포섭하면 어렵지 않게 캘리퍼 왕국을 병합할 수 있을 거야.'

그래도 지금은 때가 아니었다.

"이 부분에 대해선 아버지와 형님들께도 의견을 묻고 싶었어요. 어떻게 했으면 좋겠는가를."

그렇게 가족회의는 저녁을 넘어서까지도 계속됐다.

가족들과 상담을 끝내자 날이 완전히 어두워져 있었다.

어머니는 하루 묵고 가는 게 어떠냐 제안했지만 스승의 진통이 심해졌다는 소식이 들려왔기에 일단은 내 저택으로 돌아오기로 했다.

"좋은 분들이군."

루트거의 말이었다.

"이리도 선량한 귀족들이 있을 거라곤 생각지 못했어."

"하하, 당신 자신은 그 기준에 미달하는 겁니까?"

"나는 선량하다기보단 악독했지. 에스텔이 병에 걸리기 전까진 아득바득 위로 올라가려 했으니까. 아내가 사고로 죽고, 에스텔이 병에 걸리자 그런 건 아무런 의미도 없다는 걸 깨달았지만 그땐 이미 늦었었어. 나도 자네 가족들처럼 욕심 없이 주어진 것에 충실하며 살았다면 어쩌면 그러한 비극을 피할 수 있었을지도 몰랐겠다는 생각이 들어."

"뭐라고 위로해 줄 말이 없네요."

"신경 써 줄 필요 없네. 그저 뒤늦게 소중한 걸 깨닫게 된 멍청이가 하는 푸념일 뿐이니까."

루트거는 이제부터라도 노력을 하겠다는 듯, 결의가 담긴 눈으로 에스텔을 응시했다.

그 에스텔이라고 하면 뭐가 기쁜지 희희낙락하고 있었다.

"알스 님. 이건 다른 사람들에겐 쉽게 말할 수 없는 비밀이겠죠?"

"그야 그렇죠."

"에리나에게도요?"

"말할 수 없죠."

이 사실은 가신과 가족 외에 누구에게도 알려져선 안 된다. 어떤 의미론 웨이드의 정체가 밝혀지는 것보다도 더 치

4장 171

명적일 수 있으니까.

에스텔이야 루트거의 가족이니 괜찮았지만 에리나는 아니었다.

"둘만의 비밀인 거네요. 후훗, 후후훗……!"

음흉하게 웃는 에스텔.

그렇게 내 저택으로 돌아가는 길이었다.

스승의 상태를 보기 위해 먼저 선행해 있던 유미르가 나타났다.

"도련님, 산파의 말에 따르면 일리야 님의 진통이 눈에 띄게 심해졌다고 해요. 출산이 머지않은 듯합니다."

"그래? 그럼 바로 스승의 집으로 가야겠네. 루트거, 올라프, 가스파르. 당신들은 먼저 돌아가도 좋습니다."

이에 가스파르만 어차피 집에 가도 할 것이 없다며 따라왔다. 말은 그렇게 해도 유미르와 함께 있으려 하는 거겠지.

하여 나는 에오와 유미르, 가스파르를 대동한 채 스승의 집으로 발을 옮겼다.

안톤과 함께 지내고 있는 스승의 집은 2층짜리의 작은 저택이었다.

출산 자리에는 산파와 신관 같은 외부인이 있기에 혹시 모를 일을 대비해서라도 투구를 쓰고 가기로 했다.

나는 내심 진통의 비명이 들려오지 않을까 싶었으나 그런 건 일절 없었다.

스승은 굳은 표정으로 묵묵하게 진통을 참아 내고 있었다. 이 모습에 산파조차 기겁하고 있다.

"그, 비명을 지르시는 편이 출산에는 오히려 도움이 될 거예요."

"괜찮습니다. 참을 만하니. ……아, 왔구나. 웨이드."

신관과 산파는 웨이드라는 말에 고개를 획 돌린다.

"저는 신경 쓰지 말고 하던 일을 하십시오."

그래도 신경은 쓰이는지 계속 둘은 힐끔거리며 계속 내 쪽을 흘겨보았다.

"조금 어떠십니까?"

내 물음에 스승은 아무렇지 않게 고개를 끄덕였다.

"칼로 찔리고 베이는 고통에 비하면야 별거 아니지."

"아니, 그런 비유는 조금……."

"훗, 걱정 마라. 반드시 건강한 아이를 낳을 테니. 그보다 아이 이름은 생각해 두었니?"

"일단은요."

그 말이 끝나기 무섭게였다. 산모가 목소리를 높이기 시작했다. 스승의 얼굴에 흐르는 식은땀도 늘어나기 시작했다.

안톤은 입이 바짝바짝 마르는지 마른침만 계속 삼키고 있다.

괜한 신경을 쏟지 않도록 나는 일단 방을 나오기로 했다.

그러고 얼마 지나지 않은 때였다.

"으아아앙!"

우렁찬 울음소리. 척 봐도 남자아이의 것이었다. 다시 방으로 들어가 보니 산파가 아이를 받아 높이 들어 올리고 있었다.

"건강한 사내아이입니다!"

산파는 경이롭다는 듯 감탄의 한숨을 내쉬었다. 설마 출산 도중 신음 한 번 내지 않는 산모가 있을 줄은 상상조차 못 했겠지.

스승은 담요로 덮인 아이를 받아 들고는 씨익 웃었다.

"봐라, 건강한 아이를 낳겠다고 했지? 자, 이제 아이의 이름을 말해 주겠니?"

"가웨인이라고 지어 봤는데. 어때요?"

"가웨인?"

"제가 아는 고명한 기사의 이름을 따왔어요."

"음, 나는 처음 듣는데."

"하하, 아마 모르실 거예요."

"가웨인인가……. 나쁘지 않은데. 가웨인 퀸테르. 이제부터 이게 네 이름이다."

안톤도 마음에 드는지 미소 짓는다.

이후 산파와 신관은 출산 이후의 일을 조언해 주고는 떠나 갔다. 보통 출산 이후에는 탈진하여 자거나 하는 경우가 많은 듯하지만 스승은 전혀 그런 기색이 없었다.

오히려 이야기를 하고 싶은 모양이다. 나는 조심스레 그 이야기를 꺼내 보기로 했다.

"스승, 조만간 시간을 내줄 수 있으신가요? 긴히 얘기하고 싶은 게 있어서요."

"하고 싶은 얘기? 지금은 안 되는 거니?"

"지금은 조금……. 분위기를 깰 것 같아서요. 나중에 잠깐만 시간을 내주면 돼요."

"으음. 보아하니 무거운 얘기인가 보구나. 그렇다면 더더욱 지금 해 다오. 나는 상관없으니까."

괜히 얘기를 꺼낸 듯하다. 안톤도 무슨 일인가 싶어 눈을 크게 뜨고 있다.

"아뇨, 그렇게 심각한 얘기는 아니니까요. 다음에……."

그러나 그때였다.

"쉿!"

가스파르가 조용히 하라 신호를 보내며 다급히 내 옷깃을 잡아챘다.

그러고는 쿵! 쿵! 창문에 바짝 붙어 바깥쪽으로 무언가 냄새를 맡기 시작했다. 곧 그의 표정이 일그러졌다.

"이런 젠장!"

"뭔가요? 갑자기."

"애송이, 넌 당장 투구를 착용해! 안톤! 미라벨! 혹시 모르니 무기를 쥐고 있어라!"

"그러니까 뭐냐고요."

"구데리안 그놈이 왔다!"

"……!?"

삼건장 구데리안 체스터.

이번 이야기의 핵심이 되는 인물이 돌연 찾아온 것이다.

방에 때아닌 긴장감이 흘렀다.

사정을 알고 있는 에오와 나, 그리고 가스파르는 충분히 태세를 갖추고 있던 반면 다른 이들은 사정을 몰라 어리둥절해하고 있다.

"가스파르, 그게 정말입니까? 스승께서……."

일리야 스승도 곧 그 기척을 감지했는지 말끝을 흐렸다.

안톤이 머뭇거리며 내게 말한다.

"굳이 경계할 필요가 있습니까? 제자의 출산에 관한 것으로 온 것일 테죠. 그렇지, 일리야?"

"으음, 스승께 출산일에 대해 어렴풋이 말해 두긴 했지. 이런 절묘한 타이밍이 오실 줄은 몰랐지만 말이야."

스승은 왜 경계를 하는지 모르고 있는 듯했다.

그러나 가스파르는 말한다.

"설령 그렇다고 해도야. 놈의 앞에서 방심했다간 어떤 일이 벌어질지 나조차 예측할 수 없어. 안톤! 뭘 하고 있나. 당장 무기를 들어라!"

가스파르의 재촉에 안톤도 부랴부랴 벽에 장식해 둔 검 한

자루를 쥐었다.

"물론 구데리안 스승님의 앞에서 방심이란 있을 수 없지 만……. 굳이 그럴 필요가……."

일리야 스승은 안절부절못한다. 무기를 쥐고 스승을 응대 한다는 데에 거부감을 느낀 것이다.

"일리야, 있느냐! 이 스승님께서 친히 와 주셨다!"

저택 1층 로비에서 고성방가를 내지르는 구데리안. 스승 은 흠칫하더니 마중을 나가기 위해 침대에서 나오려 했다.

나는 그걸 저지하고 유미르에게 눈짓했다.

유미르는 고개를 끄덕이고는 방을 나가 구데리안을 맞이 했다.

목소리가 얼마나 큰지 유미르의 목소리는 들리지 않고 구 데리안의 것만 들려왔다.

"오오, 수인인가. 으음, 왜인지 가스파르 녀석의 냄새가 난다고 했더니 너의 것이었나? 아니, 아직도 방에서 냄새가 나는걸. 좋아, 어서 안내해라."

잠시 기다리자 유미르와 함께 구데리안이 모습을 드러냈 다.

그는 온몸을 두꺼운 가죽 의복으로 가리고 있었다. 머리도 반다나 같은 걸로 감싸 얼핏 보면 수인이라 알아채기가 힘들 었다.

그러나 분위기로 알 수 있었다. 이자는 터무니없이 위험하다고.

"호오……. 이거 참, 성대한 환영인사인걸."

검을 쥐고 있는 우리를 바라보며 눈매를 좁히는 구데리안.

일리야 스승은 드물게도 평정을 잃고 울상을 지었다.

"죄송합니다, 스승님. 아무래도 오해가 있는 것 같아
서……."

"아니, 제대로 된 대응이겠지. 그쪽에 있는 녀석이 그놈이
라면 말이야."

그는 나를 보며 씨익 웃었다.

"용병 웨이드……. 한네만을 겁쟁이로 만들어 버린 게 너
구나."

"처음 뵙습니다, 대사부님. 일리야 안페이의 제자인 웨이
드라고 합니다."

"얼굴을 가리고 잘도 인사를 하는구나."

"……양해해 주시길."

"훗, 보아하니 나에 대해서도 조사를 한 것 같군?"

"표면적인 것은요."

"그렇담 잘한 대응이다. 방심하고 있었다면 네 녀석의 목
숨은 없었을 테니까."

이에 방 안의 분위기가 한층 더 날카로워졌다. 상황을 파
악한 안톤도 살기를 내뿜었다.

구데리안은 안톤의 기운에 놀랐는지 눈을 치뜨더니 곧 피

식한다.

"뭐, 오늘은 제자의 출산을 축하해 주기 위해서 왔으니까. 피를 볼 생각은 없다. 다들 그 살벌한 걸 내려놓는 게 어떤가? 가스파르, 자네도."

"……오랜만이군, 구데리안."

"자네야말로. 잘 지내는 것 같아 다행이네."

"이상하게 생각하지 않는 건가? 내가 누군가의 밑에 있는 것을 말이야."

"그렇게 생각했지만……. 이유는 곧바로 알았으니까."

유미르를 보며 미소 짓는 구데리안. 가스파르는 똥 씹은 표정을 짓는다.

다들 천천히 무기를 내려놓았다.

그래도 불안한지 유미르와 에오는 내 앞을 지키고 섰다.

"자, 잠깐만요. 스승님. 그게 무슨 소리입니까. 적대하는 것이 당연하다뇨."

일리야 스승이 절박한 표정으로 묻는다.

구데리안은 아무렇지도 않게 말했다.

"그야 서방은 크로싱과 적대를 하게 됐으니까. 용병 웨이드도 포함을 해서 말이지."

"그게 스승님과 무슨 관계가 있는 겁니까."

"굳이 말하지 않았다만……. 전화가 피어오른 지금은 말해야겠지. 일리야, 나는 지금 서방에 힘을 빌려주고 있다. 삼건장이라는 이름으로 말이지."

"예……!? 어째서 스승님이 그런 일을……!"

"나도 늙기 시작했다는 거겠지. 여러 가지 생각이 들더군. 끝없이 타락해 가는 디엘럼을 보고 있자니 말이야."

수인들의 부락 디엘럼. 가스파르의 말로는 극단적인 집단이라고 한다.

가스파르는 납득했다며 말을 받는다.

"디엘럼을 양지로 진출시키려는 거군."

"그렇게 하지 않고서는 멸망하는 길밖에 없어 보였거든. 아무리 나라도 책임감이 느껴질 수밖에. 후우! 나도 가스파르, 자네처럼 자유로운 영혼이었으면 좋았을 텐데 말이야."

"비꼬는 것처럼 들리는데."

"홋, 그렇게 들렸다면 그런 것 아니겠나. 적어도 디엘럼의 사람들은 너를 배신자로 생각하고 있어."

"그놈들이 멋대로 나를 자기편이라 착각한 것뿐이다. 난 누구의 명령도 듣지 않아, 어디에도 소속되지 않지."

"지금은?"

"……뭐, 나도 늙었다는 거지."

"하하핫! 피차일반이라는 건가."

무슨 말을 하고 있는지는 모르겠지만 적당히 알아듣기로 했다.

아마 수인들의 부락인 디엘럼의 존속이 위태로워진 탓에

구데리안이 책임을 지고 그들을 이끌기로 한 게 아닐까 싶었다.

구데리안은 풀썩 의자에 앉았다. 그러고는 스승에게서 아이를 건네받았다.

"이름은 뭐라고 하지?"

"가웨인이라 지었습니다."

"가웨인인가…… . 좋은걸. 훌륭한 사내대장부가 될 것 같은 이름이야."

"아이가 자라면 스승님께서 무예를 가르쳐 주셨으면 합니다."

"훗, 그런 일은 불가능할 거다. 말했잖냐. 이제 우리는 적이 됐다고. 이미 전화(戰火)는 피어올랐다. 한쪽의 불꽃이 완전히 꺼지기 전까지는 멈추지 않겠지. 그러니 전장에서 나를 만나게 된다면 부디 나를 죽여라 일리야. 그리고 너희들이 살아남아라. 이 늙은이보단 새파란 너희들이 살아남는 게 훨씬 바람직할 테니까."

"스승님……! 그런 슬픈 얘기는 그만해 주십시오."

일리야 스승은 닭똥 같은 눈물을 흘렸다. 스승의 여린 모습은 처음 보는 것이었기에 다들 놀라고 있었다.

"어이쿠, 이런 이야기를 하러 온 건 아니었는데 말이다."

나는 고개를 숙여 보였다.

"죄송합니다. 제가 분위기를 망친 것 같군요. 일리야

스승. 저는 이만 가 보겠습니다. 편안히 남은 이야기를 하세요."

가스파르는 남겠다며 내게 눈빛을 보냈기에 나는 유미르와 에오를 데리고 방을 나가기로 했다.

그러나 그때였다.

"웨이드!"

구데리안이 나지막이 말한다.

"……너도 엄밀히 말해 내 소중한 제자다. 그러니 몇 가지. 조언을 해 주도록 하지."

"조언 말입니까……?"

"첫 번째, 서방의 첩자를 경계해라."

"……!"

"서방은 대륙 정벌을 위해 수십 년 전부터 대륙에 첩자들을 심어 왔다. 그들은 교묘하며 또한 영악하지. 이미 네 주변에 있을지도 몰라. 자칫 마음을 놓고 있다간 자고 있는 네 목에 칼이 꽂힐지도 모를 거다."

"……."

"참고로 일리야는 아니야. 이 녀석도 서방 출신이긴 하지만 조금 다른 사정이 있거든. 그건 나중에 이 녀석에게 들어라. 다음 두 번째, 테토라 아니스트리를 조심해라."

테토라 아니스트리. 크로싱의 첩보에 따르면 서방의 우두머리 중 하나라고 들었다.

"그 녀석은 이물이다. 한네만과는 질적으로 달라. 얄봤다 간 그 검은 불꽃에 삼켜질지도 모르지."

"테토라 아니스트리……"

"그리고 세 번째. 곧 캘리퍼에서 전쟁이 일어날 거다. 넌 캘리퍼와도 연관이 있다고 하니 알고 있는 게 좋을 것 같아서 말이다."

"캘리퍼에서 전쟁이라고요?"

가장 이해하기 힘든 말이었다. 캘리퍼에서 전쟁이 일어날 껀덕지는 눈 씻고 찾아봐도 없었으니까.

"머지않아 알게 될 거다. 아, 그리고 추가로 하나만 더. 다음에 나를 전장에서 만난다면 되도록 피하는 게 좋을 거다. 만약 전장에서 만나는 게 아니라면 술이라도 한잔하자꾸나."

"……예, 감사합니다. 대사부님."

구데리안이 던져 준 조언.

나는 그것들을 한참이나 곱씹었다.

여러 생각할 거리로 인해 잠을 설친 나는 비몽사몽한 채 아카데미에 등교했다.

마차에서 수면을 취하긴 했지만 그래도 피곤함은 여전했다.

'수업 시간에 좀 자야겠네.'

장군이란 직위가 이런 부분에선 편했다. 이젠 대놓고 자도 교사 역의 장교가 뭐라 지적하지 못하니까.

그렇게 교실로 가던 내 앞을 한 무리가 막아섰다.

내가 어제 파면을 했던 사관생들이었다.

그들은 나를 발견하자 서둘러 앞으로 달려오더니 철푸덕 엎드렸다. 역시 사관생들이라 그런지 엎드리는 것도 절도가 있었다.

"죄송합니다! 부디 용서해 주십시오!"

"용서해 주십시오, 장군님!"

이마를 땅에 박고 읍소하는 녀석들. 그도 당연하다. 아빠 찬스의 사용이 불가능한 지금은 이 방법 외에는 없었으니까.

'이거 장관인걸.'

평소 나를 업신여기던 놈들이 이젠 눈물을 흘리며 애원하는 꼴이라니.

그 숫자만 60명을 넘었다.

그 무리 중엔 케스퍼도 있었다.

녀석은 망연히 서 있었다. 자신의 추종자들이 다른 이에게 엎드려 머리를 박고 있는 모습이 적잖이 충격적이었던 모양이다.

"이, 이게 뭐야."

뒤이어 등교한 도로시도 아연하게 중얼거렸다.

"······알스. 어떻게 할 거야?"

"글쎄다."

도로시는 작심을 한 것처럼 내게 속삭였다.

"용서를 해 주는 게 어떨까? 너에 대한 악의 없이 그저 파벌에 어울리려고 그랬던 애들도 있어."

"그런 건 용서해 줄 이유가 안 돼."

"그건 그렇지만······."

어차피 빌런인 게 확실시된 김에 독하게 전부 쳐낼까도 생각했지만 아무래도 나는 그런 성격은 되지 못하는 듯하다.

'게다가 전부 쳐냈다간 다른 쪽에서 귀찮아질지도 모르고.'

가령 내 가족들에게 접근한다든가.

결정을 한 나는 케스퍼 녀석에게 말했다.

"너도 무릎을 꿇고 머리를 숙여라. 네가 그렇게 한다면 다른 녀석들도 용서해 주지."

내가 말에 케스퍼는 부들부들 떨기 시작했다.

다른 녀석들은 기대에 찬 시선으로 케스퍼를 올려다보았다.

'어휴, 나도 사람이 좋다니까.'

고작 무릎 꿇고 비는 걸로 하극상을 용서해 주다니. 어떤 장군이 이런 관대한 처분을 내릴까.

게다가 이건 케스퍼를 위한 길이기도 했다. 여기서 무릎을 꿇는다는 건 자신이 웨이드가 아니라는 걸 시인하는 것과 같았다.

그렇게 되면 온갖 욕은 다 먹겠지만 다른 동기들을 구하기 위해 무릎을 꿇었다는 부분이 참작되어 가짜 웨이드라는 리스크를 벗어던진 채 사관생 생활을 이어 갈 수 있다. 이전과 같은 영향력을 가지진 못하겠지만 사관생의 자리는 보전할 수 있다.

이건 내 마지막 자비였다.

그것을 녀석은 기어코 거부했다.

"내가 네놈 따위에게 무릎을 꿇을 것 같으냐! 나는 웨이드다! 네놈 따위보다 위대한 장군이라고!"

악에 받쳐 그렇게 소리치고는 발걸음을 돌려 떠나는 녀석. 당연히 다른 애들의 원성이 빗발쳤다.

"어디 가 이 새끼야! 네가 고개를 숙이면 우리도 살 수 있다고!"

"빌어먹을 놈! 넌 역시 웨이드 따위가 아니었어! 난 애초에 믿지 않았다고!"

"이 비겁자! 책임을 지진 못할망정 도망가 버리다니!"

"지금까지 너 같은 걸 믿고 있던 내가 멍청했지!"

쏟아지는 저주.

가짜 웨이드. 케스퍼 밀리아스가 완전히 몰락한 순간이었다.

나는 엎드려 있는 애들을 향해 말했다.

"저런 놈을 따르고 있었던 거야, 너희들은."

입이 백 개라도 할 말이 없는지 꾹 다무는 녀석들.

나는 도로시에게 속삭였다.

"그나마 괜찮은 애들을 추려 줄 수 있어?"

"응, 최대한 빨리 할게."

도로시의 안목이라면 믿을 수 있다.

그래도 그 전에 쳐낼 애들은 쳐내기로 했다. 케스퍼 녀석
이 저렇게 나온 이상 다른 애들도 용서해 줄 생각이 없었다.

"너, 너, 그리고 너랑, 너. 그쪽의 너까지."

지금껏 나댄 정도가 심한 애들이었다.

그중엔 키메라 전쟁 면회 때 에스텔에게 흑심을 드러내며
시비를 걸어왔던 녀석들도 포함돼 있었다.

"너희들은 용서해 줄 생각이 없으니 당장 꺼져라. 원망하
려거든 네놈들을 두고 도망가 버린 케스퍼 녀석을 원망해,
그게 너희들이 살아남을 수 있는 유일한 길이었으니까. 나머
지는…… 조금 생각해 보지."

여기저기서 안도의 한숨이 들려왔다.

내게 지목을 당한 애들은 참회의 눈물을 흘리듯 눈물범벅
이 되어 있었지만 때는 늦었다.

게다가 나는 저것이 참회의 눈물 같은 게 아니란 것 정도
는 잘 알고 있었다.

5장

어느덧 늦가을에 접어든 계절.

해가 저물어 감에 따라 아카데미도 진학에 관한 문제로 시끄러워졌다.

펜실론 아카데미의 입학이 제법 어렵기 때문이다.

사관생들의 경우엔 국가 추천이란 명목으로 시험 성적에 상관 없이 입학을 하지만 일반과 학생들은 달랐다.

신분을 막론하고 오로지 시험 성적만으로 입학 여부가 결정된다. 첫째 맥스 형과 둘째 밀러 형은 이 시험에서 떨어져 펜실론 입학에 실패했을 정도.

국가의 상급 관리가 되기 위해선 펜실론 아카데미 입학이 필수적이었던 만큼 일반과 애들은 죽을 둥 살 둥 공부를 하고 있었다.

그 반면 우리 사관생들은 필수 교과를 제외하곤 자유시간을 얻은 상태였다.

그냥 집에 돌아가도 상관이 없긴 했으나 레인폴에 돌아가 봤자 서류 업무나 해야 했기에 아카데미에서 적당히 시간을 때우기로 했다.

"도로시, 잠깐 시간 좀 있어? 시내를 돌아볼까 하는데."

내 제안에 도로시는 반색했지만 곧 어두운 표정으로 말한다.

"미안해. 오늘은 약혼녀랑 약속이 있거든."

약혼녀 얘기만 나오면 도로시는 풀이 죽었다.

'린하르트 후작의 둘째 딸이라고 했었나.'

지난번 파티에서 가볍게 이야기를 했었다. 기억하기로 나쁜 사람은 아니었다.

그저 품고 있는 야망과 남편에 대한 기대가 너무 크다고 할까. 소심한 도로시와는 맞지 않는 스타일이다.

"있잖아, 상대가 버거우면 파혼을 해. 괜히 그대로 결혼했다간 서로가 불행해질 거야."

"그치만……. 어떻게 그래."

"넌 백작이잖아. 충분히 그럴 힘을 가지고 있다고."

"아무런 이유도 없이 그냥 파혼을 했다간 린하르트 후작님이 화를 내실 거야."

"어휴, 그 정도는 그냥 싸우면 되는 건데. 하여간 알았어. 내가 말해 놓을게."

"어? 알스 네가 어떻게……."

"그냥, 그런 게 있어. 넌 나중에 알겠다고만 하면 돼."

오지랖이긴 하지만 친구 좋은 게 뭐라고. 나중에 헬리안 공작을 통해서 조치를 취해 놓기로 했다.

어쨌든 도로시와의 약속을 잡지 못한 나는 적당히 아카데미 정원에서 책이나 읽으며 시간을 보내기로 했다.

그러던 때였다.

"앗, 알스! 아직 있었구나!"

책을 한 아름 안아 든 베릴이 내 쪽을 향해 손을 흔들고 있었다.

용건이 있는지 내게 다가왔기에 책을 대신 들어 테이블 위에 올려놨다.

"고마워. 어휴, 무거워라."

"고생하는 모양이네."

"응, 어쩔 수 없지. 전부 각오하고 일반과에 온 거니까. 그보다 알스, 넌 언제쯤 돌아갈 거야?"

"언제든 돌아갈 수 있긴 해. 너무 일찍 들어가긴 뭐해서 책이나 읽고 있었어."

"마침 잘됐네. 부탁이 하나 있는데……. 나한테 공부를 좀 가르쳐 주지 않을래?"

"공부를?"

"응, 다른 애들은 개인 교사를 고용해서 공부를 배우는데 우리 가문은 그럴 돈이 없어서……. 조금 애를 먹고 있거든. 알스 너라면 믿을 수 있으니까. 부탁해, 우리 레인폴 아카데미의 자랑!"

"알겠어, 알겠으니까 그런 낯부끄러운 소리는 하지 마."

시간 때우기에 좋을 것 같았다.

그렇게 가벼운 마음으로 응한 거였지만 의외로 시간이 걸렸다.

공부의 양이 내 생각 이상으로 많았던 것.

해가 저물기 시작할 즈음에는 더 이상 정원에 있을 수 없어졌기에 종을 내든, 자리를 옮기든 선택을 해야 했다.

이에 베릴이 애원을 해 왔다.

"이틀 뒤에 예비 시험이 있거든. 그 시험을 잘 봐야 다른 애들의 그룹에 들어갈 수 있어서 정말 중요한 시험이야. 조금만 더 어울려 줄 수 있어?"

스터디 그룹 같은 게 있나 보다. 그 그룹에 들어가야 정보 같은 걸 알 수 있다고 한다.

하기야 입시는 정보전이기도 하니까. 베릴이 전전긍긍하는 심정도 이해가 갔다.

"알겠어. 그럼 차라리 여기서 하루 정도 묵고 가지 뭐. 너도 지금은 아카데미에서 자고 있는 거지?"

"에헤헤, 들켰어?"

"그 푸석해 보이는 머리카락을 보면 알기 싫어도 알게 돼. 그럼 잠깐 마중 나온 사람에게 얘기를 하고 올게."

"정말 고마워! 난 먼저 가 있을게. 일반과 1교실로 오면 돼!"

나는 레인폴 쪽에 사람을 보내 외박을 알린 뒤 마중을 나온 유미르에게 여관을 잡아 주어 알펜서드에서 하루를 묵게 했다.

그 뒤에 베릴이 말한 일반과 1교실로 향했다.

일반과는 사관과에 비해 인원이 많은 만큼 교실도 큼지막했다.

해가 저물었음에도 교실에는 40명 정도의 인원이 자습을 하고 있었다.

"앗, 알스! 여기야!"

자리를 잡고 있던 베릴이 손을 크게 흔들었다.

그러자 시선이 일제히 나에게 쏠렸다.

아는 사람이 있나 한 번 둘러보니 에리나가 있다. 그녀는 공부를 가르치는 입장인지 무리의 중심에 앉아 있었다.

나는 그러려니 하며 베릴에게 향했다.

"어디까지 했더라?"

"응, 펜실론 역사학을 하던 중이었어. 여기 이쪽."

"오케이. 계속 갈게. 에레보니아 왕국은 말이지……."

그렇게 30분여를 가르쳐 줬을까. 돌연 시비가 걸려 왔다.

"……하핫! 거긴 틀렸다고요, 일라인 장군님. 에레보니아 왕국은 삼관 체제였습니다. 펜실론 제국이 그걸 따라 만든 것이 삼공의 분담 정책이고요. 하긴, 사관과가 뭘 알겠냐마는요."

홀쭉한 남자애였다. 꼬박꼬박 존댓말을 하고는 있었지만 그게 더 기분이 나빴다.

내 뭐냐는 시선에 베릴이 속삭인다.

"피터슨이라고. 지난 시험에서 전체 5위를 차지한 애야."

"흐음, 5위 따위가 발언권이 있을 줄은 몰랐네."

나는 녀석에게 답했다.

"에레보니아가 삼관 체제가 된 건 732년에 벌어진 펜실론과의 전쟁에서 대장군 몰튼이 전사하고, 아이작 대공이 병사한 탓에 그렇게 된 거야. 그 대체자를 찾지 못해 멸망 전까지 삼관 체제를 유지하긴 했지만 제도적으로는 계속 오관 체제였거든. 시험관들이 함정으로 내기 좋은 문제니까 주의하는 게 좋을걸?"

"뭣……!?"

"그러니 당연히 펜실론의 삼공의 분담 정책도 에레보니아와는 관련이 없어. 삼공의 분담 정책은 군사, 법령, 민생을 효율적으로 나누기 위해 만든 정책일 뿐이니까."

"그, 그건…….."

"어휴, 이게 5위 수준인가. 다른 애들도 안 봐도 뻔하겠네."

웅성이는 교실.

피터슨이란 녀석은 부들부들 떨었다.

"다, 당신 말이 정답인지 아닌지는 아직 모르잖습니까! 분명 에레보니아는 삼관 체제를……."

"거기까지 하세요."

머리를 양 갈래로 땋은 수수한 인상의 여자애였다.

"그분의 말이 맞습니다. 에레보니아는 삼관 체제이긴 했으나 제도 자체는 오관 체제가 맞았어요. 삼공의 분담 정책이 에레보니아의 삼관 체제와 연관이 있느냐는 언쟁할 부분이 있긴 하지만 그것도 공식적으로는 관련이 없다는 게 정설입니다. 그러니 거기까지 하세요."

"아, 알겠습니다. 레오노르 양."

피터슨 녀석은 낯부끄러워졌는지 주섬주섬 가방을 들고 교실을 떠나갔다.

레오노르라 불린 여자애는 그 뒷모습을 슬쩍 노려보고는 내게 시선을 돌렸다.

"잘못은 이쪽이 한 것 같지만, 그렇다 해도 조금 전에 하신 말씀은 듣고 넘어가기 어렵군요."

"하하, 뭡니까. 당신이 상대라도 하게요? 당신은 몇 위인데요? 한 4위쯤 돼요?"

"차석입니다."

"워우, 곧바로 2인자가 나오다니."

"어떻습니까. 자신이 있어 보이시는데. 저와 주제를 두고 토론이라도 해 보시겠어요?"

귀찮게 그런 걸 왜 해야 하나.

나는 거부하려 했지만 그때 에리나가 개입해 왔다.

"잠깐만요 레오노르 양."

"에리나 님?"

에리나와 그 일행까지 끼어들자 술렁임이 더 커졌다.

"수석까지 나섰어!"

"그란셀의 재녀까지 나서다니! 쟤는 이제 끝장이야!"

뭐가 끝장이라는지는 모르겠지만 어쨌든 분위기가 달아올랐다.

"토론이라고 해 봐야 각자가 자신 있는 주제가 다르니까요. 공평하지 않아요. 차라리 이렇게 하는 건 어떻습니까. 마침 내일은 일반과의 예비 시험이 있으니까요. 일라인 님도 참가를 해 보시는 건 어떠세요?"

"제가 참가해도 괜찮은 건지 모르겠네요."

"그 부분은 제가 손을 써 드릴게요."

별로 하고 싶지 않았지만 왜인지 에리나는 눈에 불꽃이 튈 정도로 투지를 불태우고 있었다.

마치 생각지도 못한 복수의 기회가 찾아왔다는 듯.

'내가 공부로 자극한 적이 있었던가?'

아주 예전에 그란셀 아카데미에 있을 때의 일일지도 모르겠다. 지금에서야 기억은 나지 않지만.

"모양새로 보아하니 당신이 수석인가 보죠?"

"맞아요. 제가 일반과의 수석입니다. 사관과의 수석, 알스일라인 님."

"핫, 괜찮겠어요? 내가 참가하면 당신, 차석이 될 텐데."

"잘도 말해 주는군요. 할 수 있다면 해 보세요……!"

최근 아카데미 생활이 심심했으니 적당히 심심풀이가 될 것 같았다.

"좋습니다. 아카데미의 허락이 떨어진다면 시험을 치를게요."

"무르기 없기에요."

에리나는 불이 붙었는지 자기 자리로 돌아가 다른 애들에게 공부를 가르쳐주는 게 아니라 본인의 공부를 시작했다.

나도 베릴의 공부를 봐주며 가볍게 복습을 해 놓기로 했다.

내 예비 시험 참가 소식에 아카데미 교사들은 좋은 기회라고 생각한 모양이었다.

나뿐만이 아니라 사관생 전체에게 시험을 치게끔 조치를

취한 것이다.

이에 사관생들은 우는 소리를 냈다. 굳이 볼 필요가 없는 시험을 나 때문에 보게 됐으니까.

그렇다고 불만을 드러내는 녀석은 없었지만.

지난번 그 사건으로 인해 나에 대한 공포심이 생겼는지 섣불리 다가오는 애들은 없었다. 험담조차 이제는 들려오지 않았다.

"앓는 소리 하지 마라. 이건 본래 너희들이 했어야 하는 것이다!"

교사 역의 장교가 호통을 쳤다.

그 말대로였다.

내가 레인폴 아카데미에서 통합 수석을 차지한 것처럼, 본래는 사관과 학생들도 일반과의 교과를 공부하고, 시험을 본다.

다만 올해는 두 번의 큰 전쟁으로 인해 전장에 나가 있는 시간이 길었던 만큼 면제를 해 준 것이었다.

애들은 시무룩해하면서도 그래도 좋은 평가를 받고자 하는지 공부를 시작했다.

그렇게 시험 당일.

우리는 일반과 교실에 합류해 시험을 치렀다.

이번 예비 시험은 펜실론 아카데미 입학시험을 대비한 것으로, 난이도가 상당히 높았다.

교과는 문화, 정치, 역사, 경제, 법, 사교로 여섯 개였다.
총 배점은 600점.

나는 막힘없이 문제를 풀어 나갔다.

'이제야 문제다운 문제가 나오네.'

지금까지 아카데미에서 봤던 시험들은 너무 유치해서 틀리는 게 자존심이 상할 정도였다면 그나마 이건 수준이 괜찮았다.

그렇다 해도 어렵지는 않았지만.

사실을 말하자면 난 공부 머리가 뛰어난 편은 아니었다.

고3 때 바짝 공부해서 서울의 상위권 대학에 가긴 했지만 바둑 동기들 사이에선 평범한 거였다.

내 바둑 동기들 중엔 잠깐 공부해서 서울대를 갔다느니 하는 이야기가 더러 있었으니까.

나는 머리가 좋다기보단 요령이 좋은 편이었다.

그릇은 작아도 그 작은 그릇을 효율적으로 활용하는 방법을 안다고 할까.

그 반면 알스는 그릇이 믿을 수 없을 정도로 커다랗지만 그걸 효율적으로 활용하지 못하는 스타일이었다.

게임에서의 알스를 보면 알 수 있다. 유능하지만 어딘가 2% 부족한 모습. 그로 인해 많은 전쟁에서 삽질을 한다.

그게 서방의 첩자가 쳐 놓은 함정이었다고 하면 얘기가 달라지긴 하지만 어쨌든.

그런 의미에서 나와 알스는 환상의 짝꿍이었다.

알스는 커다란 그릇을, 나는 그 그릇을 200% 활용하는 방법을.

그 시너지가 만들어 낸 것이 지금의 나였다.

'거의 다 풀긴 했는데…….'

전부 다 맞히면 재미가 없을 것 같았다.

에리나가 이길 가능성도 조금은 주고 싶었기에 사교 부분에서 1점짜리 하나를 틀려 놓기로 했다.

결과는 바로 다음 날 발표가 되었다.

결과지가 붙은 벽보에 학생들이 몰려들었다.

─────

알스 일라인-599점

도로시 그림우드-597점

에리나 살레온-582점

하뉴 레오노르-570점

……중략……

루안 차이스-436점

베릴 밀스틴-436점

……후략……

─────

웅성이는 학생들.

아무래도 일반과 애들에게 있어서 이번 결과는 충격 그 자체였던 모양이다.

도로시 또한 감탄성을 내질렀다.

"우와! 시험 성적으로 져 본 건 처음이야. 역시 알스는 대단하네!"

"져 본 게 처음이라니. 그게 정말이야?"

"응, 이전 아카데미 시험에선 언제나 1등이었거든."

"근데 도로시 네가 수석이었다는 얘기는 못 들어 본 거 같은데."

"사관생은 시험 외에도 다른 걸로 평가를 받잖아. 그런 부분에서 언제나 좋지 않은 평가를 받았거든. 그래서 수석은 못 했어."

"아······. 그러면 그럴 만도 하겠네."

인성에 공부 성적까지 갖췄다니. 도로시는 군대 쪽으로만 오지 않았으면 엄친아 소리를 들을 수 있는 녀석이었다.

"이, 이건 대체······."

"내 내가 4위······?"

에리나는 뭐라 말을 잇지 못했다. 차석이라고 하던 레오노르 또한 동공이 흔들리고 있다.

1, 2위와의 압도적인 차이.

천상계와 인간계가 나뉜 모습에 벽을 느끼고 만 것이다.

일반과와의 합동 시험이 있은 뒤.

이번 일을 통해 아이디어를 얻은 나는 집으로 돌아와 가신들에게 소집령을 내렸다.

그렇게 다음 날 아침 가신들이 내 저택에 모였다.

최근에는 어째서인지 소집령을 내리면 에스텔이 꼬박꼬박 참석을 하기 시작했다. 그 탓에 리시테아도 언짢은 표정으로 소집 장소에 온다.

"주군, 무슨 일이라도 생긴 것입니까?"

안톤이 진중한 얼굴로 묻는다. 그 뒤엔 스승이 아이를 안은 채 부드럽게 흔들고 있다.

"심각한 일은 아니에요. 간단한 테스트를 하나 해 볼까 해서요."

"테스트…… 말입니까?"

"일종의 경연이라고 봐도 좋습니다."

사람들의 능력치를 파악하고 적재적소에 사용하기 위해서다.

많은 국가가 이런 경연을 하곤 했다. 이건 비단 이쪽 세계뿐만이 아니다. 현대에서도 똑같다.

"무예라면 자신 있습니다!"

기다렸다는 듯 에오가 나선다.

"안됐지만 이번엔 무예 시험은 없어. 자, 다들 이걸 하나씩 받아요."

나는 아카데미에서 가져온 시험지 더미를 나눠 주었다. 장군이란 직위를 이용해 여유분의 시험지를 받아 온 것이다.

"제가 어제 아카데미에서 치렀던 시험이에요. 이걸 통해 여러분의 실력을 간접적으로나마 알아보려고 합니다."

시험지를 받아 든 올라프는 너털웃음을 터뜨린다.

"시험이라고 해서 뭔가 했더니 진짜로 시험이었던 거냐. 하여간, 심심풀이에 우리를 말려들게 하지 말라고."

"당신 말대로 심심풀이의 의미가 없는 건 아니지만 그래도 진지하게 해야 할걸요? 이걸 통해 급여를 정할 생각이거든요."

"……그건 듣고 넘길 수 없는데. 드디어 봉급 체계를 만드는 건가."

지금까진 돈이 필요하다고 하면 주는 형식으로 애매하게 급여 체계를 운영했지만 사람이 늘어난 이상 그럴 수도 없었다.

"갑작스러운 시험이니 100%를 반영하진 않겠지만, 예를 들어 동등한 급여를 책정받은 사람들이 있다면 이 시험 결과를 통해 격차를 둘 생각입니다. 이해했겠죠?"

"오호, 그거 재밌겠는데."

"참고로 올라프. 당신은 너무 유리한 입장이니 이번 시험 결과는 그냥 참고만 하는 걸로 할게요."

"쳇, 어쩔 수 없나."

올라프는 수년 전만 해도 아카데미에 다니던 수재였다. 다른 사람들에 비해 시험 내용이 익숙할 수밖에 없다.

"비슷한 맥락에서 에스텔 당신도 마찬가지예요. 아니, 애초에 당신은 가신이 아니니 시험을 볼 필요는 없어요."

내 말에 왜인지 식은땀을 흘리던 에스텔이 반색했다.

"그, 그러네요! 저는 빠지는 게 좋겠어요."

홀쩍 자리에서 일어나는 에스텔. 루트거가 그걸 제지했다.

"에스텔, 너도 하는 게 좋겠다. 아카데미에서 얼마나 공부를 했는지 확인하고 싶구나."

"저는 그게……."

"최근에 일라인이 본 시험이라면 펜실론 아카데미 입학에 관한 시험이겠지. 너와도 관련이 있는 것 아니냐."

"그건 그렇지만요."

"그럼 잔말 말고 앉거라."

"으윽……."

마지못해 앉는 에스텔.

나는 룰을 마저 설명했다.

"조별로 묶어 합계 점수가 높은 쪽은 상여금이나 휴가 같은 걸 포상으로 줄게요. 시간제한은 두지 않을 테니 신중하게 해 줘요."

휴가라는 말에 가스파르와 올라프가 눈을 밝혔다.

에오니아와 안톤도 포상이라는 말에 고양이 됐는지 의욕에 가득 찼다.

그렇게 조를 균등하게 나누려고 하던 차.

예상치 못한 손님들이 내 저택을 찾아왔다.

남부 영지에 관한 건으로 나를 찾아온 퍼지 형과 율리아누나. 그리고 아카데미 신축 건에 대해 논의하기 위해 비스케타 크렌이 방문을 한 것이다.

마침 잘됐다는 식으로 그들에게도 제안을 하자 재밌겠다며 승낙을 한다.

나는 세 명씩 조를 분배해 각각의 방으로 보냈다.

———

1조 : 루트거, 에스텔, 리시테아
2조 : 가스파르, 유미르, 올라프
3조 : 일리야, 안톤, 퍼지
4조 : 율리아, 에오니아, 비스케타

———

방으로 들어가 문제를 풀기 시작하는 가신들. 시험관도 없고 시간제한도 없었지만 그 부분은 양심에 맡기기로 했다.

그 양심을 자극하기 위해 세 명 전부가 끝나고 난 뒤 다 함께 나오라고 전해 뒀다.

그렇게 해 두면 눈치가 보여서라도 부정행위를 하지 않을 까 하는 생각이었다.

"어이쿠, 나도 이러고 있을 틈이 없지."

다망한 비스케타를 내 사정에 끌어들인 만큼 그녀가 가져 온 서류를 처리해 줘야 했다.

가웨인도 내가 돌봐야 했기에 정신이 없었다.

그러길 4시간.

가웨인의 기저귀를 갈아 주고 있을 즈음에 3조가 가장 먼 저 시험을 끝내고 나왔다.

스승은 내 모습을 보고 포근하게 미소 짓는다.

"하하, 기저귀를 갈아 주고 있었구나. 괜찮았니?"

"울지는 않아서 어려운 건 없었어요. 역시 스승의 아들이 라 그런지 씩씩하네요."

"너무 씩씩해서 걱정될 지경이야. 전혀 울지를 않으니 나 원."

"그보다 수고하셨어요. 결과는 내일 발표할 테니 내일 저 녁쯤에 다시 오시면 돼요."

스승은 점수에 연연하지 않는지 편안한 얼굴로 가웨인을 받아 들었다.

반면 안톤은 조마조마한 표정이다.

"그렇게 심각할 필요 없는데요."

"아뇨, 뭐가 됐든 경연입니다. 게다가…… 미라벨 님에게 만큼은 질 수 없습니다."

"하하……. 어쨌든 수고했어요. 오늘은 휴가를 줄 테니 데이트라도 해요."

"앗……! 정말 감사합니다. 그럼 저희는 이만 가 보겠습니다."

아이와 함께 떠나는 스승 부부.

퍼지 형도 재밌는 경험이었다며 웃고는 남부 영지에 관한 건을 상담하고 돌아갔다.

그 시점에서야 2조가 끝이 났다.

나는 올라프에게 물었다.

"의외로 시간이 걸렸네요?"

"나랑 유미르 양은 빨리 끝냈는데 말이야. 가스파르 씨가 조금 애를 먹은 것 같아."

가스파르는 너무 머리를 썼는지 초췌한 얼굴이다.

"노인네에게 이런 짓을 시키다니……. 고문이라고 이건……."

"그럼 대충 하지 그랬습니까."

"그, 그럴 수도 없잖냐."

딸이 같이 있으니 추태를 보일 수는 없다는 건가. 어떻게든 좋은 모습을 보여 주려고 쥐어짜 내서 시험지를 푼 모양이다.

"수고했어요. 셋 다 휴가를 줄 테니 오늘은 느긋하게 보내요."

"어이쿠. 그거야 고맙네. 보아하니 유미르 양은 이곳에 남을 것 같고…… 가스파르 씨. 함께 점심이라도 어떻습니까? 마침 휴가를 받았으니 술이라도 한잔하자고요."

그렇게 올라프가 가스파르를 데리고 떠나가며 절반이 시험을 끝냈다.

2조가 떠나고 30분 뒤.

"시간이 너무 걸리네…… 유미르, 점심 식사를 준비해 주겠어? 남아 있는 사람들 전원 분으로."

"예, 도련님."

사실 이 시험은 4시간이면 끝을 내야 하는 시험이었다.

아카데미에서의 시간제한은 그 정도였다.

그런데 이미 5시간이 넘은 상태. 뭐가 그렇게 시간이 걸리는지 궁금해진 나는 슬쩍 구경을 가기로 했다.

먼저 1조의 방이다.

"어흠!"

"나 참……"

근엄한 헛기침을 하는 루트거와 탄식하며 고개를 절레절레 흔드는 리시테아.

둘의 사이에서 에스텔이 울상을 짓고 있었다.

사각! 에스텔이 어떤 문제의 해답을 적은 순간이었다.

"어어흠!"

루트거가 헛기침 소리를 높이며 불편한 기색을 드러냈다. 이를 눈치챈 에스텔은 더더욱 울상이 된다.

"잠깐만요. 그건 사실상 부정행위라고요. 루트거, 그리고 리시테아 당신도. 문제를 다 풀었으면 가만히 있어요."

"허어……!"

루트거는 탄식하며 눈을 질끈 감았다.

리시테아는 '답도 없네.'라고 말하듯 팔짱을 낀 채 창밖을 바라본다.

에스텔은 금방이라도 눈물이 떨어질 것 같은 얼굴로 나를 올려다보곤 묻는다.

"알스 님도 이 어려운 시험을 보셨던 거죠?"

"예, 봤어요. 어렵……진 않은데요?"

현역 아카데미 학생이라면 못해도 절반 정도는 맞힐 수 있다. 적당히 공부를 하면 베릴이 받았던 것처럼 400점대 초중반까지는 갈 수 있다.

"참고 삼아 묻는 거지만……. 알스 님과 에리나는 몇 점을 받았나요?"

"전 599점이고 에리나는 아마 580점대였던 걸로 기억해요."

"헉."

굳어 버리는 에스텔.

"어어어흠!"

루트거가 또 한 번 불편한 기침을 한다.

"아, 그리고 곧 점심 식사가 준비되니 20분 정도 후에 내려와요. 나머지는 식사 후에 하면 되니까."

그렇게 전한 뒤에 이번에는 4조가 시험을 치르는 방에 방문했다.

이곳에선 대놓고 부정행위를 저지르고 있었다.

"에오! 내가 그렇게 가르쳤었니? 이렇게 쉬운 문제에 끙끙대고 있으면 어떡하니!"

"아으으……."

"그리고 율리아 양? 그 문제는 틀렸어요."

"죄, 죄송합니다……."

먼저 끝낸 비스케타가 둘을 지도하고 있었던 것이다.

"비스케타 씨. 문제를 다 풀었으면 조용히 있어 주세요."

비스케타는 분통을 터뜨렸다.

"어휴! 여기 있다간 열이 올라서 가만있지 못하겠군요. 잠깐 바깥바람 좀 쐬고 와도 되겠습니까?"

"예, 마침 점심 식사를 준비 중이니 바람을 쐰 다음엔 식당으로 와 주세요."

"후우……. 이래서 공부를 가혹하게 가르쳐야 했다고 한 건데. 성왕께서 오냐오냐해 주니까 그 영특했던 애가 이렇게 된 거 아니야……!"

비스케타가 투덜거리며 방을 나가자 나머지 둘은 긴장이 탁 풀렸는지 축 늘어졌다.

슬쩍 에오니아의 시험지를 보니 아직 60%도 풀지 못한 상황이다.

"저기 에오. 힘들어? 힘들면 그만해도 돼."

내 제안이 매혹적이었는지 에오는 눈을 빛냈다. 그러나 곧 표정을 굳히며 묻는다.

"알스 님. 혹여 퀸테르 녀석은 시험을 끝마쳤습니까?"

"안톤이라면 벌써 끝내고 돌아갔어."

"그, 그럴 수가! 점수는요!?"

"아직 채점하지 않았어."

에오는 이러고 있을 때가 아니라며 다시 시험지로 시선을 내렸다.

율리아 누나는 현자타임이 왔는지 창밖의 먼 산을 바라보고 있다.

"막둥아……. 내가 왜 사관생이 됐었는지 알고 있니?"

"아뇨, 모릅니다."

"그게 있잖아. 아버지가 말하더라고. 율리아 넌 일반과에 가면 펜실론 아카데미에 절대 들어갈 수 없으니 사관생이 되는 게 낫겠다고."

"……."

"당연하지. 나보다 똑똑했던 맥스 오빠랑 밀러 오빠도 시험에서 떨어져서 펜실론 아카데미에 못 갔으니까. 내가 어떻게 들어가겠어?"

"그게, 그러니까……."

뭐라 위로해 줄 말이 없었다.

그래도 에오보다는 상황이 나은지 80% 정도를 끝낸 상태였다.

그때 마침 식당에서 종소리가 울렸다.

"누님, 일단 식사를 하고 다시 해요. 에오, 너도."

식당에선 무척 불편한 공기가 흘렀다.

루트거는 굳은 얼굴로 한숨을 푹푹 쉬고 있었고, 비스케타는 무언가를 결심한 듯이 에오를 노려보고 있었다.

둘의 교육열을 감지했는지 에스텔과 에오는 시무룩해하고 있을 뿐이다.

여기까지라면 문제가 없었겠지만…….

"하여간, 그쪽도 아직 못 끝냈습니까? 쿠라벨의 수준도 알 만 하군요."

리시테아가 비아냥거린 것이 화근이었다.

쿠라벨의 성장이었던 비스케타가 그냥 넘어가지 않았던 것이다.

"당신이 뭔데 그런 소리를 하는 겁니까."

이에 에오가 일러바치듯 속삭이자 비스케타는 눈매를 좁

힌다.

"오호라, 플로란드의 광신도들이 이곳에 있을 줄은 몰랐네요."

"광신도라고요!? 당신들이야말로 사교도가 아닙니까!"

"흥, 당신은 아무것도 모르는 모양이군요. 플로란드는 우리 쿠라벨에게 어떤 말도 할 수 없는 입장이에요. 그러니 감히 그 입으로 쿠라벨을 모욕하지 마세요!"

"하, 핫! 이미 멸망한 주제에 기세만 살았군요!"

"멸망했어도 그 긍지는 여전히 남아 있습니다. 플로란드 따위는 영겁의 세월을 거듭해도 가질 수 없는 그런 긍지를 말이죠. 잠깐만요. 플로란드 부족이라고 하니 닮은 사람이 있는 것 같은데……."

비스케타는 뚫어지게 리시테아의 얼굴을 응시했다.

리시테아는 소름이 돋았는지 움찔거린다.

"당신, 크란시아라는 사람을 압니까?"

"어, 어머니를 어떻게……!"

"역시 크란시아의 딸이었던 거군요. 어쩐지, 쓸데없이 고상한 척하는 면모까지 쏙 빼닮았네요."

이에는 리시테아도 소극적이 됐다. 어머니와 어떤 관련이 있는 인물인지 알 수 없으니 조심스러워진 것이다.

그 모습에 에오는 쌤통이라며 키득거린다.

그 모습에 약이 오른 리시테아는 애꿎은 에스텔을 재촉했다.

"에스텔, 돌아가서는 더 집중해서 해 봐요. 당신이라면 아무리 그래도 저 여자 정도는 이길 수 있을 거예요."

비스케타가 무슨 소리냐며 즉답한다.

"우리 에오가 아무리 녹슬었다고 해도 어린애에게 밀리지는 않습니다."

이에 루트거까지 참전을 하며 에스텔 vs 에오니아 구도가 만들어지고 말았다.

이대로 가다간 이기기 위해 부정행위까지 저질러 버릴 것 같은 분위기였기에 식사 이후 에오와 에스텔의 시험은 내가 직접 감시를 하기로 했다.

채점을 끝낸 것은 다음 날의 저녁이었다.

이 경연을 위해 주말을 통째로 희생한 나는 이것이 부디 의미가 있는 일이기를 바라면서 가신들을 재차 불러 모았다.

퍼지 형과 율리아 누나는 애초에 재미로 한 것이었기에 굳이 점수를 확인하러 오지 않았으나 비스케타는 아니었다.

바쁜 업무를 제쳐 두고 내 저택에 와있었다.

'자기 성적을 확인하러 온 건 아니겠고.'

보아하니 에오의 성적을 확인하러 온 듯했다.

"이제 와서 할 말은 아닌 것 같지만…… 다들 너무 진지하게 생각하지 말아 줘요."

나는 주의를 준 뒤 각자의 성적을 불러 주었다.

---

1. 비스케타 크렌-600점

2. 올라프-583점

3. 루트거 로젠버그-521점

4. 리시테아 데어윈드-504점

5. 퍼지 일라인-448점

6. 안톤 퀸테르-439점

7. 일리야 안페이-374점

8. 유미르-364점

9. 율리아 일라인-353점

10. 가스파르-341점

11. 에오니아 미라벨-291점

12. 에스텔 디안테-262점

우승은 총합 1,288점으로 올라프, 가스파르, 유미르의 2조였다.

2위는 총합 1,287점으로 루트거가 속한 1조다.

충격적인…… 아니 그 시점에서 이미 예상이 된 결과였다.

"워우! 만점이라니. 비스케타 여사님은 역시 대단하신걸."

그렇게 너스레를 떠는 올라프도 사교 부분을 제외한 모든 교과에서 만점을 받았다. 집에 틀어박힌 기간이 있는 탓인지 사교계 예절을 까먹었다나 뭐라나.

선두권 싸움은 싱겁게 결정이 됐기에 별다른 반응이 없었다.

화두가 된 것은 단연 꼴찌 싸움이었다.

에오와 에스텔 둘 다 부정행위 이슈가 있긴 했지만 피차일반이니 그 부분은 없는 셈 치기로 했다.

"아하하……."

에오는 좋아해야 하는지 슬퍼해야 하는지 갈피를 잡지 못했다.

라이벌이라 생각했던 안톤이 저 높은 곳에 있는 걸 보니 분한 마음도 들지 않았던 모양이다.

에스텔이라고 하면 루트거의 눈치를 보고 있었다. 루트거의 이마에는 핏대가 올라 있다.

"에스텔. 오늘부터 일과가 끝나면 내 방으로 오거라. 공부를 봐줄 테니까."

"공부를요……?"

진심으로 싫은지 미간을 찌푸리는 에스텔. 루트거는 드물게도 엄한 표정을 지으며 에스텔을 다그친다.

비스케타도 마찬가지다.

"에오, 너도 일이 끝나면 내 저택으로 오렴."

"예? 하지만 성장……."

그래도 꼴찌는 아니라는 듯, 눈빛으로 애원하자 비스케타
는 어림도 없다며 말한다.

"플로란드의 인간에게 지고도 가만히 있을 생각이니? 하
늘에 계신 성왕께서 통곡하실 거란다!"

"으으, 알겠습니다……."

에오는 시무룩하여 고개를 끄덕인다. 그 모습에 괜히 미안
해졌기에 곧바로 기쁜 소식을 전해 주기로 했다.

"전에 말했다시피 이번 결과를 참고해서 봉급 체계를 만들
었어요. 급여는 매주 지급될 테니 숙지해 주세요."

그 봉급 순위는 시험 성적과는 완전히 달랐다.

———

1. 에오니아-12만 실란

2. 루트거-10만 실란

3. 일리야, 유미르-9만 5천 실란

4. 올라프-8만 실란

———

이 순위에 에오가 말을 잇지 못했다.

"내, 내가 1위……? 만년 2위이던 내가!?"

"만년 2위라니. 그런 걸 신경 쓰고 있었어?"

"아, 알스 님! 어, 어째서 제가……!"

"너는 전공을 많이 올렸으니까."

다른 사람들은 몇몇 전쟁에서 빠지는 경우가 있었으나 에오는 신기하게도 모든 전쟁에 참여해 좋은 활약을 펼쳤다. 그 공적으로 인한 평가를 안 할 수 없었다.

"아자자자……!!"

에오는 날아갈 듯한 표정으로 소리 죽여 포효했다.

올라프는 쓰게 웃는다.

"하하, 여기선 내가 꼴찌인가."

"미안하지만 어쩔 수 없어요. 당신은 연차가 덜 됐잖아요. 이번 시험 같은 경우도 당신은 평가에 반영하지 않기로 했고."

"뭐, 다음 기회를 기약하지. 이왕 이렇게 된 거 1위를 노려보겠어."

실상 시험의 성적보단 봉급의 순위가 더 의미 있는 지표이긴 했다.

프로 스포츠를 생각하면 된다. 연봉이 곧 실력인 것처럼. 이것도 의미는 얼추 비슷하다.

에오는 기고만장하여 안톤을 응시하고는 음흉하게 입꼬리를 올렸다. 안톤은 참지 못하고 내게 묻는다.

"알스 님. 제가 없습니다."

"그야 당신은 크로싱에서 넉넉하게 받잖아요. 그래서 논외로 쳤어요."

"그건······. 그렇지만."

에오가 잰 척하는 게 어지간히 꼴 보기 싫은 모양이었다.

"그렇담 전 이제부터 크로싱에서 봉급을 받지 않겠습니다!"

충격 선언.

일리야 스승이 어떻게든 말리긴 했지만 안톤의 단호한 표정을 보아하니 다음 주급 책정 때는 어떻게든 명단에 이름을 올릴 생각인 듯했다.

에오는 에오대로 주급 1위 자리를 지킨다는 일념으로 비스케타와의 공부에 긍정적인 의사를 표했다.

그런 소란 속에 끝이 난 제1회 학문 경연.

'다음에는 무예 경연을 개최해 봐야겠네.'

언제가 될지는 모르겠지만 말이다.

가신 경연을 일단락 지은 나는 스승 부부를 대동한 채 크로싱의 최고관리 집무실로 향했다.

그곳에 쥬라스 녀석이 기다리고 있었다.

녀석이 나를 보며 씨익 웃자 개미가 등을 지나가는 것 같은 느낌이 들었다.

'몇 번을 만나도 익숙해지질 않는다니까.'

그래도 나는 양반이었다.

스승의 경우에는 쥬라스의 앞에선 언제나 임전 태세를 취할 정도다.

나는 안톤에게 다과를 부탁한 뒤 녀석과 마주 앉았다.

"일찍 와 줬네요. 베카비아 지역의 치세로 바쁜 줄 알았더니 그런 것도 아니었나 보죠?"

"대부님께 보고드릴 게 있어 때마침 크로스 혼에 가는 중이었습니다. 가는 김에 들렀죠. 그래서요? 당신이 내게 상담하고 싶은 거라는 게 대체 뭡니까?"

"서방에 대해서입니다."

내 말에 일리야 스승이 몸을 흠칫 떤다.

쥬라스는 볼 것도 없다며 스승을 응시했다.

"말한 겁니까? 당신이 그 육성 기관에 있었다는 걸."

"……!?"

소스라치게 놀라는 스승.

"네, 네놈은 그걸 대체 어떻게……!"

"뭡니까. 아직도 말하지 않은 겁니까. 이대로는 이야기가 지루해질 것 같으니 그냥 제가 다 말하도록 하죠."

쥬라스는 별 볼 일 없는 정보라는 듯 이야기를 풀어갔다.

요지는 이러했다.

서방에는 무인 육성 기관이라는 것이 있다는 듯하다.

서방의 삼세력이 각자 운영하는 기관으로, 전쟁고아를 비롯해 갈 곳이 없는 어린애들을 끌어모아 혹독한 훈련을 시킨다고 한다.

그 혹독함이란 힘든 정도에 그치지 않는다.

처음 500명에 달했던 아이들은 성인이 될 때쯤 10명도 채 남지 않게 된다고. 나머지는 훈련 과정에서 모두 죽는 것이다.

"당신이 소속했던 기관은 한네만 직속의 잠룡이었던가요. 피셔 파르틴이 동기 중 하나였고요. 하지만 당신은 구데리안 체스터에 눈에 띄어 기관을 이탈. 동기인 피셔 파르틴은 동기 중 필두가 되어 한네만의 오룡 중 하나가 됐죠. 아마 틀린 부분은 없을 겁니다."

"그러니까 네가 그걸 어떻게 알고 있는 거냐고 묻고 있다!"

척 보기에도 극비 정보였다. 크로싱의 1급 정보를 취급할 수 있는 안톤조차 처음 듣는다는 표정을 하고 있는 걸 보면 명확하다.

그러나 쥬라스는 시시하다며 한숨을 쉴 뿐이다.

"이딴 건 뭣도 아닌 정보입니다. 하나하나 열 내지 마십시오. 시끄러우니까."

"크윽……!"

으아아앙! 가웨인이 울기 시작했다.

도무지 울지를 않는다는 아기도 어머니가 평정을 잃은 것을 느끼고 울음을 터뜨린 것이다.

"하하하! 울음소리가 우렁찬 아이군요."

스승은 몸을 틀어 쥬라스의 시선에서 아이를 감추었다.

"홋, 안톤. 아이의 이름은 뭐라고 합니까?"

"가웨인입니다."

"좋은 이름이군요. ……자, 아이가 울면 이야기가 진행되질 않으니 당신들은 알아서 퇴장해 주십시오."

안톤은 나와 쥬라스를 단둘이 되게끔 두지 않겠다는 듯, 스승만 바깥으로 내보냈다.

쥬라스는 차를 홀짝이고는 묻는다.

"이야기를 되돌리죠. 제게 상담하고 싶다는 게 뭡니까?"

"얼마 전에 우연찮게 구데리안 체스터와 만났습니다."

"그건…… 흥미롭군요. 모습을 보니 주먹다짐을 벌인 건 아니겠고. 그에게서 무슨 정보라도 얻은 겁니까?"

"맞아요, 그가 말하더군요. 서방의 첩자를 경계해라, 테토라 아니스트리를 조심해라, 그리고…… 캘리퍼에 전쟁이 일어날 거라고."

"캘리퍼에 전쟁이……?"

쥬라스 녀석도 마지막에 주목했다.

"캘리퍼에 전쟁이 일어난 껀덕지는 없을 텐데요."

"보아하니 당신도 짚이는 바가 없는 모양이군요."

쥬라스 녀석도 서방에 대한 첩보가 완벽하지는 않다는 뜻이다.

"흠."

"먼저, 테토라 아니스트리에 대해 말해 주겠습니까?"

"서방의 남부를 지배하는 세력의 우두머리입니다. 당신이 전에 상대했던 크라우스 포크너의 군략 스승이죠. 그 군략이 무척 독특하다는 것과, 그 성미가 잔혹하다는 것 말고는 달리 아는 바가 없습니다."

쥬라스는 작게 신음하더니.

"이야기의 맥락을 봤을 땐 테토라 아니스트리가 캘리퍼를 침공한다는 걸로 들립니다만."

"가능성이 있을 것 같습니까?"

"없습니다. 서방이 직접 캘리퍼를 공격할 순 없어요. 해로를 이용할 리는 없으니까. 만약 구데리안 체스터가 말한 게 아니라면 거짓 정보라 치부했을 겁니다."

"저도 그 부분에 대해선 아직도 의구심이 있습니다. 거짓 정보일 가능성이 있어요. 혹은 구데리안이 잘못 알았다든가."

"아뇨, 알스. 잘못 알았다 정도로 구데리안의 말을 흘려들을 순 없습니다. 그가 당신에게 그런 이야기를 해 준 이유는 아마 동문이기 때문이 아닙니까?"

"맞아요. 저 또한 제자라고 하더군요."

"그렇담 거짓 정보일 리는 없어요."

쥬라스는 새로운 장난감이라도 발견한 것처럼 천진난만하게 웃었다.

"알스, 지금은 전쟁의 명분이 없는 시기입니다."

"그거야 그렇죠."

그나마 있다면 빌랑과 스벤너. 툰카이와 베카비아 정도다.

"전쟁이 일으키려면 어떻게든 명분이 필요해요. 서방은 그 명분을 만들 어떤 방법을 찾았다는 거죠. 캘리퍼는 그 어떤 방법이란 걸 사전에 찾아 저지를 해야 할 겁니다."

"……물밑에서 외교전을 벌여야 한다는 겁니까."

"어쩌면 이미 시작됐을지도 모릅니다."

"흐음."

"그 부분에 대해선 당신이 직접 그에게 물어보는 게 좋겠군요."

그가 누군지는 명백했다.

마침 내일은 캘리퍼의 정기 군부 회의가 있는 날이니 딱 좋은 기회였다.

쥬라스와의 대담을 마치고 저택으로 돌아온 나는 내일 아카데미 등교를 위해 서둘러 취침할 생각이었다.

그러나 저택에는 아직도 손님이 남아 있었다.

루트거와 에스텔 부녀였다. 리시테아는 먼저 보냈는지, 둘은 응접실에서 공부를 하고 있었다.

"열심이네요. 집에 갈 타이밍을 놓쳤나 보죠? 오늘은 묵고 가도 상관없습니다."

나는 그렇게 말하고 신경을 끄려 했으나 내게 볼일이 있었는지 에스텔이 종종걸음으로 다가왔다.

그러고는 둘이서 얘기하고 싶다는 듯, 내 방까지 따라온다.

"이곳이 알스 님의 방……."

에스텔은 호기심을 드러내며 이곳저곳으로 고개를 돌린다.

"미안해요, 평소라면 느긋하게 이야기를 할 수도 있었겠지만 지금은 조금 피곤해서요. 용건이 있다면 빨리 말해 줄래요?"

"아……. 그게. 대단한 용건은 아닌데요."

에스텔인 머뭇하더니.

"알스 님은……. 혹시 제게 실망하셨나요?"

"예?"

"바보 같다고 실망하셨냐고요!"

나는 겉옷을 벗어 옷장에 걸어 놓으며 답했다.

"실망 안 했어요."

에스텔이 공부를 못한다는 건 이미 알고 있었다. 레인폴 아카데미 시절엔 내가 공부를 봐주곤 했으니까.

그녀는 병에 걸려 움직이는 것조차 힘들었던 시간이 길었기에 가장 중요한 시기에 공부를 하지 못했다. 그 탓에 공부의 기초가 없었다.

"뭐, 그 성적으로 용케 고등 아카데미에 갔구나 하는 생각은 했지만요."

"그, 그야 그때는 알스 님이 공부를 봐줬는걸요."

"설마하니 고등 아카데미에 가고 나서는 전혀 안 했던 건가요?"

"예에⋯⋯. 크로싱은⋯⋯ 그게, 방임을 하는 주의니까. 그리고 펜실론 아카데미의 입학시험이 이렇게 어려운 건지도 몰랐어요."

"하하, 당분간 공부라도 가르쳐 줄까요?"

그런 이유라고 생각했으나 에스텔은 고개를 흔들었다.

"아뇨, 알스 님의 도움은 받지 않을 거예요. 제 스스로 해내서 증명하겠어요. 부탁하고 싶은 건 다른 거예요. 에리나에게 전해 줘요. 펜실론 입학시험 때는 제가 이길 거라고."

목표를 높게 잡고 공부를 하려는 모양이다.

"에리나는 그래 보여도 공부를 꽤 잘하는데. 괜찮겠어요?"

"괜찮아요. ⋯⋯아마도?"

리시테아를 꺾겠다며 절치부심한 에오니아와 에리나를 넘

엑스트라 책사의
로열로드

으려는 에스텔.

나는 꼴찌 듀오의 반란이 성공하길 마음속으로나마 응원하기로 했다.

다음 날.

나는 에리나와 함께 알펜서드에 위치한 살레온의 저택으로 향하고 있었다.

에리나는 에스텔의 이야기를 듣자 피식 웃었다.

"저를 이기겠다고요?"

"본인 말로는요."

"그래서요? 에스텔은 그 시험에 몇 점을 받았는데요?"

"정확히 기억은 안 나는데 아마 300점 밑이었을 거예요."

"푸훗!"

가소롭다며 비웃는 에리나.

"괜한 자존심 부리지 말라고 전해 줘요. 뭣하면 제가 공부를 가르쳐 줄 수도 있다고도 말해 주고요."

"그렇게 여유 부리다가 정말로 지면 어쩌려고요?"

"설마 그렇게 되겠어요."

에리나는 그때야 비로소 근본적인 의문을 눈치챘는지 내게 말한다.

"그런데 알스 님은 왜 우리 저택 쪽으로 가고 있는 건가요? 아무리 그래도 저택에 까지 함께 들어가면 그…… 여러

가지 소문이 흐를 수도 있어요. 가, 각오를 하고 있는 거라면 저도 상관은 없지만……."

"어? 몰랐어요? 오늘 여기서 정기 군부 회의가 있거든요."

"군부 회의요?"

금시초문이라며 눈을 끔뻑이는 에리나.

그런 그녀를 시종장 조안이 종종걸음으로 마중 나왔다.

"아가씨, 그렇게 무방비하게 걸어 다니시면 곤란합니다. 아무리 짧은 거리라 할지라도 마차를 이용해 주세요."

"미안해요, 조안. 잠시 얘기할 것이 있어서요."

조안은 무슨 이야기인지 짐작이 간다며 작게 한숨 쉬고는 손을 공손히 모으곤 90도로 내게 인사를 하였다.

"어서 오십시오, 일라인 장군님. 군부 회의장은 1층 응접실로 가시면 됩니다."

"고마워요."

"필요하시면 안내를 해 드리겠습니다."

"괜찮아요. 마침 아는 얼굴이 온 것 같으니."

덜그럭거리며 다가오는 마차. 그곳에서 아이언하트 장군과 헬리안 공작이 내려섰다.

헬리안은 정기 군부 회의가 살레온 저택에서 개최된다는 부분이 마음에 들지 않는지 표정이 굳어 있었다.

꿀꺽! 조안은 마른침을 삼키더니 숨을 가다듬고는 헬리안에게 향했다.

"어서 오십시오, 레그나트 헬리안 공작님. 군부 회의장은……."

"됐다. 네 일을 하거라."

"……예."

헬리안은 나와 에리나를 바라보더니 떫은 표정을 지었다.

"일라인, 들어가기 전에 잠깐 얘기 좀 하지."

"옙."

헬리안이 낮게 속삭여 온다.

"살레온 가문의 영애와는 계속 관계를 이어 갈 생각인가?"

"공작님께서 참견하실 문제가 아닙니다만."

"자네 개인의 문제가 아니라는 것쯤은 알고 있잖나. 장군이 된 지금은 더더욱!"

"뭐, 지금은 그저 서로를 알아 가고 있는 단계이니까요. 혼담 같은 건 아직 멀었어요. 그리고 뭐가 됐든 걱정하지 마십시오. 설령 혼약을 한다고 해도 가문끼리 관계를 맺을 생각은 없으니까."

"그건 무슨 소리인가? 가문끼리 관계를 맺지 않고 어떻게 혼약을 한다는 거지?"

"그때가 되면 알게 되실 겁니다. 그보다도 저보단 도로시에게나 신경을 더 써 주십시오."

도로시의 약혼자에 대해 말을 하자 헬리안은 골치 아픈지 고개를 절레절레 흔들었다.

"그 부분은 알고 있었네만 듀난과 린하르트가 결정한 일인지라 내가 개입하기가 어렵더군."

"그렇다 해도 당신이 개입을 해 줘야 합니다. 도로시는 분명 거부하지 못할 거예요. 당신이 그 불행을 막아 줘야죠. 알고서도 방치하는 건 무능한 걸 넘어 잘못을 범하는 거나 다름없어요."

"후우! 알겠네. 차차 손을 써 보지."

이게 헬리안 공작의 좋은 점이었다.

옳은 말이라면 괜한 자존심이나 고집을 부리지 않고 받아들인다.

나는 그 부분에 대해서도 상담해 보기로 했다.

"공작님, 혹여 최근에 전쟁의 전조 같은 게 포착된 적이 있습니까?"

"그게 무슨 말인가?"

"제가 우연히 입수한 첩보에 따르면 캘리퍼를 노리고 있는 자들이 있다고 합니다. 큰 전쟁으로 이어질 거라고 하더군요."

"얼토당토않은 얘기로군. 믿을 만한 첩보인 건가?"

"신뢰도는 제법 높습니다."

"우리를 노리는 세력은?"

"서방 민족이라는 듯해요."

"서방!?"

더더욱 이해할 수 없다며 눈살을 찌푸리는 헬리안.

"서방이 우리를 직접 노릴 수 있는 수단이라고 하면 해로를 통한 우회밖에 없네. 그 거리가 얼마나 먼 것인지는 자네도 알고 있겠지."

"예, 육로를 통한 침공도 사실상 불가능하겠죠."

서방과 캘리퍼 사이에 다른 국가들이 막아서고 있기 때문이다.

최단거리로 침투하려면 뷜랑 연합을 통과할 수밖에 없는데, 뷜랑이 서방에게 길을 내줄 리 만무하다.

그렇다고 중부나 북부로 우회를 하자니 중부에는 발라스와 알바드. 북부에는 베카비아와 크로싱이 있다.

"서방이 우리를 침공할 방법은 없네. 애초에 우리를 공격할 외교적인 명분은 뭔가?"

"저도 그 부분을 묻고 싶었습니다. 아마 서방은 다른 국가를 부추겨 우리를 공격하려는 걸 겁니다. 공작님에게 묻고 싶은 건 그쪽입니다. 다른 국가와 외교적인 문제가 발생한 건 없습니까?"

"으음. 짚이는 곳이 없군. 오히려 너무 좋아서 탈이야. 베카비아와도 전략적 동맹을 맺었고, 최근에는 알바드와도 관계가 괜찮으니까. 그나마 짚이는 곳이라면 스벤너와 툰카이 정도일까. 하지만 스벤너와 툰카이도 우리를 공격하기 위해선 다른 국가의 영토를 경유해야 하니 가능성은 희박하다고 봐야지."

헬리안은 신음하더니 말을 이어 간다.

"그 첩보원이란 자와 직접 이야기를 나눠 볼 수 있겠나? 자세한 이야기를 들어 보고 싶군."

"안타깝지만 불가능합니다. 우리 쪽 첩보원이 아니라서요. 이미 행방이 묘연한 상태입니다."

"우리 쪽 첩보원이 아니라면……. 혹시 서방의 인물에게 그 이야기를 들은 건가?"

"우연찮게도 말이죠."

"그자는 자네가 웨이드란 사실을 알고 있었고?"

"예."

"그렇담 혼란을 주기 위한 거짓 정보일 가능성이 높겠군."

"조금 전에도 말했지만 첩보의 신뢰도는 제법 높은 편입니다."

"흐음……! 알겠네. 충분히 주의를 기하고 있겠네."

내가 할 수 있는 조치는 이것뿐이었다.

나도 서방이 어떻게 우리를 노릴지는 예측이 안 가는 상황이기도 했고.

알티오르 살레온과 내가 장군이 되고 처음으로 맞은 정기 군부 회의.

회의장의 분위기는 딱딱했다.

살레온 계파와 헬리안 계파 사이에 신경전이 벌어지고 있다고 할까.

알티오르를 따라 복귀한 군부 원로들이 꽤 있는지, 처음 보는 노인들이 많았다.

그 노인들의 영향력이 무시할 수 없는 수준인지 아이언하트 장군조차 그들의 눈치를 보며 입도 뻥긋하지 못했다.

유일하게 헬리안 공작만이 목소리를 높이고 있었다.

"알티오르 공작님. 굳이 개인의 저택에서 군부 회의를 열 필요가 있었습니까?"

다른 의도가 있는 게 아니냐는 물음이었다.

이에 알티오르는 털털하게 웃는다.

"허허! 미안하네. 나도 이젠 늙어서 말이야. 아무래도 멀리 움직이기가 힘들더군. 이해해 주게, 레그나트."

"……그러시다면 어쩔 수 없지요."

"그보다도, 군 개편에 대해선 이의가 없는 건가?"

"예에……. 이의는 없습니다."

이번 군 개편으로 인해 군부는 알티오르 장군을 위시한 제1군과 나머지 헬리안 계파의 제2군. 그리고 내가 속한 제3군으로 나뉘었다.

헬리안 공작의 입장에선 나쁘지 않은 개편이었다. 이는 알티오르가 군부에 대한 영향력을 두고 다투지 않겠다고 선을 그어 준 셈이니까.

각자 자기 위치에서 잘해 보자는 느낌이라고 할까.

"흠, 이쯤에서 왕가 직속 장군의 의견을 들어 보고 싶은데. 일라인, 자네는 어떻게 생각하지?"

알티오르는 내게 시험하는 듯한 시선을 보냈다.

"저도 이의는 없습니다."

정말로 아무 생각 없었기에 그렇게 대답했다.

이 대답이 마음에 들지 않았는지 알티오르는 내게 다른 것을 물어 왔다.

"그러고 보니……. 사관생들을 집단으로 파면했다고 하던데. 조금 과한 처사였다고 생각하지 않나?"

그 대부분이 살레온 계파의 사관생들이었기에 하는 말이다.

"예, 그렇기에 일부를 제외하곤 다시 복귀를 시켰습니다."

내가 능글맞게 답하자 노인 중 하나가 분노에 차 소리친다. 아무래도 내가 파면한 사관생의 가족인 듯하다.

"어린애들이 실수한 걸 가지고 파면까지 할 필요가 있었냐고 묻는 거다!"

나를 향한 호통. 이에 헬리안 공작이 벌떡 일어나 소리쳤다.

"입을 조심해라! 너도 하극상을 범하려는 거냐!"

"큭……!"

입을 꾹 다무는 노인.

이번엔 또 다른 노인이 침착한 목소리로 말한다.

"그렇다곤 해도 결과적으로 군부에 손해가 있지 않았습니까. 이번 일로 인해 밀리아스 후작가가 군부에 대해 소극적인 움직임을 취할 거라는 건 불 보듯 뻔한 일입니다. 아시다시피 밀리아스 후작가의 정규군 규모는 1만을 넘습니다. 그 병력이 소집에 응하지 않기라도 하면 군부 전력에 구멍이 생길 수도 있습니다."

밀리아스 후작가의 건으로 논쟁이 점화된 회의장.

다들 나에게 용서해 줄 수 없냐며 눈치를 보내고 있었다.

나는 어깨를 으쓱여 주며 말했다.

"저는 무릎을 꿇고 용서를 구하면 복귀를 시켜 주겠다고 했습니다. 고작 무릎을 꿇는 걸로 하극상을 용서해 준다는 게 얼마나 관대한 처사인지 모르는 건 아닐 텐데요? 그런데도 그 녀석은 응하지 않았습니다. 그런 녀석을 그냥 복귀시키라고요? 당신은 군기가 무너지는 꼴을 보고 싶은 겁니까?"

"으, 으음! 그런 건 아닙니다."

내가 정론을 말하자 불만을 드러내던 노인들이 입을 다물었다.

헬리안 공작도 이때다 하며 덧붙인다.

"케스퍼는 밀리아스 후작가의 당주가 아니다. 밀리아스 후작가와 관련된 일은 조제트 밀리아스를 설득하면 그만인 일이다. 그건 그쪽에서 해 줬으면 좋겠군. ……괜찮겠지요. 알티오르 공작님."

"으음……. 알겠네. 길버트에게 당장 밀리아스 후작가에 가 보라고 말해 두지."

군부 회의는 그걸로 끝.

밀리아스 후작가에 대해선 길버트 살레온이 처리하기로 결정이 난 상황에서, 나조차도 전혀 예상하지 못한 사건이 밀리아스 후작가에서 발생하게 된다.

군부 회의가 있고 며칠 후.

밀리아스 후작가의 저택에선 조제트의 분노가 소용돌이치고 있었다.

"이 쓸모없는 놈!"

우당탕! 뺨을 얻어맞은 케스퍼가 바닥을 굴렀다.

"고작 무릎조차 꿇지 못한 거냐! 그저 자존심이 상한다는 이유로? 네놈이 정말 웨이드라고 생각하고 있기라도 한 거냐!"

조제트는 분노를 여과 없이 드러냈다.

"머리가 좀 돌아가나 했더니 전혀 의미가 없었군. 알맹이가 이래서야!"

"하, 하지만 제게 웨이드라 자칭하라 했던 건 아버지가 아니었습니까."

"더 영리하게 행동했어야지! 네놈이 웨이드란 후광을 등에 업고 한 건 대체 뭐냐! 애새끼들 사이에서 대장놀이를 한 것밖에 없잖냐! 나라면 그걸 이용해 더 높은 자리를 쟁취했을 거다, 이 멍청한 놈아!"

"크윽……!"

조제트는 경멸의 시선으로 케스퍼를 내려다보았다. 케스퍼는 처음 접하는 그 시선에 입을 달달 떤다.

이윽고 가까스로 입을 열었다.

"……혼담은 어떻게 되는 것입니까."

"뭐라고?"

"에리나와의 혼담 말입니다!"

"허! 이렇게까지 멍청할 줄이야. 네놈은 길버트 살레온 그놈이 정말 자기 딸을 네게 내줄 거라고 생각한 거냐? 이용당하고 있다는 걸 아직도 모르다니!"

"그럴 리 없습니다! 길버트 님이 절 이용한다니요!"

"닥쳐라! 이 멍청한 놈!"

조제트는 길버트가 케스퍼를 이용해 밀리아스 후작가를 꿀꺽하려던 것을 짐작하고 있었다.

'그걸 위해 케스퍼 녀석을 감싸고돈 것이겠지.'

조제트는 어떻게든 케스퍼와 접촉을 해 보려 했으나 길

5장 237

버트가 사사건건 방해를 하며 제대로 된 대화를 할 수가 없었다.

케스퍼 녀석이 쓸모가 없어진 지금에서야 겨우 대화를 할 수 있었을 정도이니, 길버트가 얼마나 지독하게 행동했는가를 알 수 있었다.

"네놈은 당분간 칩거하고 있어라. 주위가 조용해지면 적당히 아카데미에 복귀시켜 주지. 일반과에 들어가는 것 정도는 가능할 거다."

"그, 그런……! 저는 다시 군부로 돌아가고 싶습니다!"

"그렇다면 무릎을 꿇었어야지! 어서 꺼져라! 식사는 문 앞에 둘 테니 당분간은 방에서 한 발자국도 나오지 마라!"

케스퍼는 고개를 푹 꺾었다.

조제트는 혀를 차고는 창가 쪽으로 향했다. 오늘은 중요한 손님이 있었기 때문이다.

'이건 오히려 기회일지도 모른다.'

그는 입꼬리를 올리며 웃었다.

케스퍼가 파면을 당한 것으로 인해 생각지도 못한 기회가 왔다. 군부가 밀리아스 후작가의 사병을 버릴 리는 없으니까.

어떻게든 당주인 자신의 비위를 맞추려 할 터. 오늘 방문하는 손님도 본인이 직접 마중을 나가야 하는 거물이었지만 그럴 생각이 없었다.

대충 부인에게 자신의 방까지 안내를 하라 전해 두었다. 가벼운 기 싸움이었다.

'심지어 내겐 비장의 무기까지 있지.'

알스가 웨이드라는 사실을 알고 있다는 점이다.

이걸 터뜨리면 한바탕 난리를 피울 수 있다. 혹은 헬리안 계파와 알스 쪽에 거래를 요구할 수도 있다.

만약 알스가 웨이드라는 사실이 알려질 경우 독립 작전권을 쥔 제2장군이란 신분이 위태로워지기 때문이다.

조제트는 헬리안 공작이 국왕을 부추겨 알스를 2장군에 앉혔다는 착각을 하고 있었다.

'웨이드는 크로싱과 연결 고리가 있는 인물. 그런 인물을 왕가 직속 장군의 위치에 앉히고 독립 작전권을 주는 건 언어도단이지.'

그러니 그 사실이 알려지면 수많은 귀족이 우려를 표할 거다.

조제트는 그들을 결집해 새로운 계파를 만들 생각이었다.

'이 조제트 님을 경시한 대가를 치르게 해 주마.'

무엇보다 심기를 거슬렀던 건 알스였다. 감히 자신을 죽이겠다 겁박했던 건방진 어린놈.

이미 알스를 괴롭히기 위한 플랜은 완성되어 있었다.

알스 본인이 아닌 일라인 가문 쪽을 압박하는 것이다.

'기다리고 있어라, 알스 일라인. 곧 내 앞에 무릎꿇려 줄

테니까.'

그러던 그때였다.

푹!

"……으극!?"

가슴을 뚫고 나온 검. 조제트는 가까스로 목을 돌려 뒤를 바라보았다.

"네, 네 이놈 무슨 짓을……!"

"모두 아버지의 탓입니다……! 당신이 내게 웨이드를 사칭하게 하지 않았으면 이런 일도 일어나지 않았어! 전부 당신 탓이라고!"

"그, 그만……. 그만해라……!"

팁! 케스퍼는 소리가 새어 나가지 않도록 조제트의 입을 틀어막았다.

케스퍼는 확실히 기억하고 있었다. 길버트가 했던 말.

알스에게 용서를 구하지 않고도 군부에 돌아올 수 있는 유일한 방법.

"이제부터 당주는 나야. 나 케스퍼 밀리아스라고!"

콰득! 케스퍼가 검을 비틀었다.

"커헉!?"

눈을 까뒤집고 절명하는 조제트.

케스퍼는 뒤늦게 자신이 벌인 일을 깨닫고 아연한 표정으로 엉덩방아를 찧었지만 곧 정신을 차렸다.

일을 벌인 이상 냉정해져야 했다.

케스퍼는 주변을 둘러보았다.

침대보를 이용해 적당히 피를 닦고 시체를 처리할 생각이었으나 그에게는 운이 없었다.

어쩌면 필연일지도 몰랐다. 충동적인 행동이었기에 뒤처리에 시간이 너무 걸렸으니까.

저택을 찾아오고 있던 손님의 존재를 모르고 있었던 탓에 시간을 허비한 것도 있었다.

똑똑! 가벼운 노크 소리.

"후작님, 길버트 살레온 님이 도착하셨습니다."

"뭐!?"

눈을 부릅뜨는 케스퍼.

"지, 지금은 안 된다! 아버님께서 다망한 상황이라 전해라!"

아직 자신에게 튄 피조차 제대로 닦지 못한 상황이었다.

문을 잠가 두긴 했으나 소용없었다.

마중을 나오지 않은 것에 불쾌해하고 있던 길버트가 성화를 내자 비위를 맞추고 있던 조제트의 부인이 집사를 시켜 열쇠를 가져온 것이다.

"조제트, 대답해요. 조제트!"

"어, 어머니! 아버님은 지금 피곤하셔서 잠시 주무시고 계십니다! 자, 잠시만 기다려 주시면……!"

이 말에 길버트는 머리끝까지 분노했다.

취침을 위해 문전박대를 한다니. 귀족들 사이에선 있을 수 없는 일이었다.

"이 길버트 살레온을 능멸할 생각이냐! 당장 문을 열어라!"

밀리아스 부인은 고개를 끄덕이며 집사에게 눈치를 주었다.

설마 그녀도 그런 일이 벌어졌을지는 몰랐으니까.

집사가 열쇠를 넣어 문을 열었다.

눈앞이 하얘진 케스퍼는 아무런 행동도 할 수가 없었다.

6장

이튿날 아카데미에 등교한 나는 묘한 분위기를 느꼈다.

'뭐지? 설마 서방이 움직인 건가?'

그렇게 생각하고 있던 내게 군 장교가 다가와 속삭였다.

"장군님, 잠시 괜찮으시겠습니까."

"무슨 일입니까?"

"예, 그게……."

그 소식은 나로서도 충격적이었다.

"존속살해요!?"

놀란 내 말에 다른 애들의 시선이 모였기에 나는 자리를 옮겨 나머지 얘기를 들었다.

"케스퍼 밀리아스가 조제트 밀리아스를 살해했다. 틀림없습니까?"

"그렇습니다. 마침 밀리아스 후작가를 방문하던 길버트 님께서 현장에서 적발했다고 합니다."

"허……!"

존속살해는 귀족들에게 있어서 무엇보다 큰 죄였다.

역사와 관련된 문제였다.

아버지를 죽이고 왕위를 찬탈하는 경우, 혹은 당주 자리를 뺏는 경우가 역사적으로도 꽤 있는 만큼 존속살해의 죄는 가장 경멸받았다.

적발될 경우 사형이 확정적일 정도로.

'그 미친놈. 군부로 복귀하려고 당주가 되려고 한 건가.'

분명 당주가 된다면 내 파면과는 상관없이 군부에 돌아올 수는 있다.

밀리아스 후작가는 사병이 많은 편인 만큼 그 사병을 제공하는 대가로 특무장교 형식으로 군부에 들어올 수 있기 때문이다.

하지만 그렇다고 해도 도무지 이해할 수 없었다.

고작 그런 이유로 아버지를 죽이다니. 그렇게까지 미친놈이었을 줄이야.

"그래서요? 어떻게 됐죠?"

"당시 길버트 님의 곁엔 군부의 인사들이 몇몇 있었던 것 같습니다."

"그렇겠죠. 군부 문제로 이야기를 하러 갔으니까."

"길버트 님은 그들을 이용해 녀석을 즉각 구속하려 했으나 녀석은 무기를 집어 들고 저항을 했다고 합니다."

잡히면 사형을 당한다는 걸 알았기 때문이겠지.

"그 과정에서 녀석은 왼팔을 잃어버리는 큰 부상을 입긴 했으나 어떻게든 도주에 성공한 모양입니다."

"그래도 한 팔이 없다면 추적을 위한 좋은 표식이 되겠군요."

"예, 이미 수배령이 떨어져 있습니다. 외팔의 인간에 대해 최우선적으로 검문을 하고 있습니다."

기린아라 불리던 케스퍼의 파멸.

억지로 쌓아 올리던 모래성이 순식간에 무너진 순간이었다.

이 소식은 귀족계를 뒤흔들었다.

존속살해가 일어난 이상 밀리아스 후작가의 몰락은 정해진 수순이었다.

케스퍼가 법에 따라 처형을 당해 일이 정리되지 않는 이상 차기 당주를 정할 수가 없기 때문이다.

이로 인해 밀리아스 후작가의 영지는 잠정적으로 국가의 관리하에 들어갔다.

그걸 길버트가 범인을 적발한 자신에게 달라고 요구하면서 양 계파가 치열한 정쟁에 들어갔다.

그것 때문이었을 것이다.

서방의 움직임을 제때 눈치채지 못한 건.

수배령이 떨어진 이후 케스퍼에 대한 대대적인 수색이 벌어졌다.

한 팔이 없다는 특징 때문인지 여기저기서 목격 증언이 나왔다.

그 덕에 당장 잡지는 못했을지언정 행방 정도는 알 수 있었다.

녀석은 서부 국경을 넘어 뷜랑으로 넘어가고 있었다.

군부에선 뷜랑에 협조 공문을 보내고 수배령을 내 줄 것을 요구했다.

존속살해의 죄에 대해 뷜랑이 협조를 안 해 줄 리도 없으니, 붙잡는 것은 시간문제인 상황이었다.

'살아 돌아올 일은 없겠네.'

케스퍼가 돌아오는 건 밀리아스 후작가를 노리는 양 계파의 입장에선 달가운 일이 아니었기 때문이다.

케스퍼가 정당하게 법의 처벌을 받았다간 일이 정리가 되면서 후사를 밀리아스 가문의 사람이 맡게 된다.

그러니 헬리안 계파이건 살레온 계파이건, 케스퍼를 쥐도 새도 모르게 죽일 암살자를 파견했을 테다.

아카데미에서도 비슷한 얘기가 괴담처럼 오고 가고 있었

다.

"케스퍼 녀석. 이미 죽어서 땅에 묻혔을 거라던데."

"아버지를 살해하다니. 그런 놈이었을 줄은……."

"차라리 그대로 죽는 게 나을걸? 붙잡혀 왔다간 본보기로 화형을 시킬지도 몰라."

이런 얘기까지 나오고 있는 상황이니 본래 케스퍼 파벌이었던 녀석들은 그야말로 쥐 죽은 듯이 있었다.

"저기, 알스."

도로시가 침울한 표정으로 말을 걸어왔다.

"케스퍼 녀석. 정말 죽은 걸까?"

도로시는 케스퍼 녀석이 그렇게 된 것에 대해 책임을 느끼는 것 같았다. 하여간, 사람이 너무 좋은 것도 탈이다.

"아마 죽었을 거야. 살았다고 해도 캘리퍼로 돌아올 리는 없고. 그러니 녀석에겐 신경 꺼. 무슨 말인지 알고 있지?"

"응……."

"전혀 모르고 있잖아."

나는 아카데미 정원으로 자리를 옮겨 도로시를 다그쳤다.

'이런 상태면 그건 절대 말할 수 없겠네.'

내가 케스퍼의 처리를 쥬라스에게 부탁했다는 건.

케스퍼에게 다른 악의가 있어서 그런 건 아니었다. 녀석이 애꿎은 복수를 하러 올 수도 있기 때문이다.

나는 그렇다 쳐도 다른 가족들을 건드릴 수도 있으니 혹시 모를 화근은 뿌리 뽑을 생각이었다.

쥬라스 녀석은 일 처리가 냉혹하기 때문에 이런 부분에선 믿을 수 있었으니 케스퍼 녀석에 대해선 신경 꺼도 되겠지.

그렇게 도로시의 멘탈을 챙겨 주고 있자니 군부의 장교 몇몇이 새하얗게 질린 얼굴로 내게 허겁지겁 달려왔다.

"자, 장군님! 긴급 소집입니다! 어서 왕궁 내의 회의장으로 와 주십시오!"

"뭡니까? 케스퍼 밀리아스의 건이 잘못되기라도 했습니까?"

"그게……. 결과적으로는 그렇게 될 것 같습니다. 어쨌든, 어서 와 주십시오! 그리고, 그림우드 백작님께서도 참석을 하셔야 할 겁니다."

굳이 도로시를 백작 취급하여 소집한다는 건 고위 귀족이 전부 모여야 하는 대사건이 일어났다는 뜻이었다.

나는 그제야 잊고 있었던 것을 떠올렸다.

'이것이 서방의 간계인가……!'

내심 호기심이 일었다.

놈들은 대체 어떤 식으로 명분을 만들었는가.

결과부터 말하자면 그건 작위적인 티가 나는 억지였다.

그것은 바로, 빌랑 연합이 국왕 암살 사건의 범인으로 캘리퍼를 지목한 것이었다.

왕궁의 회의장엔 긴급하게 모인 대귀족과 군부의 간부들이 집합했다.

그들의 표정엔 당혹감이 서려 있었다.

설마 뷜랑 암살 사건의 범인으로 지목되다니. 꿈에도 상상하기 힘든 일이었다.

뷜랑은 그걸 빌미로 선전포고를 하고, 진군을 위한 편성을 시작했다.

이미 내전을 준비하며 병력이 증가된 상태였기에 뷜랑은 발 빠르게 많은 병력을 모을 수 있었다.

"병력의 규모는 어느 정도이지?"

가레스 국왕이 침울한 기색으로 물었다.

이에 알티오르 대장군이 말한다.

"추정 13만입니다. 다만 뷜랑의 모든 세력이 우리에게 칼을 들이민 것은 아닙니다. 몇몇 세력은 진상 규명에 신중해야 한다는 입장을 내보이고 있다고 합니다."

"만약 그들까지 전장에 나온다면 그 규모는 어느 정도가 될 것 같나."

"……추정 30만입니다."

회의장이 웅성였다.

30만의 병력이라면 캘리퍼가 국운을 걸고 대대적인 징집을 해야 겨우 맞먹을 수 있는 숫자였다.

설령 그렇게 한다고 해도 후폭풍이 작지 않다.

캘리퍼는 향후 수년간은 큰 전쟁으로 인한 침체기에 들어
가겠지.

가레스 국왕은 눈을 질끈 감았다.

"어째서 일이 이렇게 된 거란 말인가. 내가 윌프리드 녀석
을 암살할 리 없거늘……!"

국왕이 말을 잃자 헬리안 공작이 전면에 나섰다.

"길버트! 대응은 어떻게 하고 있나! 뷜랑과 알바드 방면의
외교는 자네 담당이었을 터! 게다가 지난번 정기 군부 회의
이후 내가 말했었지. 주변 세력의 외교 상황에 주의하라고
말이야! 그런데도 지금 이 상황은 뭐란 말인가!"

내 조언을 들은 헬리안 공작이 조치를 취해 놨던 것 같다.

불운했던 건 사건의 발단이 된 뷜랑이 길버트의 담당이었
다는 점이다.

"그, 그것이……."

"자네가 밀리아스 가문의 영지를 빼앗기 위해 혈안이 되어
있었다는 것 정도는 알고 있네. 그렇다 해도 자기가 해야 할
일을 방치하면 되는가!"

헬리안의 맹공에 길버트는 진땀을 뺐다.

"이, 일단 외교관을 다수 파견해 진상 규명을 요구했네.
오해가 있다는 걸 밝힌다면 뷜랑 측도 군대를 거둘 걸세."

"그게 언제가 되는 건가? 사태는 이미 돌이킬 수 없어졌
어! 이번 일엔 우리를 노린 자들의 악의가 개입되어 있으니
까! 태평하게 진상 규명 따위를 할 틈은 없겠지!"

헬리안은 이번엔 다른 귀족들을 둘러보며 외친다.

"우리가 윌프리드 슈바르쳐 국왕을 암살한 게 아닌 이상
이번 일은 제3의 세력이 개입되어 있다고 생각하는 게 옳다!
우리가 밝혀야 하는 건 그게 어떤 세력인가 하는 점이다! 그
걸 알아야만이 뷜랑을 설득할 수 있을 거다!"

헬리안이 언급한 제3의 세력. 국왕이 질끈 감고 있던 눈을
떴다.

"레그나트, 그 3세력이란 어디를 말하는 것인가."

"그 부분은 머리를 모아야겠지요."

그때 문득, 헬리안이 얌전히 팔짱을 끼고 앉아 있던 나를
바라보았다.

"일라인 장군. 그대의 견해를 들려주겠나?"

"제가 말입니까?"

"이곳에 있는 많은 사람이 자네의 기량을 의심하고 있는
상황이네. 물론 자네가 뛰어난 사관생이었다는 건 모두가 알
고 있지만 장군으로 올라올 정도는 아니다……. 그렇게 생각
하는 사람들도 많지. 그러한 우려를 불식시키기 위해서라도
자네의 식견을 보여 달라는 거네."

이건 헬리안 공작이 나를 배려한 것이었다.

그의 말대로 나의 능력을 의심하는 사람이 많은 상황이다.

이대로 전쟁터에 갔다간 불협화음이 일어날 테다. 그러니 이 자리에서 그 부분을 억누르라는 것이다.

게다가 제3의 세력이 서방이라는 걸 알려 준 게 나이기도 하니, 헬리안은 자기가 말하는 것이 공적을 뺏는 행위라 생각한 모양이다.

나는 고개를 끄덕이며 답했다.

"이번 일은 필시 서방 민족이 한 짓이겠지요."

"서방 이민족이라. 어째서 그렇게 생각하지?"

"논리적으로 생각해 봤을 때는 그들밖에 없습니다."

"그런가? 스벤너 왕국이라 보는 편이 보편적으로 납득이 가능한데."

"스벤너 왕국의 경우엔 키메라 전쟁 당시의 군량고 습격 작전. 그리고 국왕 시해 사건의 범인으로 지목당한 것으로 인해 내부에 숨어 있던 첩자들의 상당수가 적발당한 걸로 알고 있습니다. 이번 같은 일을 벌일 여력이 없어요."

"툰카이는 어떤가?"

"툰카이는 후폭풍을 감당할 배짱이 없습니다. 혹여 이번 일이 그들이 한 짓이라 밝혀진다면 뷜랑, 크로싱, 베카비아, 그리고 우리 캘리퍼까지. 4개국에게 보복을 당하게 됩니다. 툰카이 따위가 그런 도박을 할 리가 없습니다. 알바드의 경우에도 우리와 뷜랑을 싸움 붙여서 얻는 이득이 없지요. 그러니 남은 건 하나. 서방 민족뿐입니다. 서방은 설령 자신들이 한 짓을 들킨다고 해도 상관이 없다는 생각입니다. 외교 채널이 없거니와 보복을 하기 위한 원정도 어렵지요."

어느새 회의장이 조용해져 있었다. 모두가 진지한 표정으로 내 말을 경청하고 있었다.

헬리안 공작은 그 모습을 보며 씨익 웃고는 말한다.

"하지만 어째서인가? 어째서 서방이 우리를 노리는 거지?"

"우리보단 크로싱을 의식한 겁니다."

"크로싱을!?"

"지난 전쟁이 뼈아팠던 거겠죠. 어떻게든 크로싱에게 복수하고 싶다. 약화시키고 싶다. 그런 생각에서 이번 일이 벌어진 겁니다."

나는 이참에 자리에서 일어나 회의장 중앙에 있던 지도를 가리키며 말을 이어 갔다.

"서방이 원하는 건 어디까지나 대륙 진출입니다. 그런 상황에서 큰맘 먹고 시도한 북부 원정이 큰 실패로 돌아가게 됐죠. 그러니 서방은 시선을 돌려 다시 남부를 바라봅니다. 바로 뷜랑입니다. 하지만 뷜랑을 공격하기엔 때가 무르익지 않았죠."

뷜랑은 내전을 벌이기 직전의 상황에 있었으나 결정적인 한 발자국은 내딛지 않은 상태였다.

먼저 움직여서 내전을 공식화해 버렸다간 집중포화를 맞을 수도 있기 때문이다.

풍선이 터질 듯 말 듯, 터지지 않는 상황이라고 할까.

"그러니 그 결정적인 한 발자국을 내딛게 하기 위해 이번 일을 벌인 겁니다. 우리 캘리퍼를 공격하게 하는 것. 그런 군사적인 행동은 결과적으로 내전을 유발할 겁니다. 빌랑은 이미 터지기 직전의 상황이었으니까요."

"하지만!"

살레온 계파 소속의 게글리쉬 후작이 벌떡 일어나며 윽박지르듯 내게 말한다.

"그대의 말을 듣자 하니 서방이 앙심을 품고 있는 건 크로싱이 아닌가. 그런데도 어째서 우리를 노린 건가?"

"크로싱을 암살 사건의 범인으로 몬다고 해도 소용이 없으니까 그런 겁니다. 아무리 빌랑이라도 상대가 크로싱이라면 섣불리 움직이기 어렵죠. 혹여 쳐들어갔다가 패전을 당한 뒤 역공이라도 당하면 큰일이니까요. 크로싱은 그러한 무력시위를 지난번 베카비아 전쟁에서 보여 줬습니다."

애초에 통하지 않을 것이다.

암살 사건의 진범인 쥬라스가 덜미를 잡힐 정도로 어수룩할 리가 없다. 이런 역공작도 이미 대비를 해 놨겠지.

"그러니 빌랑의 입장에서 만만한 상대인 우리를 함정에 빠뜨린 겁니다. 빌랑도 우리의 영토를 뺏기 위해 옳다구나 공격을 한 것이고요."

"잠깐!"

이번엔 헬리안 계파 소속의 린하르트 후작이었다.

"지금 너의 말은 언뜻 일리가 있어 보이나 모순이 있다. 빌랑이 크로싱을 껄끄러워한다면 이번에도 마찬가지이겠지. 크로싱은 우리의 동맹이니까 말이야!"

"예, 그러니 빌랑도 전쟁을 오래하지는 않을 겁니다. 크로싱이 우리를 도울 준비에 들어가면 군을 철수시키고 오해가 있었다며 수습을 하려 들겠지요. 그 기간은 짧아야 20일. 20일만 견뎌 내면 빌랑은 알아서 물러날 겁니다."

"아, 아니. 어째서 크로싱이 우리를 도울 때까지 20일이나 걸리는 거냐."

"거기가 핵심인 겁니다."

나는 크로싱이 점령했던 마돈의 남부 영토를 가리켰다.

이 지역은 빌랑과 국경이 접해 있는 곳이다.

"크로싱은 현재 남부에 대한 방위가 허술한 상황입니다. 크로싱이 곧장 참전하겠다 선언하면 빌랑은 그 남부 영토로 진군해 영토를 뺏어 버리겠지요. 아까 알티오르 공작님께서 말씀하신 신중론을 펼치고 있는 빌랑의 세력들이 이때다 하며 그 지역을 공격할 겁니다."

"......!"

"크로싱은 그 위험을 감수하지 않을 겁니다. 빌랑과 캘리퍼에 외교관을 파견해 중재하는 척을 하며 일단 남부 영토에 대한 방비 작업에 착수하겠지요. 그것이 완료된 시점에서야 참전을 할 겁니다. 그게 20일이라는 겁니다."

"그렇다면 그 20일 이후! 우리와 크로싱의 연합군이 빌랑으로 진격한다면? 빌랑이 그건 계산하지 못한 건가?"

"안 한 겁니다. 그럼 후작님께 묻겠습니다. 우리가 빌랑과 전면전을 펼치자고 제안하면 그걸 크로싱이 수락할 것 같습니까?"

그 상황에서 크로싱은 별로 빌랑에 대한 분노가 없다. 전면전을 하자고 해도 꺼려 할 테다.

"그렇다면 당장 크로싱에 참전을 요구하면 되는 것 아닌가. 빌랑이 정녕 크로싱을 두려워하고 있다면 남부 영토에 대해서도 섣불리 공격하려 들지 않을 테지!"

"그럴지도 모르지만 말했다시피 크로싱은 위험을 감수할 생각이 없습니다. 고작 몇 달 전에 큰 전쟁을 치렀으니까요. 게다가 저들이 억지로 혐의를 씌운 건 사실이나 그 부분이 해명되지 않은 지금 상황에서 명분은 빌랑에 있습니다. 크로싱이 곧장 참전할 경우 다른 국가에겐 캘리퍼가 벌인 빌랑 국왕 시해 사건에 동조하는 것으로 비칠 거예요. 크로싱도 그걸 원하진 않을 겁니다. 크로싱이 남부의 방비를 준비하는 그 20일 사이에는 우리가 누명을 벗는 시간도 포함이 되어 있는 겁니다."

그제야 회의장이 완전히 조용해졌다.

"……이상입니다."

나는 국왕에게 고개를 숙인 뒤 자리로 돌아왔다.

무거운 침묵이 흐르는 왕궁 회의장.

그것과는 별개로 나를 바라보는 사람들의 시선이 바뀌어 있었다.

특히 국왕의 눈은 뭐라고 할까. 아들을 바라보는 것 같은 눈이었다.

헬리안 공작이 헛기침을 하며 말한다.

"일라인 장군의 의견에 이의가 있는 자는 없는 것 같군. 그렇담 앞으로의 방침도 정해져 있다고 할 수 있다."

암살 혐의의 누명을 벗는 것. 그리고 약 20일간 영토를 사수하는 것이다.

"그렇게 진행을 해도 되겠지요, 폐하."

"그리하게."

대응 방법이 정해진 이상 중요한 건 군대 편성이었다.

헬리안은 먼저 대귀족들을 향해 사병의 차출을 요구했다.

그 숫자는 어림잡아 10만.

과거 알바드&마돈과의 전쟁 이후 캘리퍼도 군비를 대폭 늘렸기에 가능한 숫자였다.

여기에 왕가 직속군 1만이 더해져 도합 11만이 된다.

"그 부분에 대해서이지만. 잠시 괜찮겠습니까."

살레온 계파의 차이스 백작이었다.

그는 밀리아스 후작가를 거론했다.

"폐하, 밀리아스 후작가의 병력은 어찌하실 생각이십니까."

그대로 두기에는 밀리아스 후작가의 정규 병력은 1만이나 된다.

현재 밀리아스 후작령이 왕가 관할로 들어왔으니 왕가 직속군에 편성하면 되긴 했지만 문제가 있었다.

"그쪽의 장교와 병사 들이 얌전히 일라인 장군을 따를 거라고는 생각하기 힘듭니다. 가능하면 그쪽 병력은 다른 군대에 편성하는 게 좋지 않을까 합니다."

가레스 국왕은 일리가 있다며 고개를 끄덕이고는 말한다.

"존속살해의 죄를 범한 케스퍼 밀리아스에 대한 추적은 어떻게 되어 가고 있나."

"빌랑의 협조를 받으며 추적을 하던 중이었습니다만……. 이번 일로 인해 추적의 맥이 끊겨 버리고 말았습니다. 마지막 첩보에 의하면 추적 지점 부근에서 외팔의 남성으로 추정되는 시체가 발견됐다고 합니다. 그게 아마 케스퍼가 아닐까 하고."

그 말에 귀족들 모두 고개를 끄덕였다.

누군가가 파견한 암살자가 케스퍼를 처리했다고 지레짐작한 것이다.

국왕도 비슷하게 판단을 한 모양이다.

"슬픈 일이로다. 일찍이 기린아라 불리며 캘리퍼의 미래라 칭송받던 아이가 그런 결말을 맞이하고 말다니. 웨이드를 사칭하게 방치한 것이 화근이 되었는가. 이렇게 될 줄 알았다면 내가 더 신경을 쓸 걸 그랬군. 너희 둘에게만 맡기는 게 아니라 말이야."

이 말에 길버트와 헬리안은 마른침을 꼴깍 삼켰다.

둘은 국왕이 케스퍼를 웨이드라 착각하고 있다 생각하고 있었다.

그러나 그런 척을 해 준 것일 뿐. 국왕은 키메라 전쟁이 끝난 시점에서 케스퍼가 웨이드가 아님을 알게 된 모양이다.

'그래서 굳이 델바도바를 교사로 임명했던 거구나.'

델바도바는 케스퍼를 올바른 방향으로 이끌려는 노력을 했었다. 다만 그 시간이 너무 부족했다. 만약 델바도바가 베카비아 전쟁에서 전사하지 않았다면 케스퍼 녀석에게도 다른 미래가 있었을지도 모른다.

"알티오르. 밀리아스 후작가의 병력은 네가 맡도록 해라."

"명 받들겠습니다."

알티오르 장군은 살레온 계파쪽 병력으로 제1군을 편성했다.

"우리 제1군은 5만의 군대로 서부와 남서부 일부분을 방위하겠네. 아이언하트, 프릭센, 홀코스트. 자네들의 제2군이 남부와 남서부 일부를 막아 주게."

제2군의 숫자는 6만.

이렇게 되면 내 역할은 왕가 직속군 1만을 이끌고 후방을 방어하는 것이었다.

왕가 직속군은 애초에 수도 방위가 최우선이기에 당연한 일이다.

"일라인 자네의 3군은 수도로 향하는 요충지의 방어를 부탁하겠네."

"알겠습니다."

이것이 최선이었다.

양 계파가 대립하는 구도가 만들어지긴 했으나 그래도 이게 가장 효율적인 형태였다.

그렇게 인선이 정해지자 각각의 군대에서 부대 편성에 들어갔다.

이번 전쟁은 대대적인 침공일뿐더러 적국의 영토가 광범위하게 접경해 있던 만큼 형성된 전선이 굉장히 많았다.

그 숫자만 어림잡아 27개.

그러니 덩어리의 싸움보다는 수천으로 나뉜 소규모 병력 간의 난전이 벌어질 가능성이 높았다.

"저, 저기!"

도로시는 자칫하다간 자신이 전장 하나를 통째로 맡게 될 수도 있다고 짐작한 모양이었다.

그랬다가 패전이라도 했다간 민폐를 끼칠 거라 생각했는지 쥐어짜 낸 듯한 목소리로 헬리안 공작에게 말했다.

"공작님……! 저는 일라인 장군과 함께 종군을 하려고 합니다."

"그건 무슨 뜻인가?"

"저는 최근 일라인을 지지하겠다는 발언을 했습니다. 그러니 이번 전쟁을 통해 그 지지가 허언이 아니었음을 증명하고 싶습니다. 부디 저와 제 가문의 병력은 제3군에 편성해 주십시오."

그림우드 백작가 사병의 숫자는 6천. 그것도 상당한 정예병들이다.

그 공백은 제2군에 있어서 작은 것이 아니었다.

헬리안 공작은 의견을 묻듯 내 쪽을 곁눈질한다. 나는 어깨를 으쓱이며 답했다.

"저희 왕가 직속군 6천을 그쪽에 보내고 그림우드의 병력을 제3군에 편성하면 되겠지요."

"그럼 그렇게 하도록 하지. 전과를 기대하고 있겠네. 그림우드, 일라인."

도로시는 안도의 한숨을 내쉬었다.

그러고는 해냈다는 듯 배시시 웃어 보였다.

제3군을 맡게 된 나는 왕가 직속군이 준비되는 시간을 이용해 재빨리 레인폴로 돌아와 가신들을 소집했다.

언제나 그러던 것처럼 에스텔이 참가를 했고, 이번엔 비스케타와 퍼지 형도 참여했다.

이미 소식이 전해졌는지 그들 사이에서 날이 선 공기가 흘렀다.

"국왕 암살 사건의 범인이 캘리퍼였다니 말이야. 이거 놀라운데?"

올라프가 휘파람을 불며 말한다.

"알스, 이건 사실인 건가? 그런 거라면 캘리퍼는 정말로 궁지에 몰릴 거라고."

"아, 그러고 보니 당신은 그때 그 자리에 없었군요."

"그때 그 자리라니?"

쥬라스에게 진실을 들었던 때다.

"이봐, 나만 따돌리지 말라고. 무슨 이야기를 했었던 건데?"

"별거 아닙니다. 그저 빌랑 국왕을 암살한 게 크로싱이라는 것뿐이에요."

"뭐……!?"

말문을 잃는 올라프. 리시테아도 눈을 크게 떴다.

"그건 이제 와서 중요한 건 아닙니다. 그보다도 당면한 현실을 보도록 하죠."

"잠깐……."

올라프는 생각을 정리하듯 잠시 말끝을 흐린 뒤.

"그건 다시 말해 누군가가 캘리퍼에게 억지로 누명을 씌웠다는 거겠지. 근데 그런 거라면 뷜랑의 녀석들이 눈치채지 못했을 리 없어. 그런데도 녀석들이 쳐들어오고 있다는 건가?"

"걔들도 몸이 근질근질한 상황이었거든요. 누군가의 간계이든 일단 명분이 만들어졌으니 옳다구나 하고 움직인 겁니다. 물론 전부 움직인 것도 아니에요. 절반 정도는 상황을 지켜보고 있죠."

"과연, 상황을 교묘하게 이용했다는 건가. 서방도 꽤 하는걸."

나는 전황을 가볍게 설명했다.

"제가 맡게 된 병력은 1만 정도입니다. 전선을 세 개를 맡아야 하니 그것도 세 개로 쪼개야 하죠. 그러니 군을 지휘할 수 있는 장군이 필요합니다. 일단 자원을 받아 볼까 하는데요."

그러자 번쩍! 에오가 가장 먼저 손을 들었다.

나는 못 본 척 외면을 하려 했지만 에오는 내 시선이 향한 곳으로 오더니 번쩍, 번쩍! 계속 손을 들며 어필을 한다.

"······에오. 네가 3천 정도의 병력을 지휘할 수 있을 거라고 생각하는 거야? 진심으로?"

"물론입니다!"

"뭐, 단순히 돌격을 하는 거면 가능하긴 할 테지만. 이번엔 그런 게 아니라니까. 적군을 마주하고 머리싸움을 해야 돼. 군의 총지휘를 맡아야 한다고."

돌려서 말하긴 했지만 에오도 내 말뜻을 이해했는지 울상을 짓는다.

"저로는······ 믿음직스럽지 못하신 겁니까?"

"으음······."

잘 생각해 보면 내가 너무 부정적으로 생각하는 걸지도 모르겠다.

시켜 보지도 않고 못 할 거라고 단정하는 건 분명 어리석은 짓이다.

"그러면 에오 네가······."

그러던 나를 비스케타가 엄한 목소리로 만류한다.

"에오에게 3천에 달하는 병력의 지휘를 맡기겠다니, 그게 무슨 바보 같은 짓인가요!"

"헉!?"

그 호통에 나는 겨우 정신을 차렸다.

"내가 무슨 생각을 한 거지······?"

평소 에오에게 너무 오냐오냐해 주던 탓일까.

무슨 말을 하든 들어주고 싶어지는 그런 것이 생겼다.

비스케타는 크게 한숨 쉬었다.

"돌아가신 성왕이 떠오를 정도군요. 그분도 에오에겐 한 없이 약하셨죠. 어쨌든, 에오에게 군 지휘를 맡기는 건 안 됩니다."

"성장!? 어째서……."

"그런 표정으로 보지 마렴. 군의 인선은 적재적소에 칼같이 배치를 해야 하는 거야. 네가 잘하는 건 군의 지휘가 아니잖니."

"으으……."

그러면서 비스케타는 올라프와 루트거를 가리켰다.

"웨이드, 장군이 필요하다면 저 둘을 데려가는 게 가장 이상적인 인선이에요."

"예, 그건 저도 알고 있는데요……."

이번 전쟁은 다른 쪽의 방위도 필요했다.

내가 전공의 포상으로 하사받은 남부의 영지 모브레이를 관리해야 하기 때문이다.

모브레이는 남부 지역인 달리아에 속한 소규모 도시로, 총 인구가 6천 명에 불과한 곳이었다. 최근엔 워낙 쇼킹한 일들이 많아서 신경을 쓰고 있지 못했지만, 전쟁이 일어난 지금은 관리자로서 조치를 취해 줘야 했다.

"그 부분은 루트거, 당신이 맡아 줬으면 좋겠습니다."

루트거라면 적병의 침입을 대비해 주민을 대피시키거나 식량을 관리하는 등의 자질구레한 일을 빈틈없이 처리할 수 있을 터였다.

"제 누님인 율리아 일라인과 함께 모브레이로 가 주십시오. 현장에서의 판단은 둘에게 맡기겠습니다."

"무슨 뜻인지는 알겠네. 그럼 하나만 부탁해도 되겠나?"

"지원이라면 얼마든지 해 주겠습니다."

"아니, 그런 게 아니야. 그냥 말이네. 에스텔을 데려가도 될까 해서 말이야."

"에스텔을요?"

에스텔은 그게 무슨 소리냐며 두리번거리고 있다.

"가서 시간이 날 때마다 공부를 가르치려고 말이야."

"아, 아하하…… . 마음대로 하십시오."

"고맙네. 그 대신 리시테아 양은 놓고 가지."

"그건…… . 도움이 되겠네요."

리시테아는 보조를 붙여 주면 충분히 병력의 지휘가 가능한 유형이었다.

에오와 비교하자면 개인 무력은 에오가 크게 우세하나 그 외에는 리시테아가 위에 있는 느낌이다.

"……좋아요. 전부 정했습니다."

생각을 정리한 나는 차례차례 역할을 주었다.

"우선 안톤, 당신은 일리야 스승과 함께 레인폴에 남도록 하세요. 겨울이 되어 내정 일도 많이 줄어들었으니 힘든 일은 없을 겁니다. 비스케타 씨도 있고요."

"……옛. 배려해 주신 점. 진심으로 감사드립니다."

안톤 본인은 전장에 나가고 싶어 했으나 아이를 출산한 지 얼마 안 된 시점이니 남겨 두기로 했다.

"그리고 올라프, 유미르, 리시테아. 당신들이 한 조입니다. 올라프 당신이 주가 되어 지휘를 해 주십시오."

"하하, 재밌는 인선인걸. 알겠어."

그러자 리시테아가 눈살을 찌푸리며 말한다.

"당신, 정말로 저를 전장에 내보낼 생각인 겁니까?"

"왜요, 안 됩니까?"

"그야 그렇죠! 저는……."

"2년간 내 밑에서 일하기로 했죠. 그 일에는 당연히 이런 것도 포함되어 있었습니다만? 이제 와서 그런 건 아니라고 말을 바꾸겠다는 겁니까?"

"그렇지 않습니다. 하아……. 알겠어요. 하면 되잖아요. 하면."

어차피 할 거 얌전히 하면 어디 덧나나.

"나머지는 퍼지 형님. 형님이 또 다른 군대를 지휘해 주셨으면 합니다."

"내, 내가?"

"예, 도로시 그림우드라고, 제 친구가 있는 부대예요. 형님이라면 잘하실 거라고 믿습니다. 가스파르! 당신이 보좌를 하십시오."

가스파르는 평소 자신을 스승이라 부르며 따르는 애거트를 데리고 가기로 하면서 퍼지, 가스파르, 애거트의 조가 만들어졌다.

그리고 나라고 하면 언제나와 같이 에오와 함께하게 되었다.

인선이 정해지고 난 뒤.

이왕 모인 거 다 함께 저녁 식사라도 하기로 했다.

당분간은 함께 모이는 것이 힘들어질지도 모르는 만큼 딱 좋은 자리였다.

식당에 차려 놓은 음식들은 본 가신들은 탄성을 흘렸다.

"오오, 뭐야. 순간 파티장에라도 온 줄 알았다고."

올라프는 과장스러운 표정을 지으며 말한다.

"전부 유미르 씨가 한 건가?"

"아뇨, 대부분은 에오니아가 했어요."

유미르는 건강식은 잘해도 기름진 음식은 잘하지 못했다. 자기도 모르게 양념을 최소한으로 줄이게 된다나 뭐라나.

그렇기에 이런 자리의 음식은 에오가 담당하는 게 맞았다.

"미라벨 씨가? 그거 의외인걸."

에오의 요리라고 하니 다들 어리둥절한 표정이다.

그 비스케타조차 에오가 요리를 했다고 하니 영문을 모르 겠다는 얼굴이다.

"일단 먹어 봐요. 그럼 알게 될 테니."

딱히 예절 같은 건 차리지 않기로 했기에 알아서 식탁에 앉아 식사를 시작했다.

곧 감탄성이 연달아 터져 나온다.

"어떻습니까. 에오의 요리 실력이."

반응은 내 예상보다 밋밋했다.

올라프만이 '음식이 혀 속에서 춤을 춘다.', '어떤 왕궁 요 리보다도 뛰어나다.', '매일 이 저택에서 밥을 먹겠다.' 등등 의 호들갑스러운 리액션을 보여 줬을 뿐이다.

'흠, 분위기가 딱딱하네.'

아직 다들 친해지지 않았다고 할까.

너무 친해지면 그것대로 곤란하긴 하지만 최소한의 내부 단합은 필요했다.

무엇보다 겉도는 사람이 있어선 안 됐다.

그런 세세한 부분까지 케어를 해야 했다. 관리자라는 건 그래야만 하는 위치다.

'주의가 필요한 사람은 넷인가.'

유미르, 가스파르, 에오니아, 리시테아. 이 넷은 다른 사 람들과 어울리기 어려워했다.

유미르는 내 가족이자 전속 사용인이기에 다른 사람들에

게서 존중을 받고 있었지만 개인적인 친분이 있는 건 에오니아가 유일했다.

그마저도 에오가 유미르를 상사로 대하며 무서워하는 느낌이다.

두 번째 가스파르는 본래 어울리기를 좋아하지 않는 스타일이다.

아니, 어울리는 것 자체는 좋아하지만 지금껏 겪어 온 수인 차별의 영향으로 인해 사람 관계에 있어 적대적인 스탠스가 깔려 있다.

'그런 의미에서 올라프의 영입은 신의 한 수였네.'

수인 차별을 뿌리 뽑고 싶어 하는 올라프는 아무리 가스파르가 틱틱거려도 굴하지 않았다. 지금에 와서는 가스파르도 올라프를 술친구로 인정했는지, 일이 끝나면 종종 마시러 간다고 한다.

올라프가 없었다면 가스파르는 고립됐을지도 모를 일이다.

'거기다 애거트도 가스파르를 따른다고 하니. 가스파르 쪽도 차차 좋아지겠지.'

이건 리시테아도 마찬가지다.

지금도 에스텔과는 제법 친해진 상태였고, 추후 애쉬를 영입하면 더 좋아질 거다.

진짜 문제는 에오니아였다.

"하아……."

나도 모르게 한숨이 나왔다.

에오는 뭐라고 할까. 내 곁에만 있으려고 한다.

그게 나쁜 경향이라는 건 아니지만 조금은 다른 사람들과
도 적극적으로 친교를 쌓았으면 했다.

"알스 님. 음식은 입맛에 맞으십니까?"

"응, 맛있어."

"헤헤……."

지금도 그렇다.

다른 이들의 감상이 어떻든 상관하지 않는다.

'혹시 이것도 마법의 영향이 아닐까?'

에오가 나에게 걸었다는 마법. 적당히 링크 마법이라 칭한
그것의 영향일지도 모른다.

그 부분에 대해 슬쩍 비스케타에게 물으니 그녀는 눈을 치
떴다.

"에오가 그걸 당신에게 말한 겁니까?"

"예에, 제가 추궁을 했거든요. 마지못해 말하더라고요."

"그렇군요."

비스케타는 에오의 눈치를 보더니 말한다.

"저도 성왕에게 우연히 들은 거지만 그 마법은 추적 외의
용도는 없다고 해요."

"예? 하지만 에오가 말하길 대상이 죽으면 자신도 함께 죽

는다고 하던데요."

"그게 그런 무시무시한 마법일 리가 없잖습니까. 섬기던 주군이 죽자 스스로 목숨을 끊은 몇몇 발키리들의 이야기가 부풀려서 와전된 겁니다. 에오는 순진해서 그걸 곧이곧대로 믿은 것 같네요. 하여간 저 아이도……."

"그렇지만 에오가 말하길 쿠라벨의 성왕이 자신을 단명시키지 않기 위해 마법을 거부했다고 하던데요?"

"그건 혹시나 에오가 비슷한 행동을 할까 봐 사용하지 못하게 한 거예요."

"비슷한 행동이라면……. 자결 말입니까?"

"맞아요."

에오는 실제로 비슷한 행동을 했다. 성왕이 죽고 나라가 멸망하자 크로싱의 무뢰한들에게 순결을 잃지 않겠다며 스스로 불구덩이에 몸을 던졌으니까.

만약 당대 성왕에게 그 마법을 사용한 상태였다면 불구덩이에 들어가는 게 아니라 그냥 스스로 목숨을 끊었을지도 모른다.

나는 이참에 비스케타에게 마법에 대해 더 물어보기로 했다.

그러나 비스케타도 자세히는 모르는 모양이다.

"엘프들이 몇 가지 마법을 구사한다는 이야기는 들었지만 저도 자세히는 알지 못합니다. 제가 태어나기 한참 전의 시점부터 엘프들과의 교류가 뜸해졌으니까요. 엘프들도 이젠 완전히 자취를 감췄고, 궁전의 서고도 크로싱의 군대가 왔을 때 성왕께서 전부 불태웠으니 관련 서적도 존재하지 않을 겁니다. 다만……."

"다만?"

"엘프들이 자신들의 숲에 비밀 창고 같은 걸 만들었다는 얘기를 성왕에게 들은 적이 있습니다."

"비밀 창고……. 크로싱은 발견하지 못한 겁니까?"

"저도 위치를 모르고 있는 것이니 크로싱도 발견하기 쉽지는 않았을 겁니다."

엘프들의 비밀 창고라. 단서의 냄새가 풀풀 풍겨 왔다.

나는 비스케타에게 추후 쿠라벨의 터를 안내해 줄 것을 요청했다.

"좋습니다. 그때가 되면 에오도 함께 데려가기로 하죠."

당분간은 눈코 뜰 새 없이 바쁠 테니 넉넉하게 내년 2월 정도로 예정을 잡기로 했다.

분위기가 무르익자 올라프의 주도하에 술이 나오기 시작했다.

자리가 이렇게 되자 비스케타는 먼저 돌아갔다. 에스텔과 리시테아도 마찬가지.

에스텔은 자기도 마시고 싶다며 눈을 빛냈으나 루트거가 허락할 리 없었다.

'회식 자리는 어디나 다 비슷하다는 건가.'

술이 들어가자 분위기가 풀어지고 웃음소리가 들려온다.

다들 술에 자신이 있는지 손님 접대용으로 사 놓았던 술의 절반을 가져다 놓은 상태다.

나는 먼저 일어나기로 했다. 그러자 안톤이 수행하겠다는 듯 아이를 안은 채 다가왔다.

"방까지 모셔다 드리겠습니다."

"바로 위층인데요 뭘. 그보다 당신은 마시지 않아도 됩니까?"

"오늘은 일리야가 편안하게 즐겼으면 해서 말입니다. 최근엔 아무래도 힘들었을 테니까요."

"하핫, 그럼 뒷정리는 당신에게 맡길게요. 저는 먼저 들어가서 쉬겠습니다."

"옛, 맡겨 주십시오."

나는 방으로 돌아와 책상에 앉았다.

이번 전쟁에 대해 시뮬레이션이라도 해 볼 겸 지형도를 살펴보기로 했다.

'내가 맡게 될 전선은 셋에서 다섯……'

기본적으로 세 개이지만 상황에 따라 다섯 개까지 늘어날 수도 있었다.

'그렇게 되면 지휘관이 부족해질 수도 있겠는걸. 그 부분은 왕가 직속군의 장교에게 맡기는 수밖에 없나.'

그래도 내가 지키고 있는 위치까지 상대 병력이 들이닥칠 가능성은 희박했다.

나는 어디까지나 수도로 향하는 경로를 막는 역할이었기에 기본적으론 후방에 위치했다.

뷜랑의 목적은 인근의 영토를 약탈하고 빼앗는 것이었기에 굳이 수도를 노리려 들진 않을 것이다.

변수가 있다면 서방의 개입 정도.

'서방은 이번 전쟁이 비화되길 원할 테지.'

그런 만큼 전쟁의 판이 커지게끔 무언가 작전을 준비하고 있을지도 모른다.

이건 나에게 있어서 기회가 될 수도 있었다.

공격해 들어온 뷜랑의 세력들이 움직이는 걸 보고 어느 세력이 서방의 끄나풀인가를 추측할 수 있기 때문이다.

나는 그것이 주인공이 소속한 세력이 될 가능성도 높다고 생각했다.

"……."

나는 장롱으로 가 교묘히 숨겨져 있던 책을 꺼냈다.

게임의 스토리를 기억나는 대로 옮겨 적은 그것이다.

나는 그걸 통해 달라진 스토리를 확인해 보기로 했다.

'일단 지난 베카비아 전쟁도 그렇고, 이번 전쟁도 그렇고 게임에선 없던 전쟁이었어.'

본래 키메라 전쟁 이후에 예정돼 있던 굵직한 전쟁은 에우로페, 툰카이, 스벤너, 알바드, 빌랑이 참전한 꼬리 전쟁이었다.

시기는 내년 가을쯤.

왜 꼬리 전쟁이라 불리냐면 툰카이가 알바드를 침략하자 기회를 엿보던 에우로페가 툰카이의 뒤통수를 때리고, 그 에우로페의 뒤를 스벤너가 공격하고, 그 스벤너의 뒤를 빌랑이 공격했기 때문이다.

서로의 꼬리를 문 전쟁이라고 할까.

'이제 이 전쟁이 발발할 가능성은 거의 없겠지.'

설령 꼬리 전쟁이 발발한다고 해도 내가 알던 형태와는 크게 다를 것이다.

'앞으로의 사건들은 개괄적으로 보는 게 맞겠어. 그보다는……'

나는 빌랑의 인물들에 대한 것을 찾았다.

이번 전쟁에서 그들을 마주칠 가능성이 있는 만큼 한번 더 확인을 해 보기로 했다.

'역시 많은걸.'

주인공이 빌랑의 소속이니만큼 주인공 주변의 인물들은 대다수가 빌랑 소속이었다.

비율로 보자면 빌랑 소속이 70% 그 외 소속 30%라고 할까.

내 주변에 게임 등장 캐릭터가 많지 않은 건 그런 이유다.

막 업데이트되던 2부 스토리에선 그 세계관이 확장되려 했으니 다른 국가의 인물들도 대거 등장했겠지만 그 부분은 모르니까 어쩔 수 없다.

그렇게 빌랑 쪽의 인물을 살펴보던 나는 절로 감탄을 터뜨렸다.

"워우. 여성 캐릭터가 꽤 많네."

사실 아테나 워 테일즈는 남성향 모바일 게임치고는 여성 캐릭터가 적은 편이긴 했다.

여성 캐릭터 50%에 남성 캐릭터 50% 정도로 주축 캐릭터의 80~90%가 여성 캐릭터인 다른 게임에 비하면야 성비의 균형이 적절한 편이라 할 수 있다.

그 여성 캐릭터도 내정 전용의 귀족 영애들이 많았으니 무장만 따지고 보면 여성 20%에 남성 80%로 오히려 여캐가 별로 없는 편이다.

"아니, 이것도 많은 거라고 봐야 하나?"

전쟁에서 여성 장군이 활약하는 건 현대 역사를 봐도 한 손에 꼽을 정도이니 말이다. 기껏해야 잔다르크 정도밖에 떠오르지 않는다.

이 세계는 그래도 여성 지휘관이 은근히 있는 편이었다.
용병 쪽도 그렇고, 소피아 베론과 같은 경우도 있고.

내 곁에도 유미르를 제외하고 여성 무장이 셋이나 된다.

"일단은 체크해 둬야지."

지금쯤 주인공의 곁에 있는 주요 여성 무장은 둘. 남성 무
장도 둘이다.

이들을 전장에서 만났을 경우를 대비해 그들의 성향을 기
억해 두기로 했다.

그러던 차였다.

"알쯔 님!"

벌컥! 에오가 혀 꼬인 목소리를 내며 내 방문을 열어젖혔다.

"에오? 나 참. 얼마나 취한 거야?"

"헤헤, 취하지 않았씁니다……."

냄새를 맡아 보니 술 냄새가 그렇게까지 심하지는 않았다.
그냥 술에 약한 모양이다.

"근데 내 방엔 왜 온 거야?"

"그야……. 알쯔 님이 언제든 찾아오라고 하셨으니까요."

"내가 그런 말을 했다고?"

"해씁니다! 마돈이랑 전쟁할 때! 병법을 가르쳐 주신다고
해써여!"

기억에는 없지만 그렇다면 그런 거겠지.

"근데 그런 상태로 병법을 배우게? 오늘은 그냥 쉬는 게

좋겠다."

나는 그녀를 내 침대로 데려갔다. 잠시 재우고 있으면 유미르가 데려가겠지.

침대에 눕히자 에오는 이불을 안으며 몸을 웅크렸다.

"우헤헤. 알쯔 님의 냄새가 나여……."

"어휴, 칠칠맞지 못하게."

제대로 눕혀 주고 이불을 덮어 주었다.

얼마 지나지 않아 유미르와 일리야 스승이 올라왔다.

스승은 곤히 자고 있는 에오를 보곤 헛웃음을 지었다.

"이거야, 몇 잔 마시지도 않았는데 뻗어 버릴 줄은. 이럴 줄 알았으면 나도 남자들이랑 마실 걸 그랬나?"

보아하니 유미르도 취기가 올랐는지 얼굴이 상기되어 있었다.

유미르는 내 침대에서 자고 있는 에오를 들쳐 업었다. 자기 방으로 데려가 재우려는 모양이다.

다만 에오가 내 이불을 얼마나 꽉 붙잡고 있는지 떼어 내질 못했다.

"우헤헤……."

이불에 돌돌 말리는 에오.

그녀는 행복한 표정을 지은 채 이불째로 끌려 나갔다.

회식 다음 날.

다들 숙취로 고생하는 와중, 나는 이번 일을 상의하기 위해 안톤을 대동한 채 쥬라스와 마주하고 있었다.

쥬라스 녀석은 상황을 즐기고 있는 것 같았다. 이번에 서방이 시도한 간계가 제법 마음에 들었던 모양이다.

"이 정도는 해 줘야지 흥이 생기죠."

"당하는 입장이 아니라고 잘도 말하는군요."

"하핫, 이건 당신의 탓이기도 합니다만? 이번 일은 충분히 예측할 수 있었던 겁니다. 구데리안 체스터가 정보를 흘려주기까지 했으니까요. 듣기로 캘리퍼의 왕궁 회의에선 잘난 듯이 떠들었다던데. 그 정도의 통찰력이라면 충분히 사전에 예측할 수 있었던 것 아닙니까?"

"그건……."

부정하기 힘들었다. 쥬라스의 말대로 온 신경을 그쪽에 쏟고 있었다면 어떻게든 예측하여 사전에 조치를 취할 수 있었겠지.

헬리안 공작에게 전한 뒤로 나름대로 조치를 취했다 판단하고 편하게 생각한 게 화근이었다.

쥬라스가 비웃듯이 말한다.

"알스, 다른 자들의 능력을 너무 고평가해서는 안 됩니다. 여차할 때 믿을 수 있는 건 오직 자기 자신뿐. 그걸 명심하세요."

"예이, 예이. 새겨듣겠습니다. 그래서요? 크로싱의 방침은 제가 말한 대로입니까?"

"맞습니다. 남부 영토의 수비를 굳히며 천천히 군대를 모을 겁니다. 기간은 당신이 예측한 대로 20일쯤 되겠네요."

"곧바로 개입한다는 선택지는요?"

"고려하지 않습니다. 남부 영토는 추후 우리의 계획에 중요한 역할을 하는 곳입니다. 애꿎은 변수를 만들고 싶지 않군요."

"흐음."

그렇다면 크로싱은 이번 전쟁에선 어떤 영향도 끼치지 못한다. 크로싱이 막 움직이려 할 때 뷜랑이 퇴각할 테니까.

"아, 그러고 보니 내가 부탁했던 케스퍼 밀리아스에 관한 건 어떻게 됐죠?"

죽었다는 이야기가 나오고 있는 케스퍼. 살레온 계파가 죽였는지 헬리안 계파가 죽였는지는 아직 알 수 없었다. 혹은 소문만 그럴 뿐, 죽지 않았을지도 모른다.

쥬라스는 입꼬리를 섬뜩하게 올린다.

"그것에 관한 거라면 당신이 걱정할 필요 없습니다. 내 방식대로 확실하게 처리를 해 놨으니까."

"그러니까 그렇게 의미심장한 것처럼 말하지 말라고요. 소름 끼치니까."

"후훗."

그러나 정말 소름 돋는 일은 이것이 아니었다.

쥬라스는 이것이야말로 본론이라며 한 가지 문건을 내밀었다.

그 문건엔 어떤 인물에 대한 정보와 몽타주. 그리고 암구호 같은 것이 들어 있었다.

"제가 빌랑에 잠입시킨 첩자 중 하나의 정보입니다. 여차할 땐 그자에게서 정보를 빼내도록 하십시오. 나름대로 도움이 될 겁니다."

"이건……!"

나는 어떻게 반응해야 할지 알 수 없었다.

쥬라스가 내민 첩자.

그 정체가 주인공의 측근 캐릭터 중 하나였기 때문이다.

─하핫, 누굴 파트너로 데려갈 거야? 힐다? 데어리? 걱정 마, 네가 제안하면 누구도 거절하지 않을걸.

─이게 바로 남자의 고집이다! 난 어떤 때가 됐건 친구를 버리지 않아!

─같이 이 난관을 헤쳐 나가 보자고, 친구!

그는 그런 캐릭터였다.

알스가 공적인 부분에서 오른팔이라면 그는 주인공의 가

장 친한 친구였다. 경박하지만 속이 깊은 캐릭터라고 할까.

달모어 스팅.

알스와 마찬가지로 스타팅으로 주어지는 캐릭터로, 등급은 SR이었다.

무력 80에 지력 52이고 별다른 특기도 없어 성능은 그냥저냥이었다.

핸디 플레이를 즐기던 내가 애용하던 캐릭터다.

'달모어가 쥬라스가 심어 놓은 스파이였다고?'

이상할 건 아닌지도 모른다. 쥬라스는 카시우스 로이드를 노예로 잡고 있다가 그걸 빌랑에 판매했다.

카시우스 쪽으로 첩자를 붙이는 건 당연한 판단일지도.

게다가 그렇게 생각해 보면 복선도 있었다.

달모어는 기묘하게 생존력이 좋았다. 당연히 죽은 줄 알았던 상황에서 기적적으로 살아 돌아온다든가. 절대 이길 수 없는 강력한 무장을 상대로 끈질기게 버틴다든가.

그땐 그냥 개그 캐릭터 보정이라고 생각하고 가볍게 넘겼지만 사정이 있었던 것이다.

'이 녀석이 첩자였다고 하면 실력을 감추고 있었다는 편이 타당하겠지.'

그렇다 해도 그 의리 캐릭터 달모어가 스파이라니.

내 입장에선 에오가 사실은 스파이였다는 것과 비슷한 느낌이다.

'이거야 원. 서방이건 크로싱이건 대체 첩자가 몇이나 있는 거야?'

새삼 빌랑이 불쌍하게 느껴질 정도다.

만약 내가 주인공의 입장이었으면 인간 불신에 걸렸을지도 모르겠다.

"하아······!"

나도 모르게 한숨을 쉬자니 에오가 조마조마한 얼굴로 묻는다.

"괜찮으십니까?"

나는 선별한 가신들과 함께 알펜서드로 향하고 있었다.

혹여 감시의 시선이 있을 수도 있는 만큼 각각의 팀이 떨어져서 이동하기로 했기에, 나는 같은 팀인 에오와 단둘이 마차를 사용하고 있었다.

"혹시 제가 어제 실례를 범해서 그런 건가요······?"

"응? 알고 있었어?"

"유, 유미르가 말해 줬습니다. 알스 님의 침대에 뛰어들어 그, 이불을······. 놓지 않았다고."

"아니 뭐, 조금 춥긴 했지. 유미르도 취했던 건지 새로운 이불을 가져와 주지 않았으니까."

내가 직접 장롱에서 이불을 가져오면 되는 거긴 했으나 그 이불이 어디 있는지를 몰랐다. 그런 가사는 유미르와 에오가 전담을 하기 때문이다.

찾으면 찾을 수도 있었겠지만 귀찮아서 그냥 이불 없이 잠을 잤다.

"며, 면목 없습니다! 그런 추태를 부리다니……!"

"추태는 뭘. 오히려 귀여울 정도였는데."

"귀엽!?"

"아, 도착했네."

가장 먼저 알펜서드에 도착한 나는 도로시와 합류해 군 편성에 착수했다.

그 도중 레인폴에서 정비를 마친 다른 팀들이 도착했다.

먼저 도착한 것은 퍼지 형의 팀이었다.

"오오, 여기가 캘리퍼의 수도인가!"

그 팀원 중 하나인 애거트는 눈을 빛내며 여기저기를 둘러보고 있었다. 그를 발견한 도로시는 기쁜 걸음으로 달려가 애거트의 양손을 잡아채 크게 흔들었다.

"애거트! 오랜만이야! 잘 지냈니?"

"엉? 아, 약골 대장님이구나."

"도로시라니까. 도로시 그림우드!"

"약골 대장님도 전쟁에 나가는 거야? 어휴, 그러다 정말 죽을지도 몰라."

"응……. 그러니까 네가 도와줬으면 해."

"헤헷, 어쩔 수 없지. 내가 지켜 줄게!"

다음 퍼지 형은 심호흡을 하고는 도로시와 인사를 주고받았다.

"반갑습니다, 그림우드 백작님. 저는 일라인 가문의 삼남이자 군의 중급장교 위치에 있는 퍼지 일라인이라고 합니다."

내 친구라고는 하지만 도로시는 현직 백작.

퍼지 형의 입장에선 거북한 상대였으리라. 심지어 지난번 특진으로 계급조차 도로시가 더 높았다.

"하하…… 말씀 편하게 하셔도 돼요."

"그럴 수야 없지요."

"일단 함께 가실까요? 군 편성에 대해 얘기하고 싶거든요."

"옛."

도로시가 퍼지 형 무리를 솔선해서 이끌고 간 뒤 얼마 지나지 않아 올라프가 도착했다.

그는 대뜸 푸념부터 하였다.

"휘유, 답답해 죽는 줄 알았네. 뭐라 떠들어도 대답들을 하지 않으니 나 원."

유미르와 리시테아가 아무 말도 하지 않아 어색했던 모양이다.

그는 자줏빛으로 염색을 한 가죽 갑옷을 걸치고 있었다. 올라프가 된 이후로는 정체를 숨기기 위해 면도나 이발도 거의 하지 않았던 상태인지라 거의 야인이나 다름없는 행색이었다.

리시테아라고 하면 푸른색 갑주를 착용하고 있었다. 툰카이의 인물이니만큼 에오가 하는 것과 똑같이 얼굴 대부분을 가리는 투구를 착용하고 있다.

'리시테아는 블루인가. 에오니아가 화이트였고 아마 안톤이 블랙. 그리고…….'

정말로 형형색색의 전대가 완성되어 가고 있었다. 가신들끼리 겹치는 색깔이 하나도 없다니. 그만큼 다들 개성이 강하다는 뜻이겠지.

이번 전쟁의 구도는 심플했다.

뷜랑은 가장 넓은 국경을 마주하고 있는 남서부 방면에서 침공해 서부와 남부로 진군. 우리 군은 국경선 부근의 전선에 진을 치고 상대를 격퇴해야 했다.

사실 효율적인 수비를 할 거라면 더 안쪽에서 수비를 하는 게 정답이긴 했으나 적의 목적은 물자의 약탈과 국경선 부근의 영토를 빼앗는 것이니만큼 어쩔 수 없었다.

그런 의미에서 나는 많이 편했다.

왕가 직속군의 최우선 목적은 수도 방위이니만큼 국경선의 뒤에서 요충지를 수비하면 됐다.

그 세 곳은 서부의 그란셀. 남부의 엘튼과 홀튼이다.

이곳이 수도로 가는 가장 넓은 길이기 때문이다. 그 외에 길을 통해 수도로 가려면 험준한 산지를 넘어야 하기 때문에 대응 시간이 넉넉할뿐더러, 적들도 보급의 어려움이 따른다.

나는 서부의 그란셀에는 올라프를 투입하고 엘튼와 홀튼을 도리시의 부대와 함께 수비하기로 했다.

엘튼과 홀튼은 형제 도시라 불릴 정도로 거리가 가까웠기에 나는 굳이 지휘부를 나누지 않고 엘튼에 총지휘부를 설치하기로 했다.

그렇게 엘튼에 진입했을 때였다.

"어서 오시오!"

쌍수를 들며 우리를 환영하는 남자.

엘튼을 다스리는 몰슨 펠란드 자작이었다.

그런 몰슨의 옆에는 포니테일로 머리를 땋은 여자애가 서 있었다.

'누구였지?'

그런 의문이 들었지만 에리나 때에 비하면 최근 일이었기에 금방 떠올랐다.

"리네트, 오랜만이네."

"후훗, 고작 보름도 되지 않았는걸요. 잘 지내셨나요? 일라인 님."

리네트가 화사하게 웃으며 인사를 하자 장교들이 술렁였다. 애거트는 아예 넋을 잃고 바라보고 있을 정도다.

나는 몰슨 자작에게 말했다.

"한동안 엘튼에 지휘부를 설치하고 작전을 준비할 생각입니다. 자작님께선 보급에 조금 도움을 주셨으면 합니다."

"물론 그렇게 하겠소."

몰슨 자작은 나와 대화를 하면서도 계속해서 도로시를 훔쳐보고 있었다.

언제 좌천될지 알 수 없는 나보단 현직 백작인 도로시 쪽에 더 관심이 있는 모양이다.

'마침 잘됐네.'

방위전에서 현지 귀족들과의 공조는 필수적이었지만 이게 굉장히 골치 아팠다. 협조적으로 나오는 귀족들이 별로 없기 때문이다. 뭐는 안 된다, 또 뭐는 안 된다 하면서 사사건건 딴죽을 걸곤 한다.

나는 중재 능력이 뛰어난 도로시가 적임이라 생각했다.

도로시는 내 제안을 듣자 흔쾌히 고개를 끄덕였다.

본인도 전투보단 행정 쪽에 어울린다는 걸 알고 있는 거겠지.

'자, 이제 준비는 됐고. 어디 어떻게 나오는가 지켜보실까?'

빌랑……. 아니, 서방이 어떻게 움직이는가.

'현재 빌랑의 힘 싸움은 크게 1왕자파와 2왕자파, 3왕자파로 나뉘었다고 했지. 그중 어느 쪽이 서방의 끄나풀인가. 그걸 알아내야겠어.'

지금 내 관심사는 그쪽이었다.

진격을 앞둔 빌랑의 군부 회의장.

빌랑의 대장군 진 하이삭은 속으로 한숨을 쉬었다.

'이렇게 단합력이 없어서야……'

윌프리드 국왕이 사망하기 전까진 그래도 군 규율이 이 정도는 아니었다. 스벤너라는 공공의 적이 있는 만큼 여차할 때는 하나로 뭉칠 수 있었다.

하지만 지금은 서로가 적이 돼 버렸다.

군부는 수십 개의 파벌로 나뉘어 버렸고, 자신만의 이득만을 생각하는 지경에 이르렀다.

이번 전쟁도 그랬다. 최대한 쉽고 약탈할 것이 많은 전선에 배치되려고 다투고 있었다.

이는 대장군인 그조차도 막을 수가 없었다.

"그만! 거기까지 해라!"

하이삭은 참다못해 일갈했다. 겨우 조용해진 회의장.

그는 고개를 절레절레 흔들며 가까이 있던 남자에게 눈짓했다.

"엘드릭 왕자님, 당신이 적극적으로 조율을 해 주셔야 합니다."

3왕자 엘드릭 슈바르처. 그는 십걸 중 하나로서 방랑 왕자라는 이명으로 불렸다.

빌랑 군부에서의 직급은 제3장군이자 왕가 직속 장군.

대장군인 진 하이삭은 십걸의 하위격인 20인의 군웅에 속해 있으니 대외적인 명성은 엘드릭 쪽이 높았다.

다만 십걸이라고 해서 대단히 칭송받는 건 아니었다.

동 세대에 이미 쥬라스가 있었으니까.

엘드릭의 경우엔 빌랑이 호사가들을 매수해 십걸로 만들었다는 이야기가 공공연히 흘렀을 정도로.

"흥, 하이삭. 지금까지 나 같은건 거들떠도 보지 않더니 본인 뒤가 급해지니 도움을 청하는 건가?"

"그건……."

1왕자를 지지하는 하이삭에게 엘드릭은 정적이었다. 그렇기에 지금까지 군부의 일에서 엘드릭을 의도적으로 배제했었다.

그것이 이젠 엘드릭이 스스로 세력을 구축함으로써 상황이 바뀌었다.

엘드릭은 십걸이라는 지위를 이용해 주변 세력을 빠르게 포섭해 현재 빌랑에서 유력한 삼세력 중 하나로 꼽히고 있었다.

"과거의 일에 대해선 왕자님도 이해를 하실 거라 생각합니다만."

"물론 이해는 하지. 내가 당신의 입장이었다고 해도 그렇게 했을 테니까. 하지만 그렇다고 '예, 그러시군요.' 하며 넘어갈 수도 없는 노릇이야. 어떤 형태로든 끝맺음을 지어야 하지 않겠나?"

"끝맺음이라고 하시면?"

"이제부턴 모든 군권을 내게 넘겨라. 그렇담 협조하지 못할 것도 없지."

"으음!"

하이삭은 불편한 기침을 흘렸다.

그 또한 결국엔 파벌 싸움을 하는 세력 중 하나라는 것이었다.

총대장이 그런 꼴이었으니 군부가 단합을 할 수 있을 리가.

그러던 중 2왕자파의 장군이 끼어들어 왔다.

"이대로는 진군만 무의미하게 늦어질 뿐입니다. 캘리퍼군은 이미 전선에 들어가 보급로를 확보하고 진지를 구축하고 있다고 합니다. 한시라도 빨리 결정을 내려야 합니다."

결국 양보를 한 것은 하이삭이었다.

"엘드릭 왕자님. 당신의 작전을 들려주시지요."

작전권을 간접적으로 넘긴 것이다.

이에 엘드릭은 씨익 웃더니 전도를 가리키며 고했다.

"하이삭, 이번 전쟁의 핵심은 무엇이라 생각하는가."

"시간제한입니다. 크로싱이 개입하는 순간 우리로서도 계속 공격하고 있을 수는 없는 노릇이니까요."

"그렇지. 그걸 생각하면 작전의 방향은 자연스럽게 나온다."

"자연스럽게……?"

"세상 이치. 열에서 시작하는 게 아니다. 모두가 하나에서부터 시작해 열로 가는 거지. 우리는 지금 크로싱의 개입이라는 열을 보았다. 그렇담 우리가 취해야 할 작전은 그 열을 늦추는 거다. 쉽게 말해 열이 아니라 열다섯을 만들어 버리는 거지."

엘드릭은 그렇게 말하며 전도에 놓여 있던 장기말 7할을 모조리 남부 쪽으로 밀어 넣었다.

이에 군부가 웅성였다.

"남부에 전력을 집중하자는 겁니까!?"

"그래, 캘리퍼 남부를 집중 공격하여 일대를 마비시키는 거다."

그 경우 남부로 향하던 크로싱의 병력도 발이 묶이게 된다. 이후엔 육로가 아닌 해로를 사용하는 수밖에 없다.

이는 결과적으로 크로싱이 개입하는 시간을 늦추게 된다.

"하지만 그 경우 보급로를 만들기가 무척 어렵습니다. 서부와 남서부 쪽에 배치되어 있던 캘리퍼의 병력이 허리를 끊으려 할 겁니다. 게다가 육로가 막혔다는 걸 안 크로싱이 마음을 바꿔 즉각 참전을 할 수도 있어요! 그랬다간 자칫 우리 쪽이 고립될 수도 있습니다!"

"캘리퍼에 대해선 하이삭, 네가 나머지 병력으로 막아라. 그리고 크로싱은 결코 개입하지 않을 거다."

"어디서 그런 확신이 나오는 겁니까?"

"쥬라스 파밀리온. 그 녀석에 대해선 내가 가장 잘 안다. 그놈은 결코 섣불리 움직이려 들지 않을 거야. 캘리퍼의 피해 따위, 자신의 큰 그림을 위한 자그마한 희생이라고 생각할 테지. 녀석은 그런 놈이야."

"으음……!"

"남부에 전력을 집중해 단기적으로 큰 전과를 만들어 내겠다. 여차하면 더 위로 올라가 알펜서드를 노릴 수도 있겠지. 그렇게 되면 서부와 남서부에 있던 병력도 발에 불이 떨어진 듯 본토로 돌아올 거다."

전쟁의 형태로는 괜찮았다.

엘드릭은 그 작전을 위한 군 편성을 일일이 지시하고는 군부 회의가 끝나자 도망치듯 밖으로 나왔다.

그러고는 빠른 걸음으로 인적이 없는 곳으로 향했다.

"우웨에엑!"

속에 있는 것을 게워 내는 엘드릭. 그는 저주하듯 중얼거렸다.

"역겨운 놈들! 어찌 저리 역겨운 놈들이 군의 핵심에 있단 말인가……!"

오직 자기 자신의 이득만을 위해 움직이는 자들. 자신의 이득을 위해서, 세력의 부흥을 위해서 그 어떤 짓도 불사하는 냉혈한들.

엘드릭은 그 모든 것이 빌랑이라는 국가의 형태 때문이라고. 자신의 아버지 때문이라고 생각했다.

'내가 무너뜨리겠어. 빌랑은 내가 다시 세우겠다!'

한바탕 속을 게워 낸 그는 거친 숨을 몰아쉬었다.

그런 그에게 두 명의 인물이 다가왔다.

"왕자님, 괜찮으십니까?"

"아아, 카시우스……. 그리고 달모어까지."

"안색이 좋지 않으십니다."

"괜찮다. 잠깐 속이 좋지 않았던 것뿐이니."

둘을 바라보는 엘드릭의 눈에는 자애가 넘쳐흘렀다.

그는 자기도 모르게 미소를 짓더니 둘의 어깨를 쓰다듬었다.

"너희들은 그 순수함을 언제까지고 간직하고 있어야 한다. 잊지 말거라. 모두가 한마음으로 힘을 합치면 이루지 못할 것은 없어. 그 어떤 역경도, 어떤 막강한 적도 무찌를 수 있다. 빌랑을 다시 세우고, 크로싱도 무너뜨릴 수 있어. 그 흉악한 괴물…… 쥬라스 파밀리온을 끝장낼 수 있다!"

이에 달모어가 우스꽝스러운 근육맨 자세를 취하며 답한다.

"물론입니다, 왕자님! 우리는 지금까지 그렇게 해 왔고, 앞으로도 그럴 거예요! 저희를 믿고 의지해 주십시오!"

"훗, 달모어. 너의 명랑함에는 언제나 치유를 받는구나."

"제가 할 수 있는 건 그런 것밖에 없으니까요. 왕자님과 카시우스를 지탱하는 것! 제겐 그것뿐입니다!"

엘드릭은 기분이 한결 좋아졌는지 안도의 한숨을 내쉬었다.

"카시우스, 너는 잠깐 얘기 좀 하자꾸나. 이번 작전에 대해 하고 싶은 말이 있다."

"엑!? 맛있는 거라도 먹으러 가는 겁니까!? 그런 거라면 저도 끼워 주십시오!"

"하하핫, 그런 게 아니다. 넌 쉬고 있거라."

혼자 남겨진 달모어는 시무룩하며 어깨를 축 늘어뜨렸다. 그를 알고 있는 몇몇 병사들은 '또 저러고 있네.'라며 피식 비웃는다.

달모어는 그 병사들에게 과장된 몸짓으로 화를 내고는 자신의 막사로 향했다.

그러던 중. 그는 무언가의 표식을 발견하고 막사의 한 지점으로 이동했다.

그곳에 뷜랑의 군복을 입은 남자가 있었다.

달모어는 너털웃음을 지었다.

"헤헷, 이런 곳에서 뭐 하고 있는 겁니까? 사식이라도 먹으려는 거라면 저도 끼워 달라고요."

"……말벌. 쥬라스 님이 너의 기여를 원하신다."

"……."

이에 달모어는 주위를 한번 둘러보고는 낮게 말했다.

"16번 특무장교 보웰. 어떤 질문에도 대답할 준비가 되어 있습니다."

그의 말에 더 이상 경박함은 보이지 않았다.

7장

빌랑의 진군 소식이 전해진 건 내가 엘튼에 진을 치고 3일이 된 새벽에서였다.

"보고드립니다! 빌랑의 대군이 국경 부근을 타고 남부로 진군! 오늘 밤중으로 달리아 지역에 진입할 것 같습니다!"

"달리아에……?"

내가 하사받은 영지 모브레이가 위치한 남부 구역 달리아. 빌랑은 그곳을 목표로 진군하고 있었다.

내 곁에 있던 퍼지 형이 전령을 닦달했다.

"적의 숫자는? 대군이라고 하면 얼마나 되는 거냐."

"추정 7만에서 9만 정도라고 합니다!"

"병력의 7할 가까이를 남부에……?"

빌랑의 과감한 한 수.

"……알스."

"예, 적이 제법 강단 있는 선택을 했네요."

당초 우리 군부는 빌랑이 국경 부근의 땅을 약탈하며 가시적인 이득만 취하리라 판단했다. 그렇게만 해도 우리에게 충분한 타격을 줄 수 있기 때문이다.

"적의 의도는 남부를 마비시켜 크로싱의 군대가 마돈 구역으로 이동하지 못하게 막으려는 겁니다. 그러면 크로싱이 개입할 시기를 늦출 수 있다고 판단한 거죠."

"하지만 그럴 경우 보급로가 취약해질 텐데?"

퍼지 형의 말이 맞았다. 옆을 보지 않는 일점 돌파는 빈틈이 많기 마련.

만약 남부로 진군한 군대가 조금이라도 시간이 끌리면 전황은 급격히 우리 쪽으로 기운다. 서부에 있던 우리의 제1군이 밀고 내려오며 전선을 압박할 테니까.

"예, 그러니 적은 속전속결로 움직여 전황을 유리하게 만들려 할 겁니다. 그 방법이라고 하면 둘밖에 없죠."

힘을 뭉쳐 핵심이 되는 도시를 하나 공략하든가. 반대로 힘을 분산시켜 대규모 유격 작전을 펼치는 것이다.

"이때 빌랑은 반드시 후자를 선택할 겁니다."

"그, 그건 어째서야?"

도로시가 이해가 가지 않는다며 묻는다.

"유격군을 많이 편성하면 보급이 불안정해지는걸? 방금 전에 퍼지 장교님이 말했듯이 빌랑의 약점은 보급이잖아? 차라리 지금은 병력을 한곳에 뭉쳐서 핵심 도시를 무너뜨리려 하지 않을까?"

"본래라면 그렇게 했을지도 모르지. 다만 지금 빌랑은 사정이 특수하거든."

"특수하다니?"

"그쪽은 지금 군부의 단합력이 부족해. 내가 들은 것만 해도 군부 내에 파벌이 10개는 넘는다고 들었어."

"아……!"

"그런 군대로 공성전이라도 해 봐. 난리가 날걸? 공성전은 누군가의 희생이 꼭 필요한 형태니까."

그런 만큼 이번 작전은 묘수가 된다.

적은 각각의 파벌을 유닛으로 하여 유격 부대를 편성할 거다. 파벌을 역이용하여 군의 불협화음을 줄이는 것이다.

취약한 보급에 대해서도 유격 작전을 통한 약탈로 충당할 생각이겠지.

'적장이 누구인지는 모르겠지만 제법인데? 게다가 이 불필요하게 호전적인 수법…….'

나는 확신하고 있었다.

이 작전을 제안한 장군과 그 세력이야말로 서방과 이어져 있을 거라고.

개전에 들어간 뷜랑과 우리 캘리퍼의 전쟁.

후방에 위치해 있던 나는 당장 움직일 필요가 없었다.

다른 요청이 없는 한, 수도로 향하는 엘튼과 호튼을 수비하고만 있으면 된다.

나는 군에 경계 태세를 명령한 뒤 첩보원들의 정보를 정리하고 있었다.

여기서 판명된 사실이 하나 있었다.

'엘드릭 왕자가 이번 작전을 발안했다는 건가.'

여기에 크로싱의 첩자 달모어 스팅이 전해 온 극비정보에 따르면 엘드릭 왕자는 이후에도 카시우스 로이드를 비롯한 몇몇 인물들과 비밀리에 회담을 가졌다고 한다.

그 회담에 달모어 자신은 참가하지 못했다고.

이에 대해 달모어는 자신이 서방과 관련되지 않은 탓에 끼지 못한 게 아닐까 추측했다.

'무서운걸.'

이 달모어의 보고가 지닌 의미는 다른 게 아니었다.

애초에 쥬라스 녀석은 엘드릭 왕자가 서방과 내통 중이라는 걸 알고 있었다는 뜻이다.

"……?"

그때 나는 묘한 위화감에 몸을 떨었다.

'쥬라스가 엘드릭 왕자의 비밀을 이미 알고 있었다고? 그렇다면 그건 언제부터지? 키메라 전쟁 때에 알았던 건가?'

쥬라스가 준 정보에 따르면 달모어가 뷜랑에 침투한 시점은 5년 전.

다만 엘드릭 왕자와 긴밀한 관계를 맺기 시작한 건 키메라 전쟁 때부터다. 전쟁에서 좋은 모습을 보인 카시우스와 함께 엘드릭 왕자의 눈에 띄어 발탁을 받았다.

모양새만 보면 키메라 전쟁 때 정체를 알았다고 해도 이상한 건 아니다.

'하지만 쥬라스 녀석은 그 2년 전인 삼사자 전쟁 때부터 서방을 경계하고 있었어. 서방이 대륙 진출에 대한 야욕을 가지고 있다는 건 그 당시에 알고 있었던 거지.'

여기서 두 가지 가설을 세울 수 있다.

첫 번째는 이 당시에 쥬라스가 엘드릭 왕자의 내통을 몰랐다는 것.

그 경우엔 그냥 서방 본토의 군대를 유인하기 위해 베카비아를 미끼로 사용했다고 보는 편이 맞다.

문제는 두 번째의 경우다. 그 당시에, 아니 그 이전부터 이미 모든 걸 알고 있었다면. 엘드릭 왕자가 대리인을 통해 국가를 일으키고 그걸 서방에 갖다 바치려는 속셈을 알고 있었다고 한다면?

어떤 인물의 인상이 완전히 바뀌어 버린다.

"아니, 그럴 리는……!"

머리가 지끈 아파 왔다.

"알스 님, 괜찮으십니까?"

내가 이마를 짚자 에오가 걱정스럽다며 물었다.

"꿀물이라도 내올까요?"

"응……. 그래 줄래?"

나는 머리를 비울 겸, 에오가 타 준 꿀물을 마시며 스토리를 적어 둔 책을 잠시 읽어 보기로 했다.

현재 빌랑 진영에 있는 인물들 위주로 살펴보기로 했다. 잘 살펴보면 그 인재를 내 쪽으로 영입할 수 있는 힌트를 얻을 수 있었으니까.

그러던 내 시선이 멈춰 선 곳은 리세르 할드라스라는 인물의 설명이었다.

—자신보다 강한 자를 찾고 있던 리세르. 그는 주인공의 무용담을 듣고 찾아간다. 벌어진 결투에선 푹 꺼진 땅에 발을 헛디디며 무릎을 다치지만 굴하지 않고 무승부를 거둔다. 이후 주인공이 다친 자신을 배려해 줬었다는 것을 깨닫고는 감복. 무릎이 완치된 후 정정당당한 대결을 펼쳐 주인공에게 패배하고 휘하에 들어간다.

리세르는 나도 눈독을 들였지만 조건이 까다로워 영입하

지 않은 인재였다.

리세르의 무력은 93으로 에오와 동급. 내가 일대일 대결로 녀석을 굴복시키기란 불가능했다.

공식 무력 수치 97의 주인공이 리세르를 이겼다는 건 납득이 갔으나 문제는 그 시기였다.

주인공이 무용담을 떨치는 건 아카데미 연무대회가 끝난 이후. 즉, 펜실론 아카데미 1학년 이후의 이야기다.

'뭐지? 사건 발생 시기가…… 앞당겨졌다?'

원인은 뻔하다. 세부 스토리가 바뀌었기 때문이다.

이 세계의 카시우스는 게임과 달리 지금 시점에도 명성이 높았다. 빌랑 3왕자파의 젊은 무인으로서 말이다.

나는 다른 부분도 확인을 해 보았다.

'역시. 아예 발생하지 않은 사건들도 있지만 몇몇 사건들은 예정보다 일찍 발생했어. 키메라 전쟁도 마찬가지야. 미묘하지만 게임보다 일찍 개전했고.'

나는 쥬라스의 빌랑 국왕 암살 이후 스토리가 완전히 망가졌다고 생각했다.

하지만 그마저도 스토리의 근간을 부숴 버리지 못했다고 한다면?

예를 들어 키메라 전쟁이 그렇다.

삼사자 전쟁 이후 자멸했어야 할 베카비아가 어떻게든 명맥을 유지했다. 그 반대로 멸망하지 않았어야 할 마돈이 내 탓에 멸망했다.

그런 커다란 나비효과가 있었음에도 키메라 전쟁은 발발했다.

리세르 할드라스의 건도 비슷하다. 자신보다 강한 자를 찾는다는 목적의 이면에는 새로운 바람을 불러올 젊은 주군을 모시고 싶다는 열망이 있었다.

그 타당성이 이번 세계에서도 그가 카시우스를 찾아가게끔 만들었다.

그렇게 일어나게 될 필연. 즉, 타당성을 지니고 있는 사건은 그 디테일이 달라진다 할지라도 여전히 발생하게 된다는 뜻이다.

그런 결론에 이르자 나에겐 새로운 판이 보이기 시작했다.

앞으로의 스토리. 당겨지기 시작한 시기. 타당성을 지닌 사건.

떠오르는 건 하나밖에 없었다.

개전 6일 차.

길버트 살레온은 조마조마한 얼굴로 누군가를 기다리고 있었다.

그는 불안한 듯 계속해서 주변을 곁눈질했다. 언제 어디서 자신에게 해코지를 할까 두려웠기 때문이다.

그가 있던 곳이 빌랑의 왕궁이었으니 그럴 만도 했다.

'빌랑이 나를 죽일 리는 없겠지만…….'

알스가 말한 대로라면 빌랑은 전쟁을 좋게 끝낼 생각이다.
외교관으로 파견된 길버트를 죽이는 선택 따위 할 리가 없다.

'여러모로 곤란한 상황에 처했군.'

현재 캘리퍼 내에선 그에 대해 안 좋은 소문이 퍼지고 있
었다.

그가 케스퍼를 사주해 조제트를 죽인 것이 아니냐는 이야
기가 떠돌았기 때문이다.

타이밍 좋게 길버트가 케스퍼의 살해 현장을 적발한 것으
로 인해 의심이 증폭됐다.

그 모습은 마치 케스퍼를 이용한 뒤 토사구팽을 한 것처럼
보였으니까.

'밀리아스 후작가의 자본을 집어삼키려 하긴 했지만 이런
형태는 아니었는데…….'

그런 상황에서 큰 실책까지 범했으니 입지가 흔들릴 수밖
에.

그러니 이번 외교전에서 어떻게든 만회를 해야 했다.

"음, 기다리게 했군."

"오스카 왕자님!"

빌랑의 1왕자 오스카 슈바르쳐는 길버트를 보며 입꼬리를

올렸다.

"그래서, 살레온 가문의 실질적인 당주께서 이곳까지 어쩐 일이신가?"

"시치미를 떼시긴요. 오해를 풀어야 하지 않겠습니까."

"홋. 오해라니."

"우리가 윌프리드 국왕 폐하를 암살했다는 것 말입니다. 이런 터무니없는 누명은 우리로서도 굉장히 불쾌하고 분노스러운 일입니다. 다만 그 분노를 향할 대상이 당신들 뷜랑이 아니라는 건 잘 알고 있습니다. 그건 당신들도 마찬가지입니다. 우리가 적대해야 할 곳은 따로 있습니다."

"그게 대체 어디란 말인가."

"우리들을 속인 자들이겠지요. 물론."

"누가 우리를 속였단 말인가? 하하, 처음 듣는 얘기인데."

길버트는 그 얄미운 연기에 이를 악물었다.

"서방의 야만인들입니다. 정황상 분명합니다."

길버트는 알스가 했던 말을 그대로 읊었다. 이에 오스카 왕자는 눈매를 좁혔다.

"제법 설득력이 있군."

"그렇다면……!"

"잘 알겠네. 차근차근 검증해 보지. 그때까지 느긋하게 기다리게나."

"아니 됩니다! 그렇담 적어도 그때까지 휴전을……!"

"자네도 알다시피 최근 우리는 단합력이 부족해서 말이야. 내 말을 곱게 들어먹지는 않을 것 같군. 신중하게 진행하라고 말은 전해 놓겠네."

"……!"

애초에 뷜랑도 국왕 암살의 주범이 캘리퍼가 아니란 것 정도는 알고 있었다.

그저 근질근질한 몸을 달래기 위한 샌드백과 그 샌드백을 두들길 명분이 필요했을 뿐.

오스카 왕자는 더 이상 할 말이 없다며 엉덩이를 뗐다.

"잠시 기다려 주십시오! 조금만 더 이야기를……!"

"더 이상 얘기해 봤자 보람이 없을 것 같아서 말이야. 이야기의 진전이 있거든 내가 찾아오겠네."

길버트의 애원에도 매몰차게 등을 돌리는 오스카. 그때 그의 곁으로 군부대신으로 보이는 자가 다급히 달려왔다.

군화 소리가 난폭하게 울리자 오스카는 눈살을 찌푸린다.

"무례하구나. 장소를 구별할 줄 모르는 것이냐."

"소, 송구합니다. 워낙 긴급한 사안인지라."

군부대신은 길버트가 듣지 못하게끔 오스카 왕자를 이끌고 자리를 옮겼다.

길버트는 무슨 일이 일어났나 싶어 고개를 쏙 내밀었다.

오스카는 멀지 않은 곳에서 이야기를 나누고 있었다. 이야기를 끝마친 그의 표정은 굳어 있었다. 조금 전까지 여유로

웠던 표정은 온데간데없었다.

그러고는 다급한 발걸음으로 길버트에게 돌아왔다.

"길버트, 아까 했던 이야기를 계속하지. 양자 간의 휴전이 었나? 좋네, 그리하세나."

"……예?"

갑자기 바뀐 태도.

정치력에 한해선 최고 레벨에 있던 길버트는 그 모습에서 뭔가를 캐치해 낼 수 있었다.

'전황이 바뀌었구나!'

무슨 이유인지는 모르겠지만 빌랑을 안달복달하게 만들 만한 사건이 벌어졌음이 분명했다.

길버트는 곧장 표정을 바꿨다.

"너무 성급하신 것 아닙니까?"

"뭐라고?"

"차근차근 검증을 해 나가자고 한 것은 왕자님이 아니셨습니까. 저는 그러기로 결정했습니다. 천천히…… 얘기를 해 보지요."

"이놈……!"

"오늘은 일단 물러가 보겠습니다. 추후 다시 이야기하시지요."

자리를 빠져나온 길버트는 곧장 정보 수집에 들어갔다. 어떤 사건이 발생했기에 저 얄미운 놈이 그런 표정을 지은 것일까.

'아버지가 전투에서 승리를 거둔 건가? 그도 아니면 헬리안 계파 쪽에서? 뭐가 됐든 저놈이 저러는 걸 보면 우리가 승전을 거둔 거로군.'

그러나 딱히 캘리퍼가 승전했다는 소식은 아니었다.

첩보원에게서 그 보고를 받은 길버트의 사고는 순간 얼어 버렸다.

"다, 다시 말해 봐라."

"옛, 에우로페 왕국이 툰카이 왕국을 침공했다고 합니다! 연이어……."

역사적 앙숙인 에우로페와 툰카이의 전쟁.

여기서 끝이 아니었다.

지난 전쟁에서 툰카이에게 앙심을 품고 있던 베카비아가 이때다 하며 툰카이를 침공했고.

이에 스벤너가 우방인 툰카이를 돕기 위해 역으로 에우로페를 침공.

서방 민족은 이 예상치도 못한 상황에 만세를 부르며 재빨리 병력을 끌어모아 스벤너와 함께 뷜랑의 서부를 침공했다.

마지막으로 알바드까지 에우로페와 협정을 맺고 에우로페를 경유해 스벤너의 북부를 타격하면서 난장판이 벌어지기 시작했다.

꼬리 전쟁.

스토리대로였다면 1년 뒤에 벌어져야 할 대사건이 이 시점에 발생한 것이다.

커져 버린 판세.

어느 정도 예상을 하고 있던 나조차도 아연해질 정도였다.

"어째서…… 이렇게 된 거야?"

도로시는 말을 잇지 못했다.

전쟁을 하고 있지 않은 국가는 중립국 발라스와 관망하던 크로싱뿐. 그 외의 국가 모두가 전시 상황에 돌입했다.

이렇게 되자 뷜랑의 입장이 굉장히 난처해졌다.

뷜랑이 우리를 샌드백 취급하며 억지 명분으로 쳐들어올 수 있었던 이유는 그래 봤자 자기들을 건드릴 만한 세력이 없었기 때문이다.

그나마 있다면 스벤너와 서방 민족뿐이었지만 그 둘은 지난번 키메라 전쟁 이후로 몸을 사리고 있었다.

괜히 다시 전쟁을 일으켰다간 반스벤너 연합이 결성되어 집중포화를 받을지도 몰랐기 때문이다.

"힘자랑을 하러 왔다가 괜한 벌집을 들쑤신 거지."

뷜랑의 실책은 억지 명분을 들이댔다는 점이었다.

전쟁에 있어서 가장 중요한 건 명분이다. 명분이 없는 전쟁은 다른 이들의 비난을 받고, 아군의 사기마저 떨어뜨리게 된다.

빌랑은 그 명분을 너무 쉽게 생각했다.

딴에는 국왕 암살의 주범을 캘리퍼로 지목하긴 했지만 이걸 곧이곧대로 믿는 국가는 단 한 곳도 없었다.

모두가 빌랑이 억지로 명분을 만들어 쳐들어간 거라 생각했다.

지난 베카비아 전쟁으로 약화된 툰카이를 호시탐탐 노리고 있던 에우로페는 빌랑이 스타트를 끊어 주자 망설이지 않고 곧장 툰카이를 침공해 버렸다.

이것이 도미노처럼 상황을 만들었다.

이렇게 돼 버리자 서방과 스벤너는 눈치를 볼 필요가 없어졌다. 상황상 반스벤너 연합이 결성될 리 만무했으니까.

"알스, 이제 어떻게 해야 하는 걸까……?"

"지금 상황에서 우리가 해야 하는 건 하나밖에 없어."

우리 영토 남부로 깊숙이 들어온 빌랑의 군대는 이제 죽은 말이 돼 버렸다.

이걸 왕가도 알고 있는지 곧장 그런 명령이 떨어졌다.

침투해 온 빌랑의 군대를 하나도 빠짐없이 말살하라는 명령이.

지금껏 우리는 수동적인 움직임을 취하고 있었다.

괜히 전면전을 벌였다가 병력의 피해를 입으면 우리만 손해였기 때문이다.

빌랑과 우리의 국력 차이는 어림잡아 2~3배. 우리가 마돈의 영토를 일부 점령하면서 땅덩어리의 크기는 그렇게까지 차이가 나지 않았지만 인구, 식량 생산량, 광물 자원, 수상 자원 등등. 어느 것 하나 빌랑에 앞서는 것이 없었다.

그러니 되도록 교전을 피한 채 주요 요새에서 농성을 하며 마을 주민들을 대피시키는 작업에만 집중하고 있었다.

빌랑 쪽도 딱히 교전을 하기보단 약탈하는 데에만 집중하며 개전 일주일 차가 되는 지금까지도 마땅한 전투가 일어나지 않았다.

그 입장이 완전히 뒤바뀌었다.

"전군 전진! 우리 목표는 후퇴하고 있는 적의 유격군이다!"

나는 6천의 병력을 이끌고 빠르게 남하했다.

군을 여러 갈래로 나눈 빌랑은 후퇴가 늦을 수밖에 없었다.

그런 그들의 병력에 대해 말살령이 떨어져 있었다. 감히 우리 영토를 약탈한 자들을 살려 보내지 말라는 왕명이 떨어진 것이다.

"장군님! 전방 10km 지점에 적의 군세가 확인됐습니다! 적은 아직 우리를 파악하지 못한 듯합니다!"

"숫자는?"

"3천에 달합니다! 게다가 그 숫자가 점점 늘어나고 있는 것 같습니다."

"과연, 후퇴를 위한 집결지라는 건가⋯⋯."

내가 지금 6천의 군대를 이끌고 간다면 적은 도주를 해 다른 곳에 집결지를 새로이 만들 게 분명했다.

'이 기회를 놓칠 수 없지.'

나는 저물어 가고 있는 하늘을 올려다보았다.

"좋아, 어디 한번 해 볼까. 가스파르! 퍼지 형님!"

나는 둘에게 2천씩을 떼어 내 크게 우회시켰다.

그 후 내가 직접 2천의 병력을 이끌고 적의 코앞으로 향했다.

후퇴를 준비 중인 빌랑의 군영.

그곳을 지휘하고 있던 크리스티안 펠츠는 들어온 보고에 미간을 찌푸렸다.

"엘튼에서 남하한 병력이라고 했나?"

"그렇습니다! 추정 2천의 병력이 지근거리까지 다가왔습니다."

"엘튼인가⋯⋯."

엘튼과 호튼은 유격 작전의 범위 바깥에 있는 도시였다.

진지하게 수도 알펜서드를 노린다면 공략을 해야겠지만 당장은 그럴 생각이 없었기에 그 근방으로 향한 병력은 없었다.

당연히 첩보망도 얕았다.

"적장은?"

"정보에 따르면 알스 일라인이라는 왕가 직속 장군인 모양입니다."

"아, 아아. 그래. 알고 있다. 캘리퍼가 사관생을 제2장군에 임명했었다고 했었지 아마?"

워낙 쇼킹한 일이었기에 다른 국가에도 소문이 나 있었다.

캘리퍼의 국왕이 노망이 난 게 아니냐는 소문이.

"흠, 과연. 그런 건가."

펠츠는 알스가 젊은 혈기를 주체하지 못하고 전공을 따내기 위해 남하했다고 넘겨짚었다.

"어찌할까요."

"신경 쓸 필요조차 없는 놈들이긴 하지만……. 거슬리긴 하는군."

알스의 군대가 후퇴하는 자신들의 꼬리를 쫓으면 귀찮아진다. 그렇게 판단한 펠츠는 미리 처리해 두기로 마음먹었다.

"전투준비! 놈들을 무찔러 쫓아내겠다!"

그는 집결지에 500의 병력을 놔두고 2,500의 병력으로 알스의 진지를 공격했다.

이 모습에 알스는 기다렸다는 듯 소리쳤다.

"응전하지 말고 물러나라!"

이를 본 펠츠는 알스의 목적이 꼬리 물기에 있다고 확신했다.

자고로 후퇴 작전에 있어 추격군이 있는 것과 없는 것은 대단히 큰 차이가 있다.

설령 추격하는 상대의 병력이 더 적다고 해도다.

'집결지에 다른 부대가 도착하는 시간은 오늘 밤…… . 최종 집결지로의 후퇴 시간은 자정이었지. 그 상황에서 추격을 받는다면 골치 아프겠어.'

추격을 당하는데 심지어 그게 야전이다? 어떤 혼란이 일어날지 알 수 없었다.

그렇기에 펠츠는 알스의 병력을 최대한 멀리 쫓아내기로 했다.

그렇게 1시간여를 추격했을까. 적의 병력을 충분한 지점까지 쫓아낸 펠츠는 회군 명령을 내렸다.

"이쯤 하면 됐다. 진영으로 돌아가겠다!"

그렇게 집결지로 되돌아가려던 때였다.

"멍청한 놈."

그런 비웃음이 흐름과 동시였다.

"쳐라!"

에오니아의 호령과 함께 양옆에서 캘리퍼의 부대가 덮쳐 들어 왔다.

"기습이라고!?"

펠츠는 눈을 부릅떴다.

알스의 병력을 추격하면서 기습에 대해선 충분히 주의를 해 왔다. 거리를 두고 척후를 두어 바깥에서 접근하는 병력을 계속 경계했다. 그런데도 기습을 당하다니.

'뭔가 이상해!'

바깥에서 접근한 병력이 기습한 게 아니라면 이건 지근거리에서 대기하던 매복군이라는 뜻이 된다.

하지만 매복에 대해서도 주의를 했다. 무엇보다 매복 작전은 정해진 지점에 상대를 유인해야 한다는 선제 조건이 있다.

지금 자신은 별다른 기준을 두지 않고 회군을 결정했다. 그것이 마침 적의 매복 지점이라는 건 너무 공교롭다.

"설마!"

펠츠는 그제야 알스가 쳐 놓은 함정이 무엇이었는가를 눈치챘다.

외부 군에 의한 기습은 없었다. 미리 매복하고 있던 군대도 없다.

그렇다면 지금 양옆을 찌르고 들어온 군대는 무엇인가.

그건 알스가 퇴각 도중 양 날개로 펼쳐 놓은 선진의 병력이었다.

펼쳐 놓은 양측의 병력이 꼬리가 물린 후진과 횡대를 이루며 나란히 후퇴를 하다가 상대 병력이 회군을 결정하며 속도를 죽이자 순간 날개를 접듯이 내려앉으며 양옆을 포위한 것이다.

그러니 첩보에 걸릴 리가 만무했다. 이건 매복군도, 외부에서 온 군대도 아니었으니까.

그저 전술이었을 뿐.

만약 해가 떠 있는 상태였다면 눈치를 챘을지도 모른다. 눈으로 볼 수 있었을 테니까.

하지만 해가 저물어 시야가 좁아진 지금 상황에선 파악하기가 어려웠다.

"젠장! 제법 하는구나! 하지만……!"

적의 전술이 무엇인가를 알았다면 대처도 간단하다.

"당황하지 마라! 적에게 증원은 없다! 숫자는 우리가 더 많아! 힘을 응축해 받아쳐라!"

그 말대로. 증원이 없었기에 병력의 숫자는 알스 쪽이 더 적었다.

다만 야전에 대해 어떤 준비를 해 왔느냐가 우위를 갈랐다.

"서로 간의 표식을 확인해라! 그것이 야전에서의 빛이 될 거다!"

캘리퍼 병사들은 서로 간의 표식을 확인하며 피아를 빠르게 구별한 반면, 빌랑의 병력은 야전에 대한 준비가 미흡했다.

이러한 차이는 시간이 지날수록 커졌다.

혼란하기 시작한 빌랑의 병사들. 이는 알스가 공포감을 조성했기 때문도 있었다.

알스의 명령을 받은 캘리퍼의 장교들이 계속해서 '제때 도착했군!', '아직 늦지 않았다! 함께 적을 공격해라!', '우리가 도우러 왔다, 함께 적을 무찌르자!' 등등, 외부에서 지원을 온 것 같은 제스처를 취했기 때문이다.

그걸 눈으로 확인할 수 없었던 빌랑의 병사들은 정말로 지원이 왔다고 생각하여 겁에 질려 버리고 만다.

"아, 아니다! 적의 지원은 없다고 하지 않았나! 당황하지 마라!"

이미 혼란이 일어난 시점에서 걷잡을 수 없어졌다. 탈영병이 나오기 시작하며 규율이 무너졌다.

그렇게 생긴 틈을 에오니아가 찌르고 들어왔다.

"하아앗!"

콰콰콰콱! 펠츠를 향해 쏘아지는 예리한 창격.

펠츠는 황급히 무기를 들어 공격을 막아 냈다.

"오호, 제법인걸. 이 공격을 막아 내다니 말이야."

"큭! 네놈은 뭐냐!"

"이 몸은 라니아! 알스 님의 가장 충직한 가신이다!"

펠츠는 무기를 꽉 쥐었다.

이 전황을 뒤집으려면 적의 핵심 장교를 처리할 필요가 있었으니까.

"웬 계집이 이곳에 있는지는 모르겠지만 함부로 내 앞에 나타난 걸 후회하게 해 주마!"

"흥, 기세는 칭찬해 주마!"

놀랍게도 펠츠는 에오니아와 호각에 가까운 대결을 펼쳤다.

뷜랑 군부에서도 손꼽히는 실력자가 그였다. 장군은 아닐지라도 개인 무력만 따지고 보면 상위권에 있었다.

다만 오늘은 상황이 좋지 않았다.

에오니아와 달리 병력의 지휘까지 신경을 써야 했던 펠츠는 빈틈을 내주고 말았다.

푹! 어깨에 창을 찔려 피를 흘리며 물러나는 펠츠.

그는 이미 기울어 버린 전황을 보며 이를 악물었다.

"이 이상은 안 되겠군. 후퇴한다!"

그는 부하들의 도움을 받으며 집결지를 향해 퇴각을 시작했다.

"앗! 기다려라!"

전공을 쌓고 싶었던 에오니아는 그를 쫓으려 했지만 알스가 만류했다.

"그만해. 어차피 저쪽에 대해선 조치를 취해 놨으니까. 지금은 주변 병력을 처리하는 게 우선이야."

"으으……. 예."

지리멸렬하게 패퇴하는 빌랑의 병사들.

알스는 그들을 포로로 잡는 작업에 착수했다.

패주한 펠츠는 400가량의 병력으로 부리나케 집결지로 돌아왔다.

그곳엔 2천의 부대가 막 합류해 있었다.

"펠츠 군장님! 어디서 그런 부상을……!"

"적의 함정에 빠지고 말았다. 알스 일라인……. 얕봐선 안 되는 놈이었어……!"

"적의 추격에 대비하겠습니다!"

"그 부분은 괜찮다. 적도 뒤처리를 하는 데 시간이 걸릴 테니까. 그보다 어서 후퇴를 하도록 하지. 놈들이 태세를 갖추기 전에 물러나야 한다. 괜히 꼬리를 잡혔다간 더 큰 피해를 입을 거다. 어서 최종 집결지로 가자!"

"옛! 당장 후퇴 명령을 내리겠습니다!"

그러나 알스가 그렇게 어수룩할 리가 없었다.

후퇴 준비를 하는 빌랑의 군대를 노려보는 야성의 눈이 하나.

"크핫! 애송이가 먹음직한 밥상을 차려 놨군. 어디 얼마나 맛있는지 확인해 보실까. 인마들아, 쳐라!"

집결지의 병력을 덮치는 가스파르와 퍼지의 병력. 도합 4천의 부대가 집결지의 병력을 습격했다.

펠츠로서는 놀라 자빠질 만한 일이었다.

"대체 언제!? 서, 설마 이 내가 손바닥 위에서 놀아났다는 건가……?"

알스가 스스로 미끼가 된 건 적을 끌어 들임으로써 우회시킨 병력을 눈치채지 못하게 만들기 위함이었다.

사실 조금 전의 전투는 이기든 지든 크게 상관은 없었다.

주력은 이 우회한 병력이었으니까.

"으라아앗!"

마구 날뛰는 가스파르.

그는 야전에 있어 타의 추종을 불허하는 능력을 가지고 있었다.

적의 눈을 피해 병력을 우회시키는 것 따위 그에겐 일도 아니었다.

지금은 적에 비해 병력의 숫자마저 많았다.

"애거트! 내가 적장을 치겠다! 네가 내 주위를 정리해라!"

"알겠다고요! 가스파르 스승!"

가스파르는 곧장 펠츠가 있는 쪽으로 향했다.

가스파르는 개인 무력이 87 정도로 높은 편은 아니었으나

이는 전적으로 노쇠화와 자기관리가 부족한 탓이었다.

그는 전성기 시절엔 무력치 95로 일리야에 필적할 만한 무장이었다. 그 강자로서의 경험과 품격은 여전히 남아 있었다.

작정을 한다면 자신보다 강한 자를 상대로도 얼마든지 버틸 수 있다.

과거 일리야와의 대결에서 무려 400여 합을 겨룬 것만 봐도 알 수 있다.

가스파르는 적장의 발을 묶을 생각으로 펠츠를 상대한 것이었으나 펠츠가 어깨에 부상을 당한 것을 보자 생각을 바꿨다.

"크하핫, 풋내기 아가씨가 거하게 양념을 해 놓았군. 으라앗!"

"커헉!?"

푸확! 가스파르의 대검에 베여 솟구치는 피.

최고 지휘관인 펠츠가 사망하자 빌랑의 병사들은 급격히 전의를 상실하고 말았다.

8장

후퇴를 위해 최종 집결지 세테스 교차로에 모여드는 빌랑의 부대들.

야간행군조차 마다하지 않았기에 그 행동은 생각 이상으로 신속했다.

"제6번, 제레미아 유격대, 복귀했습니다!"

"잘 돌아왔다."

빌랑의 대장군 진 하이삭은 피곤한 표정으로 그들을 맞이하고 있었다.

전황이 바뀌고 나서, 그는 단 한숨도 잘 수가 없었다.

'설마 일이 이런 식으로 진행될 줄이야……'

서방과 스벤너가 손을 잡고 본토를 침공해 온 이상 이곳에 있을 수는 없었다. 뒤도 보지 않고 후퇴를 해야 했다.

내심 캘리퍼가 그냥 놓쳐 줬으면 했지만 그럴 일은 희박하다고 생각했다. 그랬다간 캘리퍼의 체면에도 스크래치가 생기기 때문이다.

마음껏 약탈하다가 자기 사정이 생겼다며 '내가 좀 일이 생겨서 돌아갈게. 이번 일은 없던 걸로 하자. 아팠다면 미안해.'라고 하는 걸 그냥 놓쳐 줄 수는 없는 노릇이니까.

"제4번 유격대 복귀했습니다. 적의 공격을 받았으나 격퇴하였습니다!"

"그래, 피해 상황은?"

"경미합니다!"

"후우!"

빠르게 후퇴를 해서 그런지 다행히 추격에 큰 피해를 받은 부대는 없었다.

지금까지 총병력 피해는 3천 정도. 유격대 하나가 전멸한 정도에 불과하다.

"하이삭, 북부의 병력이 아직이다만."

엘드릭 왕자의 물음에 하이삭은 걱정 말라며 가슴을 두들긴다.

"북부의 퇴각을 주도하고 있는 건 그 크리스티안 펠츠입니다."

"흥, 그런가. 네 오른팔을 그곳에 배치한 건가."

"아무래도 북부는 적의 지원병을 상대해야 할 가능성이 높으니까 말입니다. 펠츠에게 맡겨 두었습니다."

"하지만 그렇다곤 해도 너무 늦는 것 아닌가? 이미 대부분의 부대가 복귀했는데 말이야."

"아무래도 꼬리를 물린 게 아닐까 싶습니다."

그랬다면 꽤 피해가 있었을지도 모른다.

그래도 펠츠가 작전을 실패할 거라곤 생각지 않으나 그에게 돌아온 것은 비보였다.

"급보! 제11, 12, 13유격대 괴멸! 북부 병력의 퇴각은 사실상 실패했습니다!"

"뭐라고!? 대체 어떻게 하면 그렇게 된다는 거냐!"

"첩보에 혼란이 있어 정확하진 않지만 진영에 복귀한 잔병의 증언에 의하면 대대적인 야습을 당했다고 합니다!"

"당장 피해 규모를 집계해라!"

속속들이 들어오는 정보.

"15번 유격대가 당했습니다. 적군은 왕가 직속군으로 보입니다!"

"16번 유격대가 꼬리를 물려 후퇴 중입니다! 상대는 왕가 직속군입니다!"

빌랑의 북부 집결지를 습격해 전멸시켰던 알스는 줄줄이 소시지처럼 집결지로 다가오는 적 병력을 처리했다.

그 피해 규모를 집계한 하이삭은 순간 눈앞이 어지러웠다.

"도합 1만이나…… 당했다고? 페, 펠츠는. 펠츠는 어떻게 됐나!"

"전사하셨다고 합니다."

"허!"

풀썩 의자에 주저앉는 하이삭.

엘드릭도 놀라긴 마찬가지였다.

"왕가 직속군……? 엘튼에 주둔하고 있는 병력을 말하는 거냐?"

"맞습니다!"

"그쪽 부대는 허수아비라고 생각했는데 말이지. 적장은?"

"알스 일라인이라고 하는 젊은 장군입니다!"

"……?"

엘드릭은 자신의 뇌리를 스치는 기시감에 미간을 찌푸렸다.

"알스? 어디선가……."

캘리퍼 출신의 인물들을 하나하나 기억해 내던 그는 금방 떠올릴 수 있었다. 과거 살레온 공작가에서 자신에게 일침을 가했던 그 소년을.

황급히 세부 정보를 찾아본 그는 틀림없다 판단했다.

"그 아이가 장군으로……!?"

그조차도 예상하지 못한 일이었다. 그 어렸던 소년이 지금 장군으로 있다고 하면 누가 믿겠는가.

캘리퍼가 사관생을 장군으로 앉혔다는 얘기는 들었지만 그것도 국왕이 노망이 났다는 이야기가 핵심이었지 정작 장군이 된 인물에 대해선 별다른 얘기가 없었다.

그렇기에 당시엔 일라인이란 이름을 들어도 떠오르는 게 없었다.

사람, 당해 보고서야 깨닫는다고 했는가. 엘드릭은 그제야 알스에 대해 떠올렸다.

'잠재력이 있는 아이라고 생각은 했지만…….'

엘드릭은 알스에 대해 깊은 흥미를 느꼈다.

그때 그 비범했던 아이가 잠재력을 만개했다고 생각하니 가슴 안쪽에서 흥분이 솟구쳐 올랐다.

'꼭 내 사람으로 데려오고 싶군.'

당시엔 좋게좋게 영입 제안을 했지만 이젠 수단을 따지지 않기로 했다.

일단 포로로 사로잡고 회유를 한다.

그렇게 결정한 엘드릭은 자신의 부하들을 모아 두고 한 가지 작전을 하달했다.

추격에 들어간 캘리퍼군은 마찬가지로 세테스 교차로 부근에서 합류를 하였다.

서부, 남서부, 남부의 군이 한곳에 모여 뷜랑의 군대와 대치를 하고 있었다.

　11만과 11만의 대치.

　대장군 알티오르 살레온은 즉각 군부 회의를 개최하며 핵심 장교들을 소집했다.

　나는 서부로 향했던 올라프와 이야기를 나눈 뒤, 느긋하게 회의장으로 향했다. 왕가 직속 장군은 이런 부분에서 자유로웠기에 가능한 일이었다.

　"늦어서 죄송합니다."

　마음 같아선 말석에 앉고 싶었지만 서열이 있기에 그럴 수도 없었다. 나는 비어 있는 상석의 한자리에 앉았다.

　내가 자리에 앉기 무섭게 알티오르가 말한다.

　"들었네. 훌륭한 전과를 올렸다고 하더군?"

　"운이 좋았을 뿐입니다."

　"운이 좋았다?"

　"야전의 전개 양상은 일정 부분 운에 따르니 말입니다."

　"훗, 불필요하게 겸손을 떨 필요는 없지 않나. 이미 세부 보고는 받았네. 그건 칭송받아 마땅한 전략이었어."

　"……과찬이십니다."

　다른 장교들이 나를 바라보는 눈도 바뀌어 있었다.

　헬리안 공작은 '적당히 활약하지 않으면 또 난리 날지도 모른다?'라는 듯이 어깨를 으쓱인다.

'뭐, 이제부턴 내 관할 밖이니 상관없겠지.'

어차피 내가 지휘할 수 있는 건 기껏해야 1만이다.

소규모 교전에선 그렇다 처도 10만 이상의 군대가 격돌하는 이 상황에서까지 무언가를 해내기란 어려웠다.

"공작님, 왕도에서는 이 일에 대해 어떤 방침을 취하라 하였습니까."

내 물음에 헬리안은 침음성을 내었다.

"그것이 조금 애매하네. 폐하께선 우리 군이 입을 손해를 생각해서라도 이대로 뷜랑의 군대를 돌려보내도 괜찮다는 입장이시지만 아빌란 왕자님께선 다른 생각인 모양이야."

아빌란이라고 하면 국왕의 장남이자 왕위 계승자였다.

그렇다고 풋내기는 아니었다. 국왕의 나이를 생각해 보면 알 수 있듯. 아빌란 왕자의 나이도 61살로 굉장히 많았다.

"우리 국토를 유린한 적을 그냥 돌려보낼 수는 없다는 거지. 하여 적을 하나도 살려 보내지 말라는 말살령이 떨어졌던 거네."

"하지만 정면에서 부딪치는 건 위험 부담이 있습니다. 특히 이 세테스 교차로에선 더더욱 그래요."

내가 마돈군을 무찔렀던 장소다.

여긴 특별한 지형지물이 없는 평야로서, 만약 교전을 벌인다면 전면전 형태가 된다. 양측의 피해가 커질 것은 자명한 일이었다.

"그렇지. 그러니 한번 교전을 한 뒤 거리를 두려고 하는데. 어떻습니까. 알티오르 공작님."

"……그런가. 보여 주기식 교전을 하자는 건가. 정치인이 다 됐군, 레그나트. 젊었을 때의 혈기는 어디 간 겐가."

"하하, 그렇게 말씀하시니 부끄럽군요. 어찌 됐든, 왕가의 체면을 세우고 실리도 얻기 위해선 이게 가장 효율적으로 보입니다. 화끈하게 한번 교전을 한 뒤에는 적을 돌려보내도록 하지요."

알티오르는 고개를 끄덕였다.

"그리하도록 하지. 그 경우 결전은 최대한 빠르게 하는 편이 낫다. 내일 아침 동이 틀 무렵에 적을 쳐 최소한 정오 무렵에는 물러나도록 한다. 그 외의 지시는 전투 중에 하달하도록 하지. 다들 알겠나."

"예, 장군님!"

교전 준비에 들어가는 캘리퍼군.

이때 나는 묘한 불안감을 느꼈으나 곰곰이 생각해 봐도 짚이는 게 없었던 만큼 그러려니 하기로 했다.

막사에 돌아온 나는 예상 밖의 광경을 마주하게 되었다.

"이러니까 에우로페의 인간은 상종할 수 없다는 거예요!"

"이때다 하며 베카비아를 침공한 툰카이가 할 말인가?"

말다툼을 벌이고 있는 올라프와 리시테아. 그 유들유들한 올라프가 드물게도 분노를 드러내고 있었다.

"내 막사에서 뭘 하고 있는 겁니까?"

내 물음에 올라프는 작게 한숨 쉬었다.

"아니, 그냥. 새로운 부대 편성에 대해 보고를 하러 왔어. 리시테아 양은 겸사겸사."

"겸사겸사가 아닙니다! 웨이드, 당신에게 묻고 싶은 것이 있어서 왔어요. 이번 대규모 전쟁. 설마 당신이 사주한 겁니까?"

리시테아는 이 꼬리 전쟁이 내 설계라고 생각한 모양이다.

"아니에요. 모르긴 몰라도 크로싱도 개입돼 있진 않을 겁니다. 그저 빌랑이 신호탄을 쐈고, 이에 자극받은 에우로페가 돌발 행동을 한 겁니다. 기다렸다는 듯이 쳐들어간 걸 보면 어지간히 툰카이가 미웠나 보네요."

"역시!"

리시테아의 노려보는 시선에 올라프는 능청맞은 표정으로 휘파람을 불 뿐이다.

"할 얘기가 그것뿐이라면 돌아가 주겠습니까? 내일 새벽에 교전이 있을 예정이니 당신들도 쉬어요."

"교전이라고? 꼬리를 물고 늘어지는 게 아니라?"

"물론 그게 가장 효율적인 방법이긴 합니다만 그랬다간 전쟁이 불필요하게 길어지니까요. 보여 주기식으로 한번 부딪힌 다음에는 물러날 겁니다."

"조금 아쉬운걸. 아무것도 하지 못하고 이렇게 끝나는 건 말이야. 그쪽에선 가스파르 씨가 제법 화려하게 저지른 모양이던데."

"그러니까 말입니다. 에오가 자극을 받았는지 의욕에 넘치고 있어요."

"하핫, 그쪽은 여전한가 보군."

둘을 돌려보낸 나는 이참에 에오니아 쪽도 들러 보기로 했다.

에오는 막사의 외부에 있었다.

화톳불을 만들어 야생동물을 구워 먹고 있는 가스파르를 보며 으르렁거리고 있다.

"그러니까 그자는 사실상 내가 죽인 거나 다름없다!"

"크하핫! 억지 부리는 것도 그쯤 하라고 풋내기 아가씨. 그 크리스티안 펠츠라는 녀석의 목은 내가 쳤어. 당연히 전공도 내 것이지."

"내, 내가 어깨를 찔렀다!"

"증거 있어? 아, 없자녀~ 없으면 말을 말라고."

"이이⋯⋯!"

한숨이 절로 나왔다.

나는 에오의 머리를 가볍게 두들겼다.

"그만해."

"아, 알스 님!?"

"내가 누누이 말했지. 전공을 두고 동료들끼리 다투지 말라고. 계속 그러면 앞으론 전장에 데려가지 않을 거야."

이런, 나도 모르게 유치한 말이 나와 버리고 말았다. 어린애한테 장난감을 뺏는다 말하는 것도 아니고.

그러나 에오에겐 즉효약이었는지 곧장 가스파르에게 사과를 한다. 가스파르는 호탕하게 웃을 뿐이다.

나는 가스파르의 앞에 마주 앉았다. 그러자 옆에 앉아 있던 애거트가 다리 구이를 내게 내민다.

"곱상한 대장님도 먹을래? 방금 막 익은 거야!"

"별로 생각 없어. 너나 많이 먹어라."

나는 화톳불에 마른 장작을 던지며 가스파르에게 말했다.

"……들었습니까? 이번 서방의 군대에 수인들의 부대가 있다는 것 같아요. 보나 마나 디엘럼의 군세겠죠."

"오호, 드디어 양지로 나온 건가. 보나 마나 구데리안 녀석이 선봉에 섰겠군."

"어떻게 될 것 같습니까."

"전쟁의 결과를 말하는 거냐? ……그도 아니면 전쟁 이후를 말하는 거냐."

"후자입니다."

가스파르는 표정을 굳히며 답했다.

"난리가 날 거다. 디엘럼의 무리가 지나간 자리에는 시체의 산이 쌓일 거야. 병사는 물론이고 민간인들도 빠짐없이 죽겠지. 차마 입에 담기 어려운 학살이 벌어지는 거지.”

“그랬다간 수인들의 입장은 더더욱 안 좋아질 텐데요.”

“그놈들은 더 안 좋아질 것도 없다는 생각일걸?”

“어렵네요.”

수인들의 처리에 대해선 나도 줄곧 고심하고 있었다. 이미 말로선 해결될 단계가 아니었기에 무언가 조치가 필요했다.

그런 상황에서 디엘럼의 무리가 학살극이라도 벌이면 상황이 더 어려워지겠지.

“상황을 바로잡으려면 수인들을 올바른 방향으로 이끌어 갈 지도자가 필요합니다. 가스파르, 혹시 짚이는 사람이 없습니까?”

“없어.”

즉답이었다.

“그런 뜻을 품고 있던 녀석들도 몇몇 존재하긴 했지만 디엘럼이 모조리 숙청해 버렸지. 다시 말하지만 알스. 디엘럼은 대화가 통하는 상대가 아니다. 구데리안 그 녀석만 조금 특별할 뿐이지.”

“후우!”

이미 돌아서 버린 수인들의 마음을 돌리기 위해선 카리스마 있는 지도자가 반드시 필요했다.

올라프가 수인이었다면 적임자였겠지만 인간인 이상 한계가 있다.

'그렇담 어디서 그런 사람을 구해야 하는 거지?'

대륙 내의 수인들도 상황이 안 좋기는 똑같다. 지도자로 내세울 수인들은 찾아보기 힘들다.

다른 세계에라도 가는 게 아닌 이상 불가능해 보이는 상황이었다.

다음 날.

우리는 동이 틈과 동시에 진군을 시작했다.

"우오오오!"

우리 군은 절도 있는 함성과 함께 전진해 들어갔다.

적군도 어느 정도 예상을 하고 있는지 빠르게 태세를 갖췄다.

그렇게 거리를 충분히 좁힌 후에는 찰나의 정비가 시작됐다.

병사들은 미리 지급받은 개인 식량을 허겁지겁 씹어 먹으며 전투에 대비했고, 장교들은 최종 점검을 시작했다.

우익의 일각을 맡게 된 나는 에오가 만들어 준 육포를 잘근잘근 씹으며 적진을 바라보았다.

'뭐지? 어제부터 계속 묘한 불안감이 느껴지는데.'

최근 그런 감각을 느끼게 됐다.

피셔 파르틴과의 목숨을 건 결투 이후부터였다.

본능의 날이 섰다고 할까. 머리로는 이해할 수 없는 무언가를 느끼기 시작했다.

'뭐야, 나도 본능형으로 각성을 한 건가?'

쥬라스 녀석이 하는 짓을 보고 나도 모르게 익힌 걸지도 모르겠다.

나는 그런 식으로 웃어넘기며 개전을 기다렸다.

마침내 정비가 끝나고.

"간다! 전진!"

알티오르 대장군의 호령하에 선을 넘기 시작하는 우리 군대. 빌랑의 궁병들도 활을 쏘며 견제에 들어갔다.

우리 보병들은 침착하게 방패를 들어 공격을 막아 내며 적과의 거리를 좁혀 교전에 들어갔다.

나는 중앙군의 전진에 맞춰 천천히 군을 밀어 올렸다.

이변이 일어난 것은 그때였다.

쾅! 적의 좌익에서 튀어나오는 보병 부대. 리세르 할드라스와 주인공 카시우스 로이드가 이끄는 병력이 내가 있는 곳을 향해 돌파를 감행해 온 것이다.

다음 권으로 이어집니다

One for all
원포올

일라잇 스포츠 장편소설

작렬하는 슛, 대지를 가르는 패스
한계를 모르는 도전이 시작된다!

축구 선수의 꿈을 품은 이강연
냉혹한 현실에 부딪혀 방황하던 중
운명과도 같은 소리가 귓가에 들어오는데……

당신의 재능을 발굴하겠습니다!
세계로 뻗어 나갈 최고의 축구 선수를 키우는
'One For All' 프로젝트에, 지금 바로 참가하세요!

단 한 번의 기회를 잡기 위해
피지컬 만렙, 넘치는 재능을 가진 경쟁자들과
최고의 자리를 두고 한판 승부를 벌인다!

실력만이 모든 것을 증명하는
거친 그라운드에서 당당히 살아남아라!

기갑천마

거짓이슬 퓨전 판타지 장편소설

종말을 막지 못한 절대자
복수의 기회를 얻다!

무림을 침략한 마수와의 운명을 건 쟁투
그 마지막 싸움에서 눈감은 무림의 천하제일인, 천휘
종말을 앞둔 중원이 아닌 새로운 세상에서 눈을 뜨는데……

"천휘든 단테든, 본좌는 본좌이니라."

이제는 백월신교의 마지막 교주가 아닌 평민 훈련병, 단테
그럼에도 오로지 마수의 숨통을 끊기 위해
절대자의 일 보를 다시금 내딛다!

에이스 기갑 파일럿 단테
마도 공학의 결정체, 나이트 프레임에 올라
마수들을 처단하고 세상을 구원하라!